意义出场之时

论中国现当代诗歌的出路

赵东 著

黄河出版传媒集团
阳 光 出 版 社

图书在版编目（CIP）数据

意义出场之时：论中国现当代诗歌的出路 / 赵东著
.— 银川：阳光出版社，2020. 11
ISBN 978-7-5525-5706-0

Ⅰ. ①意… Ⅱ. ①赵… Ⅲ. ①诗歌研究–中国–当代
Ⅳ. ①I207.22

中国版本图书馆 CIP 数据核字（2020）第 224198 号

意义出场之时——论中国现当代诗歌的出路　赵　东　著

责任编辑　杨　皎
封面设计　圣立文化
责任印制　岳建宁

黄河出版传媒集团
阳　光　出　版　社　出版发行

出 版 人　薛文斌
地　　址　宁夏银川市北京东路 139 号出版大厦（750001）
网　　址　http: //www.ygchbs.com
网上书店　http: //www.shop129132959.taobao.com
电子信箱　yangguangchubanshe@163.com
邮购电话　0951-5014139
经　　销　全国新华书店
印刷装订　四川西南彩色印务有限公司
印刷委托书号　（宁）0019081

开　　本　700mm×1000mm　1/16
印　　张　15.25
字　　数　200 千字
版　　次　2020 年 11 月第 1 版
印　　次　2020 年 11 月第 1 次印刷
书　　号　ISBN 978-7-5525-5706-0
定　　价　58.00 元

序

李德武

我曾说过，此生如果有什么文章是我不愿写的，那就是为别人作序。不久，我就打自己脸了。赵东兄诗论集出版让我为新书写个序，我推脱说序应该找个高人来写，不料赵东兄回了一句："我认识的人中就你最厉害了！"明知这不过是廉价的吹捧，我却找不到理由回绝他。特别是我刚刚求他为哈尔滨的诗人写一个评论，赵东兄二话不说，几天文章就拿出来了，且评论得非常精彩。礼尚往来，我也要答应他。

我认真地拜读了文集中的每一篇文章。初读第一部分，吓我一跳，我在想，学者们都是这样思考诗学的吗？这些判断和我的判断差距太大了，很多不成诗学的问题变成了诗学，不入流的作品成了典范，如果这样下去，不用100年，30年以后，诗歌写作就会在学者的笔下变得物是人非。通过赵东兄的引文我才知道，有的学者认为当代诗学是建立在古代诗学之上的，古今一体。因此，中国的诗学概括为一个字"通"，事实会是这么简单吗？这个"通"按照学者的意思强调的是古今一致性，而我们看到的以及作者们努力要实现的恰恰是差异性（创新）。按照这样的理论，我就想自来水通万家，万家的生活是不是一致的呢？

我以为中国的诗学问题古今都是没有体系的，一定要从"学"上讲，只能算作诗歌现象学。但不知为什么，学者们都把王国维的"意境说"当作体系看待，意境说也不过是对诗歌审美的片面认识，又何况不能把具体语境下的"意"与"境"的对应看作类似庄子"道通为一"的东西，庄子强调的是"必然性"，而诗歌意境中的“意”与“境”的对应出自偶然性。需要指出的是，意与境不像王国维说的那样有限的境通无限的意，若真是这样的话，读一首诗就够了，干吗还要写那么多诗？一首诗的境也可以通无限意嘛！这未免太学者气了。我的理解是有什么样的意就有什么样的境，意和境是对应关系，是互生关系，而不是一个“通”就能涵盖的。就算接受美学强调欣赏者二次创造，作品欣赏存在多元性，也不是可以无限欣赏的。每一首诗都是一个完整的秩序空间，他是自我圆满的独立世界，你进入了就抵达了诗境，你进入不了，给你挖一百条通道也通不到诗境。否则，写诗、读诗不是太容易了吗？

诗学的目的就是寻找诗歌规律性的东西，按照系统论的观点，建立诗学需要同时研究与诗歌相关联的内容和领域，比如诗歌的起源、诗歌的形式演化、语言及其规则、技巧与手法、社会性与文化性、族群精神与个人精神性、阅读与传播等，很显然，中国没有这样关于诗歌的系统学说。作为现象学，从古至今，从未缺乏对具体作品和诗人的总结与提炼，比如六艺、音律、绝句、气韵、风骨、借景抒情、寄情于景、白描、穷情写物等。中国的诗歌发展史是以文本作为源头（《诗经》），通过文本摹写演化出来的，所以中国诗歌史更属于一种形式发展史。尽管这背后隐含着儒释道三大思想体系的影响，但我们没有一个关于儒家诗歌的诗歌史、关于道家诗歌的诗歌史、关于释家诗歌的诗歌史。尽管在现实主义、浪漫主义、田园诗、山林诗等流派中存在着某种思想的倾向性，但儒释道不是存在于诗歌之中，而是存在于诗人的身上，有时，这三种思想同时存在于一个人身上，比如陶渊明就兼具儒家和道家的思想，杜甫、李白身上也都兼具儒家、释家、道家的思想。因此，不能以儒释道的系统性存在说明诗歌的系统性存在。在这一点，诗歌呈现出了“模糊性”，由于诗人的境遇不同，这种“模糊性”表现的形态存在殊别。要说古今之间诗歌在诗学上存在共同的基因，就只能说到文字和语言。事实上，新文化运动之后，语言和文字都发生了与古代（传统）不一样的变化。在对诗学的构建中，我们不能用把古今诗歌观念简单地捏合掩盖理论的缺乏，不能为了在中西文化比较中凸显汉语诗歌的地位和自尊，用表面的现象雷同替代本质的差异。赵东兄说近几十年来诗学建设一直没有超脱王国维的学说，这不免让我感到讶异，新诗写作100多年发生了巨大变化，学者们的眼光和审美尺度还停留在清朝末期，这合适吗？

这不等于说我们把传统诗学问题研究透了，缺乏的部分依旧缺乏。近年来，一些年轻学者开始关注对传统诗学的丰富和发掘，他们从写作出发，研究魏晋诗人的用词特点、唐宋诗人的用词特点，把语言的开发作为诗学研究的主要方向，他们发现清朝的诗歌语言已经达到了一个全新的高度。这样的诗学是对今天我们重新认识传统有贡献的，是我们渴望看到的。同时，基于儒释道诗学的匮乏，我们不是一样需要有人系统地阐释出他们的存在和价值吗？我们在语义学、词源学和形式论上难道不可以从古典诗歌中做些文章吗？还有，我们是否认真地思考过什么是史诗，什么是欢乐的诗、愁苦的诗、存在的诗、神性的诗、词语的诗、游戏的诗、政治的诗……我们对诗的甄别太简单粗糙了，学者们应该有很多的工作可做。以前我写过一篇文章，叫《学者无耻，文人无用》，文人穷其一生写作不能自养，学者却以粗浅的学识靠贩卖文人的作品过着优雅的生活，这对文人未免太不公平了。我想说的是，学者也要有诗人的投入才能看到别人看不到的诗学问题，就像美国的布鲁姆一样。

基于我对赵东兄的了解，我知道他是一个思想现代、眼光独特、学贯中西的学者，我理解他在第一部分的文章只是为了适应学者语境或者刊物语境而为。他一直关注当代诗歌的前沿写作动态，他的思想并不陈腐。2017年，我借去贵州开会的机会，与赵东兄见了面。之后，我们多有交流。在这部书里，我认为体现赵东兄理论高度的是这样一些文章：《曹大臣诗歌的日常语言与现象世界》《谭明诗集〈光芒与蝶〉的纯粹性》《物象和心象——毕赣诗歌电影〈路边野餐〉的一种解读》《拆房子的人——北魏诗歌的超现实性》《站在戏仿的一边》，以及他的学位论文《“比较与汇通”——叶维廉比较诗学理论初探》等，特别是《物象和心象——毕赣诗歌电影〈路边野餐〉的一种解读》，利用诗的视角解读电影语言，从阐释学和文艺批评上都是一种全新的探索，令我受益。

我接触赵东兄时，他刚好写完关于北魏诗歌的评论，他对写作当下的关注和审美的敏锐令我敬佩。还有，他不仅是批评家，也是诗人，自己还创立了流派，这在国内学者批评家中是不多见的。这些富有创建的观点令我感动，也引发了我对当下国内学者问题的一番感慨。我不知道文章前面的那些话是否适合写在序言里，当然，如果赵东兄需要一篇为他说好话的序言，那肯定是不合适的。赵东兄用和不用都合我意。如果不用，免得言厉伤人；如果用，别人看了知道我是一个“毒舌”，也就不会找我写东西了，免得背负太多的文债。但这些小心思都是玩笑话，我不为自己的直率辩解。人不一定谋面，心可立言为证。物是人非：物是就是言真，人非就是人非。我突然觉得这不正是诗歌的精髓吗?

权且以为序。

2019年11月18日

[李德武　1963年出生。诗人、诗歌评论者。著有诗集多种、诗文合集《李德武诗文集》（两卷）及评论集《挣脱时间的网：从芝诺的两个悖论说起》等，现居苏州。]

前　言

中国现代诗歌自20世纪初期问世以来，已有百年历史，回首百年中国现代诗歌的历程，中国现代诗歌的创作和实践均取得了巨大的成就，可是也留下了太多的遗憾和疑问。从现代诗歌的发展历程来看，中国现代诗歌一直在古典诗歌和西方诗歌两者之间徘徊，这种古典与西方双向发展的趋势一直延续至今，而且注定还会在很长时期内继续这种态势。如果要用一句话来概括百年现代诗歌的发展历程，那么这句话可以是，诗歌的创作理念和诗学的研究方法随着时代的发展不断显示出对古典诗歌传统继承和对西方现代诗歌理念的借鉴。

20世纪80年代，中国现代诗歌出现前所未有的复杂状况，诗歌语言进入难以想象的亢奋状态，诗歌语言的无数种可能性像魔术师手中的魔法棒变化多端，当时的诗坛流派众多，现代诗歌的集体性实验显示了现代诗歌强大的生命力。随着新世纪来临，诗坛渐趋平静，而关于现代诗歌的迷惑和话题却并没有随着诗歌集体行动的过去而减少，中国现代诗歌越来越令人看不懂了。中国现代诗歌的那些老问题重新摆在我们面前：“中国现代诗歌的文化根源在哪里？”“中国现代诗学的基本研究方法是什么？”“中国现代诗学的体系如何构建？”

让我们还是回到那些老掉牙的诗歌本源性的话题吧，“诗人何为？”“挺住意味着一切。”“诗是紧要关头的事。”中国现代诗歌从一开始就预示着不平凡的文化身份和文学使命。中国现代诗歌既不是直接从中国传统文化自然生长的结果，也不可能建立在西方文化的基础之上，现代诗歌文化背景的形成和中国现代文化同步，是中国传统文化在西方文化影响之下的现代变异的结果。中国现代诗歌的研究方法也因为其文化根源中西合璧的特征而遵循着“中学为体、西学为用”的基本思路。

目前，在中国现代诗歌的创作和研究上有一种认为中国现代诗歌走到穷途末路的保守观点，有些学者和诗人认为中国现代诗歌的创作和研究这100年并没有形成诗歌传统。这显然是过于悲观的看法，中国现代诗歌在百年发展之后，已经形成了一个基本的文学传统和研究思路。中国现代诗歌在有效地将古典诗歌意象之美以及西方诗歌的意义追寻进行融会贯通，形成了独具个性的既有中国古典诗歌意境深远、回味悠长的特点，又有西方诗歌追寻意义、深沉思考的特征。

对于中国现代诗歌的研究，需要从创作和理论两个方面进行细致的考察。中国现代诗歌创作的主要收获和中国现代诗学的研究成果目前主要集中在两个方面，一是关于新古典主义的研究和创作；二是学院派诗人对于西方诗歌借鉴之后形成的现代诗歌的意义追问。以上两种成就对于研究现代诗歌来说，提供了极好的学术资源和研究思路，中国现代诗歌先天具有“打通”的桥梁作用，因此“打通”就成为中国现代诗歌的必由之路。

本书汇集了作者将近20年的诗歌研究成果，尽管有些篇章写作时间较早，或者是思考不够成熟，还是可以作为中国现代诗歌研究和创作的一个参考。作者坚持中国现代诗歌的研究要以“打通”为主要特色，出于对古今中外诗歌创作和诗学思想的全面占有的全域视角之下，以中国现代诗歌史作为基本的研究背景，以当下诗歌创作的最新发展方向为研究切入点，回顾历史展望未来。

本书追本溯源，从现代诗歌的文化基因入手，指出中国现代诗歌自问世之时就奠定了中西合璧的特色。在文本分析中注重从文本中走出，接通中外诗学的传统以及当下发展趋势，对现代诗歌进行较为深入细致的文本解读和理论阐释。在《通：中国现代诗学构建方法》中揭示了中国现代诗学的建构方法要遵循“通”的原则，这个“通”，不仅要打通古今中外诗歌传统，而且还要在中国多元诗歌文化传统内部打通。中国诗歌传统异彩纷呈，唐诗宋词元曲的诗歌成就光芒万丈，对现代诗歌的影响深远，本书中的《论古今诗学理论对话》《论东南亚华语诗歌与中国古典诗歌的关系》等均为研究古今诗歌传统的文章。中华各民族的口传诗学传统以及史诗传统对于中国现代诗歌也有着重要的贡献，《李发模长诗〈呵嗬〉的南方史诗特征》就是针对南方多民族聚居区的文化相互影响之下出现的现代长诗进行解析。

中国现代诗歌发展的每一步都与西方现代诗歌的影响有着千丝万缕的关系，要想搞清楚现代诗歌的意义世界，必须对中西方现代诗歌的关系进行研究，本书中的《写在意义出场之前》《桥上的风景——论卞之琳对东西方诗歌的继承与借鉴》《诗语与诗思——陈本益中外诗歌与诗学论集》《比较与汇通——叶维廉比较诗学理论初探》是对中西方诗歌之间的相互融合、相互影响的关系进行研究。

诗歌写作是人生经验的表达，诗歌研究脱离文本分析就成为无本之木、无源之水，本书针对当下诗歌创作的各种写作现象进行分析，诗坛的优秀是做有一个较有特色的扫描。自盘峰诗会之后，民间写作之风日渐浓烈，诗歌写作中的叙事特色和烟火之气也显示了中国现代诗歌越来越接地气，敢于直面生活的挑战，面对时代的拷问。当下诗歌的地域色彩日益分明，安徽省作为诗歌大省，曾经是86大展的发源地，安徽诗人海子曾引领80年代的诗歌风气。本书收录了关于安徽诗歌和安徽诗人的评论，其中《安徽诗歌：中国现代诗歌的重要力量》《明亮的，纯净的那些——评吴少东对现代诗歌语言传统的继承发展》是专门对安徽诗歌现象以及安徽诗人的作品进行评论，《宿州诗群小记》《拆房子的人——北魏诗歌的超现实性》《武春燕的生命美学》《在非诗的天空飞翔——阿尔的非诗意化写作》《大地上奔跑的孩子——许光诗歌印象》是通过对宿州诗人群落的评论打开中国现代诗歌的一个窗口，窥一斑而见全豹，可以领略到中国民间写作的原生状态和蕴含的巨大力量。

现代诗歌对于意义的追寻伴随着现代诗歌史的始终，本书也对现代诗歌的智性写作特征作了诸多探索，本书收录的《韩东诗歌的智性特征》《心理探索型诗歌的内在结构分析》《曹大臣诗歌的日常语言与现象世界》《传统与个人才能——简论〈沙之书〉八位诗人作品》是对诗坛的智性诗歌写作现象进行的评论。

本书还对当下诗坛一些较具争议性的诗歌现象进行剖析，比如在《邵燕祥的情感世界》中对曾经作为诗坛标志性诗人的邵燕祥诗歌的抒情特质进行解读，《在抒情的边缘——赵丽华诗歌的冷抒情》对赵丽华诗歌的另类抒情特征进行分析。中国现代诗歌走过百年历程，诗歌语言经历了多次变化，《百年新诗形式的发展与演变》对诗歌语言的演变进行研究，近年来，随着新媒体的发展，诗歌的传播和发展也在提速，本书对这一新生事物也给予了很高的期望并在民间诗歌流派“新乐府诗派”的纲领中对诗歌的未来进行展望。

中国现代诗歌自海子之后，抒情特质有所弱化，而在叙事性和智性特色上不断凸显，显示了中国现代诗歌面临着意义追问的转型，现代诗歌在百岁之时重新上路，踏上现代诗歌意义探索之路。中国现代诗歌的意义注定不是西方诗歌的哲学意义，和中国古典诗歌的“象外之象”“味外之味”意境也会有所区别，可是，中国现代诗歌的意义必定是基于对中国古典诗歌意境深远、含蓄蕴藉和西方诗歌情感与思想高度结合的特质之上。中国现代诗歌的意义转向不仅表现在诗歌写作本身，跨界诗歌现象也日渐显示出强大的后劲，《物象与心象——毕赣诗歌电影〈路边野餐〉的一种解读》就是对当前电影与诗歌跨界创作新现象的思考。

此书写于中国现代诗歌意义出场之时，献给现代诗歌的转型时代。

2019年12月6日于贵阳花溪

目录

CONTENTS

第一部分：诗论篇

第二部分：诗评篇

第三部分：网络诗语

第 / 一 / 部 / 分

诗论篇

论李少君的“草根性”诗学理论与传统诗学的汇通及当下意义

“草根性”是身兼诗人和学者的李少君针对当下诗坛的现状和问题而提出的全新创作理念和解决途径。李少君对“草根性”的解释折射出他对当下诗歌的长期思考和创作体验。自“盘峰诗会”以来，民间写作理念的讨论已经从小说界扩展到诗歌领域，问题的关键在于民间性在当下诗歌写作中如何才能得到很好地贯彻和发展，李少君认为，民间写作在诗歌创作中不能简单地理解为底层写作或者口语化创作，“草根性”是对民间写作的一个新开拓，其理论意义已经不止于民间写作本身，其中包含着传统诗学的强大根基以及当代诗学发展和诗歌创作经验的高度浓缩。要想把“草根性”的问题说清楚，必须从传统诗学积淀和当下诗学理论开拓两个方面来分析，虽然阐释的路径稍显复杂，但是这个过程却无法省略，出于中国诗学传统的深远性和当下诗歌写作背景的复杂性，打通古今的迂回路程是必要的。

李少君曾撰文针对“草根性”的内涵作过深入的探讨，大体说来，“草根性”涵盖了三个层面的意义。一是诗歌创作随着社会的发展已经触及社会的各个层面；二是新的传播手段使诗歌的创作和交流呈现出新的时代特色；三是从新诗发展史来说，当下诗歌经过从简单到繁复，从庞杂到纯真的曲折，已经初步凸显出中国现代新诗的本质力量。简而言之，“草根性”是一种更符合中国诗学传统和现代诗歌创作理念的新方法，既是对中国几千年以来诗歌传统的自觉回归，又是对现代新诗近百年以来执着探索的理性思考。

自中国新诗问世以来，焦虑感和问题意识就一直伴随左右。特别是近几十年当代诗歌走过的每一步都镌刻着特定时代的阴影和国人内心深处的难言之隐。从朦胧诗的激情和狂热走向后朦胧的实验和混乱，记录了中国当代诗歌的一段难以磨灭的印记。直到20世纪90年代后期，在打工现象和市场意识的催生之下，中国诗歌从少数精英的专利走向更为广大的民间，当下诗歌的生命力再次得到复苏。可是，诗歌从来都是紧要关头的事情，是身处社会现象之中人的身心全面需要，只有在诗歌写作和社会需要密切相关的时候，诗歌的民间性才能化身为龙，彰显时代光彩。“草根性”的提出是顺应诗坛的新现象而产生的，李少君指出：“网络诗歌、地方性团体与新红颜写作是当代诗歌的三支建设性力量，放在整个诗歌史来看，他们试图开拓一条不同于西方现代诗歌的中国现代诗歌之路，也许他们是无意识的，但他们正在这样做。”① 新的社会背景和新的诗歌现象需要新的写作理念，“草根性”正是当下对时代最强音的有力应和。

一、赤子之心：“草根性”与传统诗学理论的汇通

为了阐释“草根性”的理论根基和生命之源，还是让我们潜入更为深邃的古代诗学史去看个究竟。作为当代诗歌新理念的“草根性”，其理论内核包含三个强大的传统诗学元素：自然、灵性、情教。关于“草根性”的自然特色，李少君作如是说：“一百年来，西方乃至大部分其他民族国家的优秀诗人作品国内几乎都有介绍、引进，他们从小就吸纳了各种营养。在这样的基础上，如果还能保持自己的本性，听任自己的自然感觉与天赋的发挥，‘草根性’几乎就是自然而然的。”② 此处，李少君用了“几乎是自然而然的”来形容那些具有“草根性”的诗人，“自然而然”美学理念可以一直穷追至先秦道家思想，微妙的是，李少君用了“几乎”二字来作为限定，从这个细微之处可以看出李少君措辞的严谨，更能读出言外之意。当下诗歌的“草根性”是诗人自然而然的选择，更是几千年中国诗歌美学的内在要求，每当中国诗歌走向逆境之时，自然风尚就会应运而生。当汉赋的铺陈和华丽渐渐远离民间土壤步入皇室宫廷时，魏晋六朝的风骨和质朴就呼之欲出了。当六朝诗歌堕入采丽竞繁的弊端，迎合高级文人狭窄的审美趣味之时，更符合当时时代理想的盛唐气象就如黄河决堤，喷薄而出。当下诗歌的自然风貌也是在经历了80年代对诗意过度追求的泥沼之后的自觉选择。朦胧诗对崇高的过分执着以及后朦胧诗歌对技巧的狂热追逐让诗歌呈现一味向上的态

①李少君：《诗歌的草根性时代》，《长沙理工大学学报（社会科学版）》，2011年第1期。
②李少君：《草根性与新诗的转型》，《南方文坛》，2005年第3期。

势，诗歌从来都不是漂浮在半空的热气球，那种虚浮的状态终究不会太长久的，回归大地，回到身边始终都是诗歌的常态法则。从李少君的诗歌创作中，也不难看出他以自然为美的倾向，从他的诗集《草根集》中，到处可以看出诗人拙朴纯真的心灵世界和拥抱生活、从低处出发的诗歌创作状态。诗歌是心灵的表现，对于长期浸染了诗学传统的国人来说，诗歌是我们的灵性之所在，也是诗学之根本，“草根性”对灵性的阐释也打通古今诗学，古人的灵性世界是通过他们对世界、人生的感应而有所触动的产物，当下社会生活日益复杂，诗人的灵性世界更为深刻、微妙，“草根性是指一种立足于个人经验、有血有肉的生命冲动、个人地域背景、生存环境以及传统之根的写作。”① 从上文不难看出，李少君所说的“草根性”是个人化的写作，是听命于生命本身的召唤，“有血有肉的生命冲动”实质上就是性灵和情感所化。不管时代如何变迁，生命冲动是千载不变的诗歌之道。李少君所关注的“草根性”诗歌是诗人灵性的体现，这种灵性上承千年诗歌史的历练，下启当下社会现实的需要。中国传统诗歌向来以情为主宰，著名学者乐黛云曾提出“情在中国”的重要观点，“情是中国传统文化的一个重要关键词”②，这个“情”作为中国诗人的一个重要根基延续千年而不变，至今仍然焕发出勃勃生机。“情”在中国诗歌写作中并非说一定要以抒情的写作手法而出现，“情”是中国诗歌写作的一个基本立足点，离开了这个立足点，就失去了中国诗歌写作的最初冲动。晚明时期，以汤显祖为代表的一群性灵文学家曾将“情”发展为“情教”，后来曹雪芹的《红楼梦》将“情教”发展到极致。从“情教”的源头来看，这种信仰来自民间，是民间文化的产物，“草根性”中注重表现人的本真之情也是这种民间宗教的主要特色。

如果说传统诗学中与“草根性”最具亲和性的诗学观点莫过于“赤子之心”了。“赤子之心”最早见于《孟子》，而作为诗学观念的提出始于袁枚的《随园诗话》：“诗人者，不失其赤子之心者也”③，袁枚的“赤子之心”与李贽的“童心说”、王士祯的“神韵说”是一脉相承的，其圭臬在于强调诗人的本真自我和性灵呈现。王国维在《人间词话》中对“赤子之心”

---

①李少君：《草根性与新诗的转型》，《南方文坛》，2005年第3期。

②乐黛云：《情在中国》，《文艺争鸣》，2005年第5期。

③（清）袁枚著，吕树坤译评：《随园诗话》，吉林文史出版社，2004年，第47页。

作过精彩的论述："词人者，不失其赤子之心也。"所谓"赤子之心"即性灵、真情。王国维点评李煜："生于深宫之中，长于妇人之手，阅世浅，而性情真，是后主为人君所短处，亦即为词人所长处。"① 王国维认为，真的诗人当保持和尘世的某种有意或无意的疏离和超脱，这种距离感从诗歌本质上来说，是诗人的一种自觉选择，借用海德格尔的一句话就是"诗意的栖居"。人在纷乱的世相之中，很容易迷失自我，诗歌是心灵的家园，是庇护的港湾，是灵性解放的世界。

"草根性"在三个层面上和"赤子之心"保持着诗学的关联度，同时"草根性"在新的社会背景下又赋予"赤子之心"全新的内容。首先，"草根性"强调个性化写作，"一首诗或一个诗人是否具有草根性，就是指你能否从里面读出其背景、生存环境、个人独特的感受与体验，甚至诗人自身的学养、脾性。草根性同时还是很个性化的东西，是一种原创性的东西。"② 里尔克曾说过"诗是经验"，这个论断里包含着诗人生命体验的全部，"草根性"涵盖了"赤子之心"在个性上的要求，所谓的具备"赤子之心"诗人大体上可以分为两类。一是独特人生境遇使然。如李后主自幼长在深宫，受到良好的诗歌教育，后又从一国之君沦为阶下囚，饱受人世间各种非人的摧残，在心灵上受到极大的撞击，从而生发出对人世冷暖的敏锐感应，一旦化为诗歌便显出极其高妙的本真境界。二是天赋异禀造就。曹雪芹称之为情痴情种，他们能将世界纳入胸怀，体察自身就可以达到与世界合一的诗性超越，苏轼就是这样的一位诗人，他的诗歌创作胸襟博大，始终与他的旷达人生合拍。当下的"草根性"诗人大体也可以分为两类。一类是长期生活在社会底层，洞察社会的变迁，以敏感之心感应生活的各种细微变化，诗歌创作中融汇了各种个人经验，以特殊人生经历来传达普遍的人生哲理。"打工诗人"的创作大多有此特征。还有一类是天性上保持着贯通古今的诗人之灵性，以独特的心灵视角来书写本真性灵。"新红颜写作"的女诗人中有此秉性者大有人在。其次，"草根性"强调地方写作，这个特点在传统"赤子之心"诗人身上也有明显的体现，李白的飘逸带有巴蜀山水的浪漫和野性，韩愈的智性里有中原文化的偏执和狂热。地域写作在小说创作中出现得更早也

---

①王国维著，李科林校注：《人间词话·人间词》，安徽人民出版社，2005年，第22页。
②李少君：《关于诗歌草根性问题的札记》，《诗刊》，2004年6月（下半月刊）。

体现得更明显，小说家中的陕军和湘军一直是小说界的一道风景。近年来，皖军、川军、海派、京派、粤派在诗坛的崛起标志着“草根诗歌”的地域化也不断凸显，这是当下诗歌发展的新气象，也是“草根性”与地方文化土壤相结合的产物。“草根性”的地方写作特色标志着诗歌创作进入一个新的层面，那就是诗歌也要与地方历史、地方风物乃至地方神话和地方性格相融合，走向更为深邃的审美空间。最后，诗歌作为中华文化之根性，民族性格之根基，体现出类似于宗教的特色，“赤子之心”是一种对现实的变相飞升，以诗歌的方式达到与理想世界的合一。在当下市场经济的冲击之下，人的心灵世界面临干枯、破碎的危险境地，诗歌不知不觉中承担了某种心灵拯救的功能。从这个意义上来说，诗歌作为情感教育的重要手段至今还散发着“情教”的迷人魅力。

二、“草根性”诗学理论的当下意义

“草根性”对当代诗学的开拓还体现在对中国当代新诗发展史的深远意义。当下诗坛流派众多，风格多样，如何从这些复杂现象中找出一条更适合中国现状的路子，从而促进汉语诗歌的健康发展已是不容回避的问题。诗歌向来就没有固定的法则，有些诗歌基本创作规律却是可以进行探讨的。当前只有从历史和现实两个层面来冷静面对，才能有所收获，一是几千年的诗歌文化传统留下的宝贵遗产要和当下诗歌写作合拍；二是去伪存真，从各种现实创作的乱象中有所发现。新诗使用的现代汉语受到西方语法和表达技巧的影响，外在形式和音乐性上和古诗已经不可同日而语，可是汉字的象形特征和声韵效果仍然没有改变，因此，新诗在内在音乐性和意象凝铸的方法上仍然可以对古诗有所借鉴。新诗所面对的社会生活和文化背景已经发生重大改变，可是，在意象传达方式和表情达意方式上，和古诗还有一定的内在契合，因此，新诗在对深度意象开拓和人文气质塑造上还是可以继承古诗的优良传统的。纵观几千年中国诗歌发展史，健康、质朴、清新、有力的诗歌根基从本质上没有改变。“草根性”作为当下一个重要诗学观念，要想真正实现理论和实践相结合，从而促进中国诗歌的健康发展，必须要从古代诗学的传统中扎下根基并不断突围，对古代诗学进行重新阐释，结合当下现实创作特点，赋予全新的诗学意义。“草根性”所要承担的诗学任务就是要将传统诗学中提倡清新有力的诗歌风格和当下现实结合，从而对当下纷乱的诗歌现象进行方向上的调整和指引。

当下诗歌写作至今还没有能够真正与积弱已久的浮华空洞的诗歌弊端决裂，沉醉在浮夸、萎靡的修辞练习或者玩弄个人机智的诗歌写作充斥着诗坛。当下诗歌写作还不能对当下社会现实作一个全新的诗意阐释，诗歌和社会的结合度还不够紧密，更为重要的是，当下诗人对今天的社会状态和生存体验认识不足，从而导致诗歌写作的不及物状态。当年艾略特曾针对当时的西方诗坛提出过“客观对应物”的写作理念，改变了西方现代诗歌的虚浮状态，让诗歌写作走进事物的内部，将诗歌的根基植入社会现实和人生体验的深处。中国诗坛呼唤一种更为强大的走入事物内部的写作，“草根性”的意义可能就在于此。一种诗学理念的提出需要长期与诗歌创作相互碰撞、磨合才能不断壮大，“草根性”的发展需要具有古今打通的眼光和面对当下诗坛的勇气才能真正发挥强大的力量。正如诗评家张德明所说：“底层写作在新世纪诗歌中的显露，势头强劲，其诗学意义是异常突出的。在我看来，新世纪诗歌中底层写作的繁兴，不仅意味着现实主义诗歌精神在当下的复归，也意味着当代诗人对左翼文学传统的有意识的继承。”[①] 张德明也注意到底层写作的精神回归和对文学传统的继承，“草根性”这个概念是广义的底层写作，其意义不仅在于底层写作，而在精神回归和传统继承方面却是真实可见的。

“草根性”在解决诗歌写作的现实问题上至少具有以下三点意义。一是诗歌创作手段的解放。当年胡适在《谈新诗——八年来的一件大事》提出了“诗体大解放”的观点，这一观点也成为中国新诗发生期的代表性标志。纵观中国现代诗歌发展史，现代诗歌不仅在诗体上寻求解放，在创作手法上的自由解放也是一条重要线索。“草根性”理念的提出是对现代诗歌创作手段的又一次减负和解压，从低处出发，从生活出发，将现代诗歌的包容性向外拓展，广泛吸取民间生活、地域文化的滋养，创造全新的诗歌写作手法。二是诗人自身重新定位。当下诗坛仍然普遍存在诗人自视过高的怪圈，诗人多以大师自居，鄙视他人，党同伐异的小家子气危害诗坛的不良风气。“草根性”理念就可以针对这种现象进行调整，当年艾略特曾说过要反对“恶劣

①张德明：《新世纪诗歌中的底层写作及其诗学意义》，《文艺理论与批评》，2011年第5期。

的个人化倾向”，就是针对现代诗人盲目抒情，过于沉湎于自我小天地，导致无法对自身进行正确定位而提出的。“草根性”理论中包含着放下诗人的架子，抛开华而不实的空想，解放个人气质等内容。三是诗歌的问题意识。现代诗歌由于受多元文化的影响，特别是现代后现代西方诗歌思潮的冲击，在不同程度存在着过度玩弄技巧，沉湎空泛抒情的弊病。胡适在早期诗歌理论中就提出过要“言之有物”，“草根性”理论强调从现实出发，提高诗歌的问题意识和参与意识，多写与社会问题相关的诗歌，拉近诗歌与生活的关系。

当下诗歌在两个方面存在重要问题。一是没有能将几千年来的诗学传统化为力量，反而背上沉重的历史包袱，一旦说到传统，便被唐诗宋词的气象才情所笼罩，无法冲突出来；二是诗歌触角不能深入到当下生活的内部，只是玩弄小感触，小灵性，无法面对真实自然的生活现实。要想解决这些问题，首先在汲取传统诗学理论滋养的同时，把古代诗歌的丰富资源和现代诗歌创作打通，立足更为深远坚实的诗歌根基。中国诗歌出自民间，从最早的诗歌形态来看，杂糅了上古时代的音乐、舞蹈、传说、神话、野史、宗教等多种元素，而现代社会生活逐渐受西方现代思想的冲击而导致根基丧失。在这种情况下，必须对古诗进行化繁为简和全面清理。首先要对古诗的消化和再释，这个化用的过程极其艰巨，当年庞德对中国古诗的误读和硬译揭开了西方现代诗歌技巧革命的序幕，而今天当下诗歌写作也需要冲决食古不化的牢笼，探寻更为深邃的写作源头，从民间汲取力量，大胆创新、不惧挑战，以全新的姿态来面对传统的挑战。其次要善于捕捉当下生活的新现象和新思想，充实写作内容，摆脱不及物的写作状态，从现实出发，从事件出发，写出刚健有力的新作品。最后还要创新诗歌表达方式。当年白居易曾写道：“歌诗合为事而作”，没有新的社会实践，没有新的创作冲动，就没有新的诗歌。“草根性”要求诗人发扬白居易深入民间，深入生活的多层面的思路，将民间写作和诗人的天赋相结合，创造出更为生动有力的时代诗篇。

（原文刊载于《文艺理论与批评》2014年第1期）

通：论中国现代诗学体系构建的问题及对策

中国现代诗学在历经几十年的建设之后，取得了很大的进展，可是具有中国现代诗学特色的理论体系却始终没有真正建立起来，而且在现代诗学体系的学术身份以及建设方法上还存在着很多模糊认识和理论误区，主要表现在东西方诗学传统的夹缝里摇摆不定，中国现代诗学的学术品质认识不清，中国现代诗学的建设方法缺乏深入探索等。面对这些问题，需要我们从中国现代诗学的学术身份、学术路径、建构方法等方面去一一厘清。

一、中国现代诗学的学术身份和学术路径

王国维在清末开创的“以西释中”的诗学构建方法至今仍是学术界最主要的研究方法；他以“意境”为核心的诗学理论在广泛吸取西方诗学理论的同时很好地保持了中国传统诗学的理论风格和学术特色。自“五四”以来，中国现代诗学建设逐渐与传统文论及传统文化产生“断裂”乃至产生“失语征”。比较文学专家曹顺庆把“失语征”解释为“失语，指的是失去了意义生成和话语言说的固有文化规则”[①]，这种“文化失语征”使中国现代诗学在建设理念上走入误区，那就是中国现代诗学始终游离在中国传统诗学和西方诗学两者之间，既不能保持传统诗学的特色，又不能体现西方诗学的精髓。问题的症结在于，西方的强势学术话语对中国传统诗学的冲击过于猛烈，中国现代诗学在以西方为中心的强势文化面前节节败退，最终走上了一味依赖西方，和传统诗学越来越远的道路。

面对现代诗学的尴尬局面，首先，要明确中国现代诗学的学术身份和理论立足点；其次，是要找到中国现代诗学的构建方法；最后，还要对中国现

①曹顺庆：《论失语征》，《文学评论》，2007第6期。

代诗学的发展方向有一个清醒的认识。曹顺庆先生的“失语征”针对的是广义的中国文论，涵盖了文史哲等诸多人文学科的共同问题。而从狭义的中国诗学出发来看所谓的“失语征”，问题则更为突出，伴随着中国新诗出现的狭义上的中国现代诗学，即中国现代诗歌理论，理论体系建设之路就更为艰险。要想弄清楚狭义上的中国现代诗学的学术身份和学术路径，就要从中国新诗的文化根源说起。西南大学陈本益教授在《中国新诗的文化根源》一文中指出：“我们认为，新诗所从属的文化，或者说它的文化根源，既不是中国古代诗所从属的古代文化即传统文化，也不是西方诗所从属的西方文化；从严格的意义上说，也不是这两种文化的结合。新诗所从属的文化，是由中国古代文化中有关的异质因素发展、壮大而来的一种新文化，这就是中国现代文化。这种文化与中国古代文化异质，却与西方文化同质，因而受到后者的鼓励和诱导，并必然表现为对后者更多的借鉴和学习。”①中国现代诗学文化根源的界定给中国现代诗学的学术身份人一个很好的铺垫。在中国新诗文化根源确立之后，我们就可以推导出中国现代诗学的学术定位。首先，中国现代诗学来源于中国传统诗学，因此，中国现代诗学必然是中国化的，而不是西方化的；是从中国文化中生长出来的，而不是从西方文化中生长出来的。因此，中国现代诗学绝不能和传统诗学割裂开来，而且其根基必然是立足于中国传统诗学的。其次，中国现代诗学不是传统诗学的自然延续，而是中国传统诗学变异的结果，因此中国现代诗学和传统诗学血肉相连，而且这种变异的结果使中国现代诗学和西方诗学具有同质的特征，必然带上西方诗学理论的印记。中国现代诗学的学术定位明确之后，中国现代诗学的中西关系问题就迎刃而解了：既然中国现代诗学来自中国传统诗学，那么中国现代诗学的立足点肯定在中国传统诗学，而非西方诗学；既然中国现代诗学和西方诗学同质，那么中国现代诗学的构建就无法撇开西方诗学的支持。现在中国现代诗学的身份问题就明朗化了，“中学为体，西学为用”就成为中国现代诗学独特的学术身份。

说到“中学为体”又面临新的问题，这里的“中”指的是中国传统诗学，由于中国传统诗学的诸多理论特质和现代诗学的一般研究方法相悖，给现代诗学的构建提出很多难题，比如理论体系不清晰，学术概念模糊，理论

①陈本益：《中国新诗的文化根源》，《诗探索》，2000年第3—4期。

范畴之间关系不明确等。在中国传统诗学内部这些问题的确无法得到解决，似乎我们唯一可以依靠的只有西方诗学理论，于是问题就过渡到怎样解决“西学为用”上了。

在运用西方诗学理论的问题上，我们长期以来主张“拿来主义”，就是说只要是对现代诗学有用的都可以拿来。“拿来主义”本身没有什么问题，可是在具体实施过程中始终受到两个问题的困扰。一是如何取舍和使用的问题。西方诗学理论一向以强大的思辨性和严谨的体系性而著称，而这正是中国传统诗学欠缺的，以彼之长，救己之短，看似合情合理，操作起来却困难重重。和中国传统诗学一样，西方诗学也是一个整体性的学术架构，不可以随便肢解或者随意分割，这就造成取舍和使用上的困难，学术体系内部的整体性要求会不断地给那种把西方学术工具化的做法提出诘责，可是，工具化似乎是西方学术补救现代诗学的必由之路。二是西方学术的中心位置导致西方诗学对中国传统诗学的学术压迫。当下，西方诗学占据了国际学术的中心位置，当我们在一味依赖西方诗学来拯救中国诗学的同时，不知不觉中自身学术的独立性慢慢流失。更为深层的是，西方理论界也不时地经受学术危机之痛，中国诗学建设的成败也对西方诗学建设有重要的参考价值。作为世界诗学的重要组成部分，中国现代诗学体系的成就关乎世界诗学未来的发展。

上述问题归结起来就是，中国现代诗学的根本特色在哪里？中国现代诗学建设的根本依据在哪里？中国现代诗学的发展方向在哪里？把中国现代诗学放到广阔的国际视野来看，的确有很多特色，这些特色有的十分鲜明，有的十分隐蔽，找准那些最具特色的观点并加以突破，以点带面才是目前中国现代诗学建设的首要任务。

针对中国现代诗学的现实问题来说，经过“五四”以来近百年的发展，中国现代诗学建设取得了很大的进步，可是相对完整的学术体系却没有建立起来。这个问题最突出的表现就是，目前还没有出现一种能够代表中国现代诗学思想的类似于王国维先生“意境”的那种现代诗学范畴和现代诗学理论。造成这个尴尬境地的原因很多，其中最为关键的原因是“文化断裂”造成的文化根基的偏离和“以西释中”带来的学术独立性的丧失。“文化断裂”理论是由著名学者曹顺庆提出的。在中国新文化产生的初期，为了解决中国传统文化几千年留下的痼疾，采用了急功近利的全面抵制传统文化的过激方式，尽管这种方式在当时是行之有效的，却为现代诗学的体系化建设留下“后遗症”，这个隐患在中国现代诗学构建的今天越发凸显出来。“以西释中”是中国现代文化的根本性质决定了的，是中国现代诗学的必然选择。“以西释中”的核心思想是用西方理论来阐释中国传统学术资源，这个学术路径堪称中国现代诗学方法论上的一大创举。可是“以西释中”在运用的过程中，会产生两大问题。一是“以西释中”暗含着两种文化之间的对比较量，而西方的强势学术话语会不断压迫中国现代诗学独立性地位；二是“以西释中”的方法所带来的对中国传统诗学的宰割和肢解，将整体性的传统诗学体系变得支离破碎。反过来说，这种工具化的方式也会带来对西方诗学的长期依赖，因为这种做法的出发点并非建立在对西方诗学的全面理解之上，而是片面地追求所谓的“实用性”，这种“头痛医头，脚痛医脚”的学术路径必然导致理论价值和学术意义走向狭隘。问题似乎走向了一个悖论，学习借鉴西方理论是中国现代诗学的必由之路，可是向西方学习的过程中会导致学术身份的独立性丧失。事实上，问题的关键并不在于要不要对西方学术学习借鉴，也不在于“以西释中”在方法论上有什么偏差，而是在于中国现代诗学的自身定位，也就是说，要抓住“中学为体”的那个“体”，或者说，恰恰是中国现代诗学没有解决好自身和传统诗学的关系问题才会导致学术体系不够完备，学术身份摇摆不定等诸多误区。解决好中国现代诗学和传统诗学的关系，或者说，从中国传统诗学中发现中国现代诗学的立足点，明确中国现代诗学的本质特色，才是解决问题的前提。

二、“通”作为中国诗学建构方法的早期成就与启示

著名诗论家吕进先生曾说过：“中国传统诗学在‘通’中求‘变’，而西方诗学则是在‘从零开始’中出新”。[①]“通中求变”，不仅是中国化的融会贯通的学术研究方法，更是中国现代诗学整体性建构的一个基本宗旨。古往今来关于“通”的论述很多，庄子曾说过“道通为一”，[②]即在“道”的统摄之下，万事万物呈现出同样的根本属性。中国古代诗学传统的形成与庄子哲学的影响是分不开的。庄子理论对后世文论产生了巨大的影响，刘

①吕进：《吕进文存（第二卷）》，西南师范大学出版社，2009年，第296页。

②陈鼓应：《庄子今注今译》，商务印书馆，2007年，第41页。

勰在《文心雕龙》中提出“秘响旁通”理论，比较文学专家叶维廉对此解释道：“中国文学理论与批评间所重视的文、句外的整体活动。我们读的不是一首诗，而是许多诗或声音的合奏与交响。”[①] 叶维廉发现所有的中国诗歌都有一种神秘的应和，一首诗和另一首诗之间会产生一种呼应，并从而呈现出相类似的诗歌意蕴。刘勰的《文心雕龙》将儒释道打通，具有中国传统文论的根本特质，“秘响旁通”就暗含着中国传统诗歌的整体性建构问题。《文心雕龙·通变篇》中就明确提出了“名理有常”的观点，意即文学体裁具有自身的内在规定性，要依据这个内在规律来进行探索，而刘勰特别强调了如果不能做到通中求变，就会导致文学发展的道路停滞不前，其内在原因在于“非文理之数尽，乃通变之术疏耳。”中国传统诗学整体性构建上也是如此，理论观点看似零碎，内在上却是统一的，整个中国传统诗学都是遵循着“通”的原则建立起来的。这种貌似零散的整体性建构是中国传统诗学的安身立命的个性特质，也是我们中国诗学的本质特色。这种“形散而神不散”的诗学建构是与中国传统文化“天人合一”这个根本特色分不开的，当然这也是中国传统诗学理论的自身要求决定了的。这个“通”里面蕴含着传统诗学的无限意蕴，比如“比兴思维”“言外之意”“无我之境”等，莫不体现着这个“通”的学术特色，简而言之，以有限之语言汇聚无限之意蕴就是“通”。

事实上，前辈学者在运用“通”的方式来建设中国诗学上已经有过很多成功的范例可以借鉴。王国维“意境说”的提出就是一个很好的范例。“意境”是对中国传统诗学的总结和完善，是“通”作为方法论的理论体现，这个理论范畴保持了中国传统文化和古代诗学的本质特色，这个特色很鲜明，具有不同于西方学术的学术独立性。王国维在《人间词话》中说道：“言气质，言神韵，不如言境界。有境界，本也。气质、神韵，末也。有境界而二者随之矣。”[②] 王国维的“境界说”是建立在中国传统文化和中国传统诗学的基础之上的，从王国维的理论构建中，我们可以分明感受到西方学术作为参照物的痕迹。从王国维的行文中可以看到，西方“天才论”“影响的焦虑”等理论的影子，可是，王国维并没有将西方理论直接套用在中国诗学体

①叶维廉：《中国诗学》，生活·读书·新知三联书店，1992年，第70页。
②王国维：《王国维文集》，中国文史出版社，第21页。

系建设上，而是巧妙地化用了西方理论的精髓。这正是“通”作为方法论的绝佳注脚。“通”的前提是“化”，“食古不化”或者“食洋不化”是中国现代诗学建构必须克服的弊端，当然“化”的过程相当艰辛，只有将中国传统诗学消化、打通，坚守中国传统诗学的整体性特色和学术个性才能有效地将西方学术化掉并为我所用；只有对西方学术全面理解并保持学术警醒，才能在保持自身特色的同时不扭曲西方学术的本意来为我所用。

对中国传统诗学灵活化用并初步提出具有个性特色中国现代诗学理论的代表人物是闻一多。闻一多很早就在《〈女神〉之地方色彩》一文中指出：“我总以为新诗径直是新的，不但新于中国固有的诗，而且新于西方固有的诗，换言之，它不要做本地的诗，但还要保存本地的色彩，它不要作纯粹的外洋诗，但又尽量地吸收外洋诗的长处；它要做中西艺术结婚后产生的宁馨儿。我以为诗同一切的艺术应是时代的经线，同地方的纬线所编织成的一匹锦……我要时时刻刻想着我是个中国人，我要做新诗，但是中国的新诗。我并不要做个西洋人说中国话，也不要人们误会我的作品是翻译的西文诗。”①闻一多对中国现代诗歌的个性特质和独特身份特征都保持着很高的警惕性。闻一多在《谈商籁体》中化用了中国格律诗的理念来解释西方十四行的特色：“最严格的商籁体，应以前八行为一段，后六行为一小段；末两行为一小段。总计全篇的四小段，第一段起，第二段承，第三段转，第四段合……总之，一首理想的商籁体，应该是个三百六十度的圆形。”②闻一多先生提出的这个“圆形”理念就化用了中国古诗圆融无间的形式特征。这些其实都是“通”作为方法论的具体运用，是中国传统诗学修养的体现。

闻一多的《高唐神女传说之分析》是立足中国传统诗学，有效化用中国传统诗学资源，并将西方理念化入中国现代诗学理论建设中去的典范。《高唐神女传说之分析》中体现出的学术路径很好地贯彻了“通”的理念，同时对“通”的可行性和内涵外延的拓展树立了一个很好的范例。闻一多在文中说道：“要想明白这位神女的底蕴，唯一的捷径恐怕还是从一个较迂远的距离——《诗经·曹风》的《候人篇》出发。从《候人》诗到《高唐赋》是一

①张俊才：《现代中国文学的民族性建构》，山西人民出版社，2008年，第34页。
②刘烜：《闻一多评传》，北京大学出版社，1983年，第165页。

个大弯子，然而这趟路程无法缩短。”① 闻一多先生的神话和诗学研究综合了中国传统学术的各种研究方法，从训诂学、神话学和社会学、民俗学等诸多学科中汲取有效的材料和方法，加以诗意的想象，大胆假设，缜密论证，最后得出了较为符合中国传统诗学的结论。虽然闻一多先生的论证中大量采用西方理论作为背景，比如查尔干的图腾学说和弗洛伊德的“性文化理论”等就是很明显的学术支撑，可是文中却没有生搬硬套的痕迹，做到在“化”的基础上的“通”。历经几十年的学术变迁，闻一多先生的这篇文章仍然具有很高的学术价值和参考意义，这也从一个侧面说明他采用的这个“通”的方法是切实可行、行之有效的学术路径。华东师大田兆元教授在他的《神话学与美学论集》中，对闻一多先生的这一学术方法论进行了总结：“他的研究视点不是孤立的，而是相互联系的系列，这是闻一多先生神话研究的一个基本方法。他首先是才气十足的联想，然后便是老辣深沉的论证，一下子为我们展开一个相互联系的文化系列。”② 或许这段论述是对“通”的方法可行性最好的总结吧。闻一多先生在“化古”和“化欧”方面下了精深的工夫，打通了文化隔膜，加之立足于传统诗学的根基不偏离，化用西方而不执着于西方，立足古代却能超越古代，他的诗学理论一定程度上体现了“通”的精髓之所在。田兆元在同文中对闻一多的神话学研究方法进一步总结道：“我们称闻一多先生在神话学研究方法是意象的系统联想与论证方法，这是他在神话学研究中的方法的独特贡献，也是本土神话学研究话语的伟大创举。”③ 闻一多先生的神话学研究渗透着诗学研究的方法，以意象为核心，以联想为经，以论证为纬，编织一幅现代诗学的理论图景，这也是对“通”的另一个贡献。中国传统诗学就是在混沌中求明晰，在明晰里又有混沌，这个学术特色也是中国文化的根基决定了的，从混沌走向澄明，澄明里又夹杂着混沌，这或许就是要我们为之努力，必须打通的那个中国现代诗学出路吧。

---

①闻一多：《神话研究》，巴蜀书社，2002年，第1页。

②田兆元：《神话学与美学论集》，上海文艺出版社，2007年，第275页。

③中国神话学中的“想象性类概念”对中国传统诗学的体系化研究具有重要的参考价值，对中国现代诗学体系建设也有一定的借鉴意义。关于“想象性类概念”研究详情参见中山大学邓启耀教授的《中国神话的思维结构》，重庆出版社，2005年。

三、中国现代诗学体系构建方法探究

王国维先生从中国古典诗词中汲取有益的学术营养，围绕着“境界”来展开他的中国现代诗学体系构建，给中国现代诗学起理论奠基的作用。王国维先生开创的“以西释中”的学术方法具有很高的学术价值，历经近百年而不衰，显示了强大的生命力，而在“文化失语征”日益严重的今天，重新反思中国现代诗学体系构建方法是十分必要的。王国维的“境界说”大量运用西方理论作为学术支撑，这种中西融合的学术路径和今天的“文化失语征”以及“学术断裂”的形成不无关系，而且这种学术方法不仅不能消退中国现代诗学的“西方综合征”，却只会加剧这种不良现象的发生。因此，怎样重新审视前人学术成果，开创崭新的中国现代诗学构建方法势在必行。

闻一多先生从中国神话学的研究方法入手，结合中外诸多研究方法，采用学科打通的方法，曲径通幽地解决中国诗学理论问题，给中国现代诗学体系构建以很好的启发，似乎我们只要沿着闻一多先生的“理论转换”的方法继续走下去就会达到那个“柳暗花明”的“又一村”。其实不然，闻一多先生的研究思路最终还是没有脱开中西融合的怪圈，问题的症结在于，所谓的中西融合，自始至终都存在一个中西方学术体系异质排斥的问题。那种认为中西方理论可以完美融合、互为利用却不会产生不良反应的想法过于理想主义。闻一多先生的传统文论“转换法”的确要比“以西释中”的“融合法”要高明得多，可是，前提还是要在坚持中国传统诗学特色的基础上有限度地吸收西方诗学的营养才能实现。事实证明，只有立足于中国传统学术本身，才能真正有效地建立独具特色的中国现代诗学体系，也才能从根本上解决所谓的“失语征”“文化断裂”等理论虚征。

现在又回到了文章开头的老问题，狭义上的中国现代诗学的根本性特色在哪里，中国现代诗学建设的根本依据在哪里，中国现代诗学的发展方向在哪里？关于这个问题，学术界已经有了不少论述，大体上可以分为“转换论”和“融合论”，前者主张古代诗学理论的现代转换，而后者主张中西方理论联合，共同打造现代诗学体系。近几十年来的中国现代诗学体系建设确实都没有脱出这两种研究方法，也取得了不少学术成果，可是就总体而言，中国现代诗学建设的根本问题并没有真正解决。

中国现代诗学建设还是要从中国传统诗学里去寻找理论根源，那中国传统诗学的根本特色到底在哪里呢？中国传统诗学到底有没有一个所谓的理论体系呢，事实上，中国传统诗学也是一个博大精深的理论体系，尽管这个体系并非西方理论逻辑化的、学理化的路数；中国传统诗学也有其内在的概念系统，尽管传统诗学概念之间的关系并不明确；中国传统诗学也鲜明地体现出内在的发展规律，尽管这个规律难以用确切的学术概念来定义。因此，所谓的“转换”和“融合”都是具有一定合理性的，只是在前提和根基上需要一个理论清理才有可能真正具有切实可行的学术意义。

“通”作为中国现代诗学建构方法，是由几千年形成的中国诗歌传统三大特征决定的。一是中国诗歌“情与气谐”的独特抒情方式；二是中国诗歌“道通为一”的独特取象方式；三是中国诗歌“比兴为主”的独特思维方式。中国诗歌的抒情具有“通”的特征，这主要反映在中国诗歌的情并非聚焦于某一事物，而是散射到世间万物，充塞与天地之间，古代史论中说“情与气谐”，情和气的和谐一致就是“通”的根本表现。中国诗歌的意象凝练方式具有取消万物之间的隔膜，事物的存在具有互通的连续性等根本特征。很多意象之间具有内在的应和关系，古代诗歌中的“柳”“风”等意象的丰富内涵中就体现“通中求变”的原则。“以彼物比此物”的“比”是通，“先言他物而引出所咏之词”的“兴”也是“通”。中国诗歌的思维方式与中国传统神话的想象性类思维有直接关系，中国诗歌擅长将景物、情感等诸多因素以分门别类的方式做整体式的混沌处理。不仅这种混沌思维的方法在现代诗歌创作中仍然存在，而且中国现代诗歌在意象凝造和抒情方式上还保持着这种以“通”为本的特有诗歌审美风貌。

中国传统诗学的“通”贯穿了整个中国古代诗学发展史，中国古代诗学的理论根基在于儒释道文化背景下的不同诗歌发展方向的分流与合流，这个理论上的“分”与“合”是有一定的内在规律性的，找准这个规律性就等于对古代诗学的清理工作成功了一半。事实上，中国古代诗学体系的构建有两个大的转折点。一是先秦的诸子百家思想，二是魏晋玄学时期的过渡[①]。现

①魏晋玄学是中国学术的重要转折点，标志着零散的诸子百家思想向体系化的理论构建的过渡，而新玄学思想在中国现代诗学构建中的理论转化意义同样起作用。关于魏晋玄学的学术过渡意义参见汤用彤先生的《魏晋玄学论稿》，生活·读书·新知三联书店，2009年。

代诗学体系建设只要建立在对先秦诸子思想的总结和魏晋玄学的转换上就可以找到全新的理论发展方向。

如果说先秦诸子思想是古代诗学思想的分流，还没有体现出中国诗学体系总体性特征，那么魏晋玄学就是古代诗学思想的合流，已经鲜明地反映出中国古代诗学的体系特征。这个由分到合的过程正是中国诗学根本特色“通”的体现。“分久必合，合久必分”是中国古代诗学建设的生命力的体现，也是现代诗学体系建设的出路所在。

现代诗学体系建设的艰巨性在于，古代文论的根本特色“通中求变”的前提是先秦时期诸子百家奠定的“天人合一”为特色的诗学思想和魏晋玄学时期“人的觉醒”和“文的觉醒”激发出的中国诗学总体特色的凸显。抓住了这两个关键，就掌握了现代诗学体系构建的基本原则和基本方法。“天人合一”的文化背景在今天中国现代诗学建构的过程中并未完全失去作用，只是在某些方面随着历史的发展发生了变化。魏晋玄学是对先秦以来丰富的诗学思想的一个总结，更是中国诗学体系构建的关键时期，玄学的强大转化功能赋予了中国诗学建设的原动力，正是因为有了玄学的过渡，后来的中国诗学围绕着“意”与“象”而展开的“象外之象”“以物观物”乃至“意境”等理论才有了可能。因此，中国诗学的总体特色不外乎是以意象为核心的类概念体系，以感性联想为方法的类思维方法，以化整为零为外在表现形态的理论框架，以新玄学的理论转化作为原动力的通中求变。

总之，中国现代诗学体系建设的基本原则在于要不断凸显出中国诗学的鲜明个性色彩，而不是一味强调与西方的理论认同。中国现代诗学体系构建的理论出发点在于要不断强化新玄学思想的理论转化功能，而不是将古代或者西方理论照搬照套。中国现代诗学体系构建的核心在于围绕着意象而展开的类概念体系建设，而不是按照西方形式逻辑方法创建的知性概念体系。中国现代诗学体系构建的表现形式在于以零散的诗论拼贴出的完整诗学框架，而不是以西方宏大的理论叙事作为表现方式。中国现代诗学体系建设的发展方向在于从更为深层次的民俗学、神话学和民族学等学科中汲取营养，反本溯源，“通中求变”的寻求文化传承，而不是推倒重来的西方颠覆式的学术重组。

（原文刊载于《民族文学研究》2013年第5期）

论古今诗学理论对话

中国现代诗学是建立在对中国传统诗学的反叛和对西方诗学借鉴的基础之上的，由于历史原因产生的“文化断裂”使中国现代诗学失去了中国传统诗学的深厚基础，导致中国现代诗学严重缺血而且直接导致中国现代诗学和当下诗歌创作严重脱节。对中国现代诗学来说，这是很不正常的，西方诗歌理论几乎是和诗歌创作同步发展的，而中国现代诗学对当下诗歌创作处于不及物状态，更谈不上具有理论指导意义了。当下诗坛出现的“下半身”和“口水诗”现象，是对现代诗歌观念较极端的实验，具有一定的观念开拓性，但由于采用了过激的方法而且当下诗歌理论也没有能力对这些现象作出积极回应，因此，当下诗歌作品和理论之间的良性循环无法实现，从当下诗歌写作理念的混乱也可以看出中国古代诗学现代转换的必要性，中国现代诗学回归传统并“创造新的传统”已经势在必行。关于中国现代诗学与古代诗学对话的必要性已不必赘述，关键是如何实现对话，因此，认真研究古今诗学特点并发现对话的具体路径是至关重要的。

中国传统诗歌理论主要呈现三种状态。一是专门的诗歌理论或者评论著作，二是包容在其他文学艺术理论著作中，三是零散地出现在各种笔记和散文中。张法指出，中国古代诗学真正系统化、专业化的诗歌理论极少，除钟嵘《诗品》和叶燮《原诗》外，几乎没有真正现代理论意义上的诗论，司空图《二十四诗品》虽然是高水准的诗歌理论，却采用了以诗论诗的方式，并非我们现代意义上的学术论著。中国古代诗学讲究的是虚实相生的互动关系，诗学概念是张力性的模糊概念，是理论抽象型话语与现实感悟型话语结合的产物。阅读古代诗学，不仅要看到概念本身的“实”，更要关注在概念背后隐藏着的巨大的“虚”；不仅要理解传统诗学的理论型话语，更要考察传统诗学的现实感悟型话语。中国现代诗学是以西方诗学范式作为基本框架的，表现出高度的逻辑性和系统化特点，讲究概念的精确界定并使用相关概念共同组成逻辑严密的理论体系。古今两种诗学各具特点，古代诗学的优势在于以天人合一为大文化背景将自我融入天地万物，强调体验和感悟的重要性；现代诗学的优势在于更加科学化、体系化，适应现代社会理论研究探讨的需要。难道古今诗学就没有相同之处可言了吗？

事实并非如此。吕进先生认为："不到百年历史的新诗只是有待成熟与有待完美的中国诗歌的现代形态和现代诗歌的中国形态而已。和后起的小说等文学的散文品种相比，新诗在中国读者那里获得的认同度很不理想，新诗的一些似曾相识的危机在近百年间不断地去而复来。"①

中国现代诗歌的形态尚未成熟，还需要从古代诗学的强大传统中吸收营养，不管古代诗学还是现代诗学，其背后中华民族儒释道合一的文化背景并没有根本改变，中国人的民族性格和民族宗教伦理并没有也不可能完全西化，古今诗学对话的文化基础还是天然存在的。尽管今天的诗学语言是白话文而且使用简化字，汉字以象形为基础的思维模式依然没有改变，汉语仍然保留了自古以来的模糊、圆融、多义的特征，中国传统诗歌美学中强调情景交融、大音希声、无我之境等特点在今天依然发生作用。总之，古代诗学和现代诗学之间存在一定的差异性，同时也存在很多天然的共通之处，因此实现古今对话不仅是可能的也是理所当然的事情。

要真正实现古今诗学的对话，或者说要将古代诗学理论的巨大资源转换为现代诗学的丰富营养，关键还是要找到能将两者之间的不同点连接起来并互相沟通的途径。王国维是中国第一个将古代诗学和西方诗学结合起来并提出一套完整理论的人，他的"意境说"已经成为中国诗学理论基石中最具特色的一个。"意境说"将古代诗学的情景交融、空灵透彻、直指人心的传统和西方叔本华、尼采的存在学说相结合，开创了一片中西结合、"以西释中"的新天地。近几十年来，中国比较诗学走的路子大体没有脱去王国维"以西释中"的模式。"以西释中"毫无疑问是独具中国特色的诗学现象，其优势是用西方强大的诗学理论工具来考量中国传统诗学的巨大资源，在以后很长一段时间这种方法还会是中国诗歌理论中外比较的主要途径。问题是中国现代诗学发展到了今天，已经形成了相对独立、完善的理论体系和学术

①吕进：《三大重建：新诗，二次革命与再次复兴》，《西南师范大学学报（人文社会科学版）》，2005年第1期。

框架，古代诗学的现代转换没有必要总是借助于西方的概念和理论思路，而是要以现代诗学自身的创造性和生命力来改造并创新古代诗学理论。中国现代诗学和古代诗学应该是“一体的”，古代诗学的现代转换应该是直接的、自身内部的转换，现代诗学应该能够包容或接纳古代诗学的优秀传统。任何真正意义上对传统的改造和继承都是一种再创造，中国现代诗学自身已经初步形成了具有个性的“传统”，也完全有可能在这个“传统”的基础之上去开创新的“传统”。中国现代诗学并非完全是“舶来品”，在中国现代诗学的发展过程中，其实每一步都蕴含着中国传统诗学的影响因子，因此，中国现代诗学和中国传统诗学的对话并非两种异质文化在外部的对话，而是古今诗学自身内部的对话；或者说是中国诗论旧传统和新传统的对话，而不是中外传统的对话。当下的古今诗论对话的水平还有待提高，还有很多问题需要解决，随着对话的不断深入，这些问题会逐步得到解决。

首先，古今诗歌理论的对话要解决古今诗歌理论概念之间的“误会”。古代诗歌理论的很多概念建立在“天人合一”基础之上，本身呈现“虚实相生”的倾向。现代诗论如何理解并接受这些概念术语是现代诗学重建的一个首要任务。试以司空图的《二十四诗品》为例，按张法的归纳，《二十四诗品》里反复出现的重要概念有：真、道、幽、神、空、素、淡。张法指出：“这些词构成了两个基本的思想层次，一是道、神、真；二是空、幽、素、淡；前者是根本的哲学概念，后者是最高的境界概念。道、神、真，具体化为空、幽、素、淡；空、幽、素、淡升华为宇宙的道、神、真。也可以说，前者是一种宇宙境界，后者是一种心灵境界，宇宙之道化为心灵的一片空灵，心灵之境充满宇宙的永恒道心。”①

古代诗论的概念具有两大特征。一是概念之间的意义关系是互文和交叉的，和现代诗学具有独立意义的概念有所不同；二是追求实际意义之外的虚空境界。因此，不是说古代诗论的概念在现代诗学中就不能使用，而是在使用时要注意古代诗论概念的意义模糊和意义背后的境界。如果能够在现代诗论中有效地引进并改造古代诗论的术语和概念，将会大大丰富现代诗学的内涵并提高现代诗学的美学分析手段。

其次，谨慎进行古代诗歌理论的可用度分析。要把古代诗学的概念术语

---

①张法：《中国美学史上的体系性著作研究》，北京大学出版社，2008年，第128—129页。

拉入现代诗学具有潜在的危险，就是古代诗学会不会对现代诗学的西式理论架构产生异体排斥，或者说现代诗学体系会不会对古代诗学概念产生不良反应。这个担心是必要的，因为古代诗学的概念往往无法承载现代诗学理念，今天的社会形态、价值取向、科技手段早已和古代不同，这就又要提起吕进先生倡导的现代诗学“观念重建”问题。现代诗学和现代诗歌一样，自始至终都是一种实验，现代诗学对于“什么是诗”或者说“什么是现代诗”这个问题的答案永远都是探索性而不是终极性的。现代诗学能否正确接纳包容古代诗学，关键在于现代诗学能否调整自身的诗学观念，以更加开放、更加先进、更加科学的姿态来对待古代诗学。观念的转变决定诗学发展方向的转变，将古代诗学纳入现代诗学体系给现代诗学提供更加广阔的美学空间，这将是一项长期的工作。

最后，在吸收古代诗歌理论时不可过于拘泥，要大胆改造、灵活运用。王国维《人间词话》突破传统诗论的束缚，大胆运用西方理论来分析中国传统诗歌，开创出一条中国现代学术之路。今天我们要实现古今对话，也要打开思路、锐意创新，摆脱旧思维、旧思路、旧模式的束缚，创造性地对古代诗论资源进行现代转换。

（原文刊载于《西南大学学报》2009年第5期）

桥上的风景

——论卞之琳对东西方诗歌的继承与借鉴

一

卞之琳和废名、徐志摩、闻一多乃至戴望舒都要在“白话诗和旧诗之间架上一座桥，重建古典诗歌的理想形态”。而他们对传统文化的继承又各有侧重。闻一多关注的是格律；徐志摩强调音乐效果，何其芳注重古典意境，废名提出“形式是散文的、内容要是诗的”主张。只是卞之琳没有从诗歌形式，而是从古典精神接通了古典诗歌。卞之琳说：“我总喜欢表达我国旧小说的意境。”[①] 从卞之琳的诗中不难看出这种东方文化传统中“虚”与“悟”的空灵之感。如《雨同我》：“我的忧愁随草绿天涯：/鸟安于巢吗？人安于客枕吗？/想在天井里盛一只玻璃杯，/明天看天下雨今夜落几寸。”

卞之琳的大部分作品带有浓厚的温李一派的痕迹。如废名所说：“有温的浓艳高致，还有李诗的温柔缠绵。”他的诗汲取了花间诗人的唯美、醇厚、雅致、隽秀的一面，但并不拘泥于字面上的“形似”，而更重诗歌韵味上的“神似”。在诗人冷静达观的思考之中，让读者深会其中的“味外之味”“象外之象”。如《白螺壳》：“空灵的白螺壳/孔眼里不留纤尘，/漏到了我的手里/却有一千种感情：/掌心里波涛汹涌，/我感叹你的神工，/你的慧心啊，大海，/你细到可以穿珠！/可是我也禁不住：/你这个洁癖啊，唉！”废名也不禁惊呼：“这洁癖啊，唉！”的确，诗人在精神气质上与古典文人士大夫的契合是不言而喻的。那就是诗人身上有一种近乎“纯美”的道家朴素达观的悟道精神。他说：“但是我总怕出头露面，安于在人群里默

①卞之琳：《雕虫纪历·自序》，人民文学出版社，1979年。

默无闻，更怕公开我的私人感情。”[①] 这种内向与单纯又与晚唐的李煜何其相似。虽非生于深宫之中，长于妇人之手，但保持着一颗纯真的赤子之心。

个人性格气质因素加上古典主义简约美的影响，使卞之琳的诗“规格本来不大，我偏又爱淘洗，喜爱提炼，期待结晶，期待升华，结果出产一些小玩意。”[②]“小处敏感，大处茫然”，“总像是身在幽谷，虽然是心在峰巅。”[③]正是这种对事物的提炼，对自然、社会、人生的敏感，使他的诗多是短小耐读的，即智性化的。如《灯虫》：“可怜以浮华为食品，/小蠓虫在灯下纷坠，/不甘淡如水，还要醉，/而抛下露养的青身。/多少艘艨艟一起发，/白帆蓬拜倒于风涛，/英雄们求的金羊毛，/终成了海伦的秀发。赞美吧。/芸芸的醉仙/光明下得了梦死地，/也画了佛顶的圆圈！/晓梦后看明窗净几，/待我来把你们吹空，/像风扫满阶的落红。”孙玉石先生指出“卞之琳钟爱的《花间集》内有冯延巳的《蝶恋花》，此词有‘独立小桥风满袖，平林新月人归后’二句。《断章》与这两句有多么神似的联系啊！”[④]

卞之琳对传统诗歌的理解是深刻而敏锐的。他既有李商隐的隐晦又有姜白石的空灵，并能成功地化用到诗歌中。“五四”以后有两种倾向值得注意：一种是对传统的极端反叛，一种是主张对古典主义文学传统进行改造。而在如何“化古”的问题上，卞之琳无疑是迈出了一大步。如《古镇的梦》：“小镇上有两种声音/一样的寂寥：/白天是算命锣，/夜里是梆子。/敲不破别人的梦，/做着梦似的/瞎子在街上走，/一步又一步。/他知道哪一块石头低，/哪一块石头高，/哪一家姑娘有多大年纪。”这几句诗中蕴含着极大的张力，具有广阔的象征空间。我们不禁要联想到李商隐的“无题诗”。“是深夜，/又是清冷的下午：/敲梆的过桥，/敲锣的又过桥，/不断的是桥下流水的声音。”这几句与姜白石“数峰清苦，商略黄昏雨”同样空灵、凄清。卞之琳的圆熟之作无不具有这种精致、练达、隽永的，极富唐宋诗词的韵味。如《圆宝盒》：“我幻想在哪儿（天河里！）/捞到了一只圆宝盒，/装的是几颗珍珠：/一颗晶莹的水银/掩有全世界的色相，/一颗金黄的灯火/笼罩有一场华宴，/一颗新鲜的雨点/含有你昨夜的叹气……/别上什么钟表店/听你的青春被蚕食，/别上什么古董铺/买你家祖父的旧摆设。/你看我的圆宝盒/

---

①②③卞之琳：《雕虫纪历·自序》，人民文学出版社，1979年。

④黄维樑，曹顺庆：《中国比较文学学科理论垦拓》，北京大学出版社，1998年，第211页。

跟了我的船顺流/而行了，虽然舱里人/永远在蓝天的怀里，/虽然你们的握手/是桥！是桥！可是桥/也搭在我的圆宝盒里；/而我的圆宝盒在你们/或他们也许就是/好挂在耳边的一颗/珍珠——宝石？——星？”

二

卞之琳发展了闻一多借鉴英诗关于“音尺”的说法，提出了“顿”的问题。卞之琳把“顿”作为新诗基本格律的因素，体现了较为成熟的关于新诗格律的问题。他认为：“这都是为了在我们既不是随意来‘吟’或‘哼’，也不是按曲谱来‘唱’，而是按说话方式来‘念’或‘朗诵’白话新体诗的时候，不致显不出诗本身作为时间艺术、听觉艺术所含有的内在规律、客观规律，而只像话剧台词话鼓动演说，使朗诵者无所依凭，就凭各自能，自由创造，以表达像音乐一样的节拍、节奏以至于旋律。”

卞之琳不强调平仄，不照排轻重，而且以二字顿和三字顿为骨干，进一步在彼此间适当安排，使之按说话方式来念或朗诵，他对新月以来对格律诗的探索，大大向前了一步。卞诗也注重音乐性，但却不拘泥于韵脚的整齐。如《白螺壳》就套用了瓦雷里用过的一种韵脚排列上比较复杂的诗体。但卞之琳后期逐渐放弃了对格律的实践性探索，因此他的“顿”的理论并没有得到发展。在西方诗歌艺术的影响上，主要借鉴了象征主义，他既继承了前期象征主义，又继承了后期象征主义。卞之琳与象征派结缘是有一定的社会根源的。经过“四一二事件”的秋天，诗人曾写道：“我彷徨，我苦闷，有一阵我就悄悄发而为诗。”[①] 早期象征派出现之初，西方资本主义矛盾激化，中小资产阶级深感理想破灭，对未来怀有疑虑、恐惧，这与卞之琳的时代境遇恰好吻合。

卞之琳对早期象征派的继承主要是来自波德莱尔与马拉梅，诗人前期对北平街头的灰色景象的描写，主要是受波德莱尔写巴黎街头穷人、老人乃至盲人的启发，如《一个闲人》《寒夜》。他也逐渐接受了波德莱尔关于通感的理论：“这种官能中最科学的，因为唯有它包含了普遍的相似，或者说，

①卞之琳：《雕虫纪历·自序》，人民文学出版社，1979年。

这就是一种神秘的宗教称之为通感的东西。”[①]

通感就是被波德莱尔找到的诗歌创作的隐蔽法则，它像打开了一扇门，使艺术家能够深入到艺术的更高级的殿堂。卞之琳通过对波德莱尔的学习，以象征手法来描绘抽象的精神现象，进一步深化了对内心世界的描绘。如《距离的组织》：“想独上高楼读一遍《罗马衰亡史》，忽有罗马灭亡星出现在报上。/报纸落。地图开，因想起远人的嘱咐。/寄来的风景也暮色苍茫了。（/醒来天欲暮，无聊，一访友人吧。）/灰色的天。灰色的海。灰色的路。/哪儿了？我又不会向灯下验一把土。/忽听得一千重门外有自己的名字。/好累呵！我的盆舟没有人戏弄吗？/友人带来了雪意和五点钟。”诗中从“罗马的衰亡”到“我的盆舟”巧妙地应用了通感手法，同时具有深刻的象征意义。末句“友人带来了雪意和五点钟”强化了诗的戏剧效果。

马拉梅是前期象征主义的又一位中坚人物。他主要从形而上学的角度深化了象征主义诗歌的内容。他提出：象征就是由这种神秘性构成的，最能表现神秘之境的梦幻就是诗歌的最高境界。马拉梅在诗歌中阐发的哲理思想更为深奥，他的诗经常表现出一种幽晦、神秘的风格。这无疑都可以在卞诗中找到类似的例证，如《灯虫》和《音尘》：“绿衣人熟稔的按门铃/就按在住户的心上：/是游过黄海来的鱼？/是飞过西伯利亚来的雁？/翻开地图看，远人说。/他指示我他所在的地方/是哪条虚线旁的那个小黑点。/如果那是金黄的一点，/如果我的座椅是泰山顶，/在月夜，我要你猜你那儿/准是一个孤独的火车站。/然而我正对一本历史书。/西望夕阳里的咸阳古道，/我等到了一匹快马的蹄声。”

卞之琳对后期象征主义继承主要是来自瓦雷里。瓦雷里既是一个诗人，又是一个哲人。他将马拉梅的形而上学的玄思发挥到极致。瓦雷里曾这样说过马拉梅：“他的尽善尽美的小小诗作，像完美的典型一样，令人叹服，字与字，诗句与诗句，韵律与节奏之间的联系多么坚实啊，每一首诗作为一种绝对的，出于内在力量达到平衡的方式，赋予某一对象以思想”[②]。

瓦雷里对马拉梅象征手法包含的哲理意义作了进一步发展，他也成为卞之琳最推崇的诗人。我们发现，如果上述的评价用于卞之琳的诗歌也是适合的。试举卞之琳译瓦雷里的石榴来作结论：开裂的石榴啊，阳光/灼烤就你

①②郑克鲁：《法国诗歌史》，上海外语教育出版社，1996年。

们的傲骨，使出苦练的工夫/打通了珠宝的隔墙。在石榴这个象征体上，寄寓了诗人对宇宙智慧艰深的沉思，它的神秘、奇妙的力量，似乎与石榴有一种惊人的象征性应合，全诗多用短句，没有长的修饰词，显得干净、硬朗、坚定、有力。卞之琳在学习象征主义的时候，注重其深厚的哲学内涵，使卞诗在深层诗义的开拓上达到了一个新的高度。

（原文载于《淮南师范学院学报》2003年第6期，原文名称为《“化古”与“化欧”——论卞之琳对东西方诗歌的继承与借鉴》）

论东南亚华语诗歌与中国古典诗歌的关系

论及东南亚华语诗歌，首先要说明的是东南亚华语诗歌与整个华语诗歌的关系。华语诗歌这个概念在本文中涵盖了所有使用华语进行诗歌写作的诗人和诗歌作品。此处的华语诗歌不仅包括中国内地的所有诗歌，也包括其他国家或地区的所有华人华侨诗歌写作者或其他用华语写作的外国诗人的诗歌作品。东南亚地区自古就是华人聚居的地区，近年来，随着全球化进程的不断加剧，东南亚华人的来源和成分也日益多样，而且随着东南亚各国的现代文化进程，各国的华人文化和华语写作的情况也出现更为丰富复杂的局面。鉴于东南亚华人的数量和华语诗歌的写作水平，东南亚华语诗歌无疑是华语诗坛的重要组成部分。事实上，近十几年来，对于东南亚华语诗歌的研究已经取得了很大进展。中国大陆很多高校成立了专门的海外文学的研究机构，还有一些专门发表或者研究海外文学的专业刊物。从20世纪90年代后期开始，海外华语诗歌开始慢慢进入华语诗坛并引起越来越多的关注。可是对于海外华语文学（包括海外华语）的研究重心还是集中在港台文学和新加坡、马来西亚等地，近些年，东南亚其他国家的作家作品研究也在慢慢增加。事实上，东南亚十国的诗歌正在不断融入整个华语诗歌的大家庭中。研究东南亚十国华语诗歌对于整个华语诗坛来说，是一件推动华语诗歌整体性研究的大事。东南亚十国的诗歌由于历史和文化背景的异同，在写作风格和写作方法上既有相似之处，又有明显不同，从东南亚华语诗歌与中国古典诗歌的关系入手来审视，不失为一个很好的切入点。

一、传统与个人才能

说到诗歌传统，其复杂性甚至超出我们的想象，因为无论是传统的形成还是传统的演变都异常复杂，传统涵盖一切社会现象和全部个人才能。本文所说的传统，是从大的华语诗歌来说的中国古典诗歌的传统。中国是一个诗的国度，在漫长的中国历史进程中，诗歌一直扮演着重要的社会角色。中国人的思维中，诗的影响是显而易见的，诗歌历来被看成一项高贵的活动，是中国社会存在的一块重要基石，同时又是一个人天性的重要体现。那对于中国古典诗歌的传统我们今天如何来对待，或者说，我们如何继承中国古典诗歌这一优秀传统是一件任重而道远的事情。

要想解开中国古典诗歌传统这一谜团，首先要了解中国古典诗歌传统对我们今天诗歌写作者的意义。换句话说，我们当下诗人，不管是中国大陆诗人，或者是海外诗人，要怎样面对中国古典诗歌这一传统。我想暂时把话题岔开，先从艾略特的一篇文章《传统与个人才能》谈起。通常来说，一个成熟的诗人，经过大量的诗歌阅读与写作的锻炼，形成了一定的个性特色，同时也建立起自己个人的某种诗歌写作的方法路径，并通过这种诗歌写作的特色产生了一定的影响。这时，我们关注的重点无疑会聚焦到诗人的这一点与众不同的个性上来。而这时，我们最容易产生一个误解，那就是似乎正因为这个诗人的与众不同才让他（她）的诗歌具有价值和意义。艾略特在他的文章中明确指出，一个成熟诗人，“他的作品，不仅最好的部分，就是最个人的部分也是他前辈诗人最有力地表明他们的不朽的地方。我并非指易接受影响的青年时期，乃指完全成熟的时期。”① 艾略特这句话最让人迷惑的地方在于，诗人的创作似乎都是按照前辈的思路来进行，似乎每个优秀诗人都只不过是活在前辈的阴影里面。事实上，艾略特的意思并非如此，他继续说道：“传统是只有广泛很多的题义的东西。它不是继承得到的。你如要得到它，你必须用很大的劳力。”这里艾略特鲜明地指出，所谓传统，并非一成不变的东西，从历史来看，从诗歌的整体性来看，传统正是所有诗人共同努力建造的一座七宝楼台；从大的诗歌观念来看，不仅华语诗歌，甚至包括世界上其他语言的诗歌都在共同建设一座通天塔。如果背离了这个宗旨，无论这个诗人多么优秀，都不能进入到传统这个神圣殿堂。反过来想，一个诗人如果没有历史的观念，也无法成为优秀诗人，至多能够成为一个仅仅局限在自己个人小圈子里的诗歌写手。诗歌写作的历史感决定了诗歌的当下感，艾略特一针见血地指出：“这个历史的意识是对

①［英国］艾略特著，卞之琳、罗经国、李赋宁等译：《传统与个人才能：艾略特文集》，上海译文出版社，2012年。

于永久的意识也是对于暂时的意识也是对于永久和暂时的合起来的意识。就是这个意识使一个作家成为传统性的。同时也就是这个意识使一个作家员敏锐地意识到自己在时间中的地位，自己和当代的关系。”①

从中国大陆长年的海外诗歌研究的成果中不难发现，考察东南亚诗歌的历史感，从中国古典诗歌传统入手是行之有效的方法。问题的关键在于，东南亚诗歌在长期的发展中，也不断地形成这自身的传统，如何解决自身的诗歌传统和中国古典诗歌传统之间的关系呢，那还是要从中国古典诗歌传统的具体内涵，还有东南亚诗歌和东南亚诗人两个方面出发来谈这个问题。

二、中国传统诗歌的几个方面

中国古典诗歌在漫长历史过程中发展出无数的传统因子，抓住那些对于东南亚诗歌影响至深的几个方面，就是抓住了问题的重点。首先是意境理论，意境理论在中国古典诗歌传统中占据了重要的位置，自唐宋开始，对于诗歌意境的营造已经成为诗人最重要的任务之一。经过晚清王国维“境界”理论的阐发，意境理论甚至成为中国古典诗歌最重要的特色之一。意境理论涵盖极广，主要特色在于在有限中显示无限。对于中国古典诗歌意境理论的研究几乎是无处不在的，任何一位中国古典诗歌的研究者，都在从不同角度在阐释这个问题。中国古典诗歌的整体性和混沌性通过意境理论可以将内在的美学气质充分发挥。意境理论具有高度的贯通性，台湾诗人和学者叶维廉很早就发现，似乎中国古代诗人都同时在写着同一首诗，每一首古诗里面都暗含着一种神秘的应和关系，他把这种关系称为“秘响旁通”。意境理论的微妙之处在于，通过诗人有限的写作，可以将每个诗人对于世界的感应打通。中国古典诗歌似乎不需要过多地去说明或者议论，甚至不需要细致地去呈现什么，只在简短的几句话里就可以将世界的全部反映出来，本文暂且把这个特点称为古典诗歌的离散性。

中国古典诗歌传统中还有一个重要的因素在于其高度的悖反性，表现在诗歌中通常是以情感态度的反向运动而出现。追溯其源头，可以一直追究到

---

①［英国］艾略特著，卞之琳、罗经国、李赋宁等译：《传统与个人才能：艾略特文集》，上海译文出版社，2012年。

老子、庄子那里，老子的道家思想中有“反者道之动”[①]的经典智慧。这一传统经过中国化的佛教禅宗的阐发，形成了动静合一的特色。这一特色表现在古典诗歌中形成了动静相随、哀乐并发的特色。这里必须指出的是，中国古典诗歌具有一种指向永恒的写作态度。这种永恒性就是通过无数貌似悖反的情绪和运动表现出来。

说到中国诗歌传统中的技术层面，绕不开对意象的探讨，中国古典诗歌的意象具有高度的汇通性。古代诗论中有大量关于意象凝练的点评，特别是练字炼句的过程极其艰辛，其内在奥秘就在于寻找诸多意象，以及这些意象与整体诗意的关系是非常困难的。对于古人来说，当时的社会生活与今天相比相对单纯，他们需要在这些有限的意象中超越出来，创造新的意象和新的内涵，这就需要诗人的意象的“常”与“变”拿捏得十分准确，稍有偏差，诗歌的整体效果就荡然无存。

三、东南亚诗歌的中国传统诗歌元素分析

想要真正了解中国古典诗歌对东南亚诗歌的影响，需要对具体作品进行分析，此处从新加坡、缅甸和泰国诗歌来看古典诗歌元素的化用。

新加坡华语现代诗歌具有多元文化的丰富性，这与诗人的背景有关，既有从中国台湾移居新加坡的老诗人，他们把中国台湾诗歌的古典积淀带入新加坡诗坛；也有一些对西方诗歌十分熟悉的具有西方生活经历或者西方之歌研究者，他们将中国古典诗歌的意象加以西化，产生现代效果的诗人；当然还有更多的年轻人常年生活在新加坡的多元社会，将中国古典诗歌和个人的现代生活经验加以混合，写出独具特色的现代新加坡华语诗歌。

新加坡的郭永秀和南子的诗歌贯通中西，将古典诗歌的意象之“常”化为现代诗歌之“变”，他们的诗歌既有古意又不拘泥于古诗的传统意象。

流着伏羲和女娲的血
我蜿蜒的灵魂，曾经游走
在各种陶器之上，游过

---

①陈鼓应：《老子今注今译》，商务印书馆，2003年。

将军手上的刀痕，吻过
古代美人的樱唇
觥筹交错声中
陶碗轻轻触碰，撞击出
历史深沉的回音

——郭永秀《蛇的感叹》

郭永秀的这一段诗中运用了诸多意象，从陶器、刀痕、樱唇，到觥筹和回音，似乎短短几句就走出一段蛇的历史。很好地将传统意象理论之永恒不变的法则转化为现代诗人关于历史文化的唏嘘。

所有乘客的脸是潮湿的
像一朵雨中萎落的花
令人想起庞德的诗

车厢大力摇晃
象征帝国没落
陈旧、疲惫、略带贵族气息

总有人让位
因为我的灰色头发
还是它具有文化底蕴

我只是过客
哪敢胡乱点评
难道我也要学人谈后殖民文化

看着蛛网似的路线图
我有点迷惘
我化为域外一只蜘蛛

后来，我才发现
在列车的轰隆声中
我的下一站，是西敏寺的诗人之隅

——南子《迷走伦敦车站》

南子的这首诗歌明显是受到庞德意象派理论的影响，把现代人的迷茫和失落通过一些具有古意的意象如“雨中萎落的花”“蛛网似的路线图”“域外一只蜘蛛”等传达出来。可是这首诗歌的现代气息扑面而来，得益于对古典诗歌意象的创造性运用。

在炮弹累累的土地上
一株株高粱的成长
是如雨般炮弹的
灌溉。炮灰的
施肥

战战兢兢二十年
故乡的老酒
再也分不出
是高粱，还是
炮火味

而我，始终没有勇气
喝一口祖父最爱的
老酒，没有勇气
忘掉
战
争

——寒川《故乡的老酒》

寒川的诗歌具有浓郁的台湾现代诗歌底色，乡愁之酒和近乡情怯这两大元素通过对“高粱”“炮弹”“老酒”“祖父”等别具特色的连环意象的化用，形神兼备地传递出来。

有人从倾盆大雨的模糊中走来
他背后的光很有深度很亮
我看不清楚他的脸
他的风衣还新鲜地跳着水珠子
他临走前只留下一个湿了的背影
我双手呵了口温气
然后用手掌试着把它擦去
他告诉我成为过去式的东西
是不能被擦去的
只能分期付款地努力去遗忘

于是有人从雨中得意而来
有人从雨中拂袖而去

——周德成《遗忘》

周德成的这首《遗忘》，充满意象的叠加效果，意象的变形技法以及意象的蒙太奇组合，让这首小诗充满了现代诗歌的丰富韵味。

中国古典诗歌的律诗和绝句，经过海外诗歌的再释，成为一股小诗风尚，泰国的小诗作者曾心的小诗就别具特色。曾心提出“六行内新诗体”的理论，曾心认为：“六行内小诗是属‘规范自由诗’的一种，既不让它无限的‘自由’，成为无岸的河，又让它在六行内的‘自由’，带着六行内的镣铐在诗的舞台上跳舞，跳出各种形式美的舞姿。”[1] 规范自由诗这一说法源自著名诗论家吕进先生，吕进先生说：“新诗的诗体重建，在无限多样的

① ［泰国］曾心：《六行内新诗体“创格”的尝试——以泰华“小诗磨坊”的诗为例》，《“第四届华文诗学名家国际论坛”论文集》，2012年。

诗体（而不是为数很少甚至单一的诗体）创造中，有两个美学使命：规范自由诗；倡导现代格律诗。”[①] 泰国小诗不仅在形式上为现代诗歌提供新的色彩，同时在对禅宗诗意的阐发上作出贡献。

解不开的心事
结成一串念珠

捻动念珠
解开一桩桩心事

心向彼岸靠近
彼岸——无岸

——曾心《念珠》

这首小诗从“解不开”到“解开”，从一种变动不居的生活常态走向安静祥和的永恒之人生禅意，充满了禅的智慧。

菩提树下
沙弥在闲谈

风铃叮当
寺内诵经朗朗

爷爷告诉孙子：
“那是你爸剃度的地方！”

——曾心《古寺》

这首小诗动静结合，从当下的祖孙对话，人生的轮回体现出不变的规

①吕进：《吕进文存·从“诗体解放”到“诗体重建”》（第三卷），西南师范大学出版社，2009年。

律，禅的顿悟让人归于宁静不变的古意。

缅甸华语诗歌近些年进步很快，涌现出一批具有创造力的青年诗人，他们在对诗歌情景交融方面和意境的深度和广度开拓方面做出不少探索。

深锁的门
住了多少孤寂
想敲叩
却把云草变老
我低垂着心
用孤单丈量距离
再拴上自己
一切像在玩风

——段春青《玩风》

这首诗乍一看有些直白，可是在景物的选择和情的烘托方面有不少值得玩味的地方，特别是最后两句“再拴上自己/一切像在玩风”，将诗歌的意境大大推进了一步。

原乡啊！

我想摸一摸你的脸
在父亲微笑时的皱纹边
那是日出山边的小径
小径穷时或许
就是原乡

我却未曾寻访
又或许我已往返无数
在每一个深夜父亲的梦境里
带着我还乡

——王崇喜《原乡》

这首小诗情真意切，恰合了王国维在《人间词话》中说的“一切景语皆情语也”，[1]“有真性情方有新境界”。意境的营造方法犹如佛法有十万八千法门，而真性情却是不二法门。

从新加坡、泰国、缅甸的几首诗歌分析来看，中国古典诗歌传统在华语诗歌的写作中不同程度地在发挥作用，东南亚华语诗歌近些年来异彩纷呈，在对各种诗歌理论博采众长之后，不断形成自身的新传统，这或许是东南亚华语诗歌的一个发展方向吧。

（本文收录于2014年泰国曼谷召开的第七届东南亚华文诗人大会论文集）

①王国维：《人间词话》，武汉出版社，2011年。

东南亚华语诗歌新传统的形成与展望

从20世纪90年代后期开始，海外华语诗歌开始慢慢成为华语诗歌的重要力量并引起越来越多的关注。可是对于海外华语文学（特别是海外华语诗歌）的研究重心还是集中在港台文学和新加坡、马来西亚等地。近些年来，东南亚其他国家诗人的作品研究也在慢慢增加。事实上，东南亚十国的诗歌正在不断融入整个华语诗歌的大家庭中。研究东南亚十国华语诗歌对于整个华语诗坛来说是一件推动华语诗歌整体性研究的大事。东南亚十国的诗歌由于历史和文化背景的异同，在写作风格和写作方法上既有相似之处，又有明显不同，东南亚十国近些年来诗歌交流活动日益增多，整个东南亚诗歌出现了一些新的特点。

传统可以有很多层面的表现，大的传统中包含着小的传统，东南亚诗歌与中国古典诗歌传统之间有着不可分割的关系，这个传统让东南亚诗歌与其他地区的华语诗歌一道构成一个大的华语诗歌传统，东南亚诗歌自身也在不断形成新的传统，这就是我们说的东南亚诗歌的新特点不断集聚沉淀而形成的新诗歌传统。

这个不断生长的新传统中有的特点比较鲜明，有的特点有待发展，比如说比较突出的东南亚诗歌新传统就是对中国古典诗歌传统继承发展的小诗的兴起，比如说尚有待发展的是东南亚诗歌的地域特色以及对现代诗歌功能的拓展。

研究东南亚诗歌的传统其实包含着两个命题。一是中国古典诗歌传统对东南亚诗歌传统形成的作用，二是海外华人所在国的文化影响。关于中国古典诗歌传统对东南亚诗歌传统的影响已经另文专论，此处不再赘述。而海外华人居住国以及居住国文学所受到的西方文学的影响却是一个重要的话题。历来研究海外华人文学有一个误区，就是在极力将海外华人文学拉入华语文学大家庭的同时，却忽视海外华文文学所在国的文学因素，具体到东南亚诗歌来说，东南亚各国的诗歌就各具特色，这也是与诗人们所处的生活环境息息相关的。

东南亚各国在历史上有一些相似之处，又各具特色，概括起来，东南亚各国大多具有美丽的景色，旅游业发达，临海或者本身就是岛国，因此带有一些海洋文化的特点，热带气候造就的热带风情决定了东南亚华语诗歌具有热烈奔放的一面。东南亚诸国大多经历过相当长的被殖民历史（泰国除外），抛却政治因素不谈，从文学上说，东南亚诸国的本土文化大多经受西方文化的碰撞后导致多元文化并存。东南亚诸国与英语世界的联系较多，西方外来文化对东南亚诗歌特点的形成也具有重要作用。上述东南亚历史因素对海外华语诗歌一定会产生一些影响，只是在每一个诗人个体身上反映的程度不同而已。

海外华语诗歌的发展路径和东南亚当地文学不同，和中国内地文学也不同，那么海外华语诗歌新传统在文化背景上表现在哪些方面呢?

一是在深受中国古典诗歌影响和所在国地域诗歌（有的表现为西方诗歌影响，所在国文学西化的因素使然）影响的同时将东南亚华语诗歌的共同拥有的因素贯穿其中。

比如马来西亚诗人吴岸先生的诗歌秉承中国古典诗歌意象凝练、意境深远的特点，吴岸善于将自然之景化为诗歌的血肉。吴岸的诗歌中也具有大量的外来文学的因素，比如吴岸诗歌的知性因素和深刻思考明显带有西方文学的特点，他的诗歌在布局谋篇上的严谨统一也有西方诗歌的影响。因此，吴岸先生的诗歌不但在华语诗坛影响深远，在西方诗歌界也受到广泛赞誉。

孤　岛

吴　岸

潮退时
他独自等待在浅滩上
裸一身的嶙峋
潮来时
他迎着阵阵的波浪
在欢乐的拥抱中
消失了
自己

二是东南亚诗歌的优势主要体现在文化传承的多样性方面。东南亚华语诗歌作为一个特殊的华语文学样式具有不可替代的地位和作用。特别是在当前国际文化相互融合，相互理解和相互包容，提倡文化多样性的大背景下，东南亚文学在人类学意义上具有先天优势。东南亚文学的多元文化混融性本身就是在为世界文学作贡献。文化传统需要积累和传承，欧洲文学和中国内地文学经过几千年的积淀，在语言方式和艺术手法上确实博大精深。东南亚诗歌作为华语文学的一个代表承担了华语诗歌走出去的任务。东南亚诸国近些年来不断加大对外交流，社会政治经济不断发展，东南亚华语诗歌将中国诗歌带到海外进行文化交流这本身就具有重要的社会学和人类学意义。东南亚风情和中国诗歌的结合是东南亚诗歌新传统的一个重要表现，也是东南亚诗歌新传统的一个重要发展方向。近年来，新加坡新锐诗人周德成的诗歌在彰显东南亚新生代诗歌的实力，同时也显示出东西方文学的某些因素的共同影响。

缓慢的四月

周德成

墓、棺木与沉默太大
眼睛与心太小
在地狱与天堂的缝隙里
永远都装不下
那伺机钻入清明人群
文雅的泪水与粗暴的愁楚

三是东南亚诗歌新传统的发展条件是将东西方传统兼容并蓄，博采众长。东南亚华语诗歌的快速健康发展需要将东南亚诗歌置于世界文学的大背景中。中国是诗的国度，从来都不缺少优秀诗歌和杰出诗人。欧美诗歌的强大思想力量和宗教情怀也是世界诗歌的瑰宝。东南亚诗歌的新传统要大胆借鉴吸收外来文学的影响，在国内流行一句话，越是中国的，就越是世界的。我想对于东南亚诗歌新传统来说，越是世界的，就越是东南亚的。东南亚华语诗歌要打破文化界限，打造自身特色。

渔人的晚餐

王　涛

拉起最后一张网
夕阳是渔人打散的蛋黄
从黑黑的锅底
他夹起长长白白的面线
吃啊吃下浪花朵朵
闻啊闻着咸咸的岁月

东南亚诗歌历经多年的积淀，呈现出一些新的气象和特色，这些特色有的比较鲜明，有的还表现得不够，东南亚诗歌在以下几个方面已经显示出一些新传统不断生长的迅猛势头，尚需继续努力加以强化，突出自身特色。

一、浓郁奔放的热带海洋气息

东南亚诸国地处热带，在地理特征上具有浓郁的热带气息。环境对于诗歌特色的影响在学术界已经有过太多的研究，本文不想赘述内在原因，可是东南亚诗歌这个鲜明的地域特色尚需通过借鉴世界各国的热带诗歌写作经验将此特色加以发扬光大，以彰显东南亚诗歌的强大底蕴。纵观世界诗歌史，以描绘热带风情而著称的诗人不在少数，要是算上具有热带气息的诗作更是不可胜数。试举两例来说明：一是诺贝尔桂冠诗人圣琼·佩斯，他的诗作带有热带海洋文化特有的热情奔放和汪洋恣肆的特色。圣琼·佩斯的诗歌概括起来大致有两大特点——感情充沛和想象雄奇。二是诺贝尔桂冠诗人聂鲁达，其诗作也可以概括为两大特征——笔力雄健和容量巨大。

雨（节选）

圣琼·佩斯

雨的榕树松开它稳住城市的立柱。那乘御天风而游荡的东西也就那样漂下同我们共居！而你也不会否认，突然，一切对我们化为乌有。

谁要想知道大地上阵雨发生的变放，只消在我的房顶上住一住，置身于全部信息和预兆。

不曾信守的允诺！不辞辛苦的播种！人行道上的白烟！

让闪电来吧，唉！它却撇下我们！……让我们到城门那儿送走

四月天空下，昂扬阔步的阵雨，昂扬的阵雨大踏步前去，在闪电鞭笞下，好像列队自我鞭笞的教徒。

但是，眼看我们更无告，暴露给腐殖土的清芬和安息香，因为大地迎着黑色处女的气味而刚醒。

……这是蕨类植被下的大地更加清新，大宗的化石在滴沥的灰岩面露了头。

在玫瑰经过风雨而皱缩了的肌肤里，大地，大地仍以处女的香味重酿玫瑰的芬芳。

……这是城市在无数剑锋的火光中更显生动，鹰隼翱翔而掠过大理石雕，天空再次掉进喷泉的圆池。

而空荡的广场上，金色的战马跃立在竖碑顶端。这是光烂依然闪烁在朱红的门廊；银蹄的黑犬守在花园底层的门口。

这是欲望重新回到年轻寡妇，年轻战士遗孀的肋部，好像又封了口的大瓮。

……这是清新感奔向言辞的顶峰，而水泡还挂在诗的唇边。

人再次受到新意象围攻，屈服于心海狂澜的震荡：

“那支美丽的歌，那支美丽的歌就在那雨水新雾的空际里……”而我的诗，雨呵，也就不曾写出。

马来西亚、新加坡的诸多诗人都有大量诗歌以热带海洋文化作为写作背景，他们的诗作中喷涌出热带海洋的博大情怀和热带植物的迷人气息。这个热带海洋诗歌的气息十分博大而迷人，而且带有一些国际化的特点，与东南亚自身的社会经济发展也是相适应的，因此，借鉴世界各国的海洋文学的特点，形成自身特点是一件长期的任务。

二、斑斓多彩的多元文化影响

东南亚诸国大多具有多民族、多种族和多元文明的特征，这造成东南亚

诸国在文化上的复杂性和丰富性，东南亚华语诗歌已经显示出多元文化背景下的多彩色调。东南亚诗歌的多元特色也要借鉴世界各国的丰厚诗歌传统，打造东南亚多元文化背景下诗歌的新特色和新传统。以南美诗歌为例，南美诗歌在国际诗坛具有很高的地位，这与南美诸国文化多元性相关，南美文化既有自身的本土文化的根基，也有欧洲外来文化的影响。南美诗人博尔赫斯就是一位兼具阿根廷本土文化和外来文化诸多因素影响的大诗人。他的很多诗作体现出鲜明的多元文化特色。比如他的著名诗歌《雨》：

雨

博尔赫斯

突然间黄昏变得明亮
因为此刻正有细雨在落下
或曾经落下。下雨
无疑是在过去发生的一件事

谁听见雨落下谁就回想起
那个时候幸福的命运向他呈现了
一朵叫玫瑰的花
和它奇妙的鲜红的色彩。

这蒙住了窗玻璃的细雨
必将在被遗弃的郊外
在某个不复存在的庭院里洗亮

架上的黑葡萄。潮湿的暮色
带给我一个声音我渴望的声音
我的父亲回来了他没有死去。

博尔赫斯的诗歌曾经在中国内地20世纪八九十年代风行一时，由于文化特征的差异性，后来，博尔赫斯在中国国内的影响逐渐消退。个人认为在东南亚地区，南美诗歌特色可以加以借鉴并将其发扬光大，有效地借鉴外来诗歌的优势资源，可以对当地的文学大有裨益。

为了加快东南亚华语诗歌新传统的形成进程，窃以为东南亚诗歌的发展需要在以下几个方面作出新的应对。

第一，加强对外交流和跨界合作。

东南亚诗歌新传统的形成自然需要大批优秀诗人的高水准诗作为支撑，而一个地域诗歌风气的形成与地域政治经济文化等因素分不开，和诗歌的社会担当也有关。历来对于诗歌的认识存在一个误区，误认为诗歌是游离于社会之外的独特风景。这个观点只对了一半，诗歌的社会效应的确不是诗歌的最主要的任务，诗歌直接诉诸心灵世界，以对精神世界的直写为标志。可是诗歌的发展又是现实地与当时当地的社会环境息息相关的。一方面要立足于此时此地的文化根基，另一方面又要打破诗歌创作的小圈子局限，打破地域局限，打破诗歌的文体界限，大胆吸收各种现代元素实现跨界联合。

第二，拓展诗歌的现代价值。

新传统的形成就是要彰显新的时代风貌和进取意识，诗歌从来都是一边回归传统，一边走向现代。东南亚诗歌新传统的形成也要抓住当下的时代特色，展现自身新的力量。随着传媒不断发展，资讯日趋丰富，现代人的消费理念更新，社会兴趣点多而集中。东南亚诗歌顺应这股时代潮流也在不断发现新的现代诗意，表现现代人心灵冲动和生命热力。

第三，地域文化的深度挖掘。

从东南亚华语文学的发展态势来说，新马泰地区要略胜一筹，总体来说，东南亚地区小说的传播要大于东南亚诗歌的影响。东南亚地区热带雨林气质的小说已经在华语文学届占据一席之地，而东南亚诗歌在国际诗坛的影响尚显不足。这与东南亚地区诗歌创作的数量和质量是不相称的，吴岸先生曾说过，东南亚是诗歌的沃土，在这片沃土中一定会结出丰硕的果实，这需要东南亚诸国诗人乃至整个华语诗坛的共同参与。相信随着东南亚各国诗歌的走出去和引进来，随着整个华语诗歌的不断进步，东南亚诗歌新传统会不断呈现出新的气象和新的局面。

（本文收录于2015年于缅甸仰光召开的东南亚华文诗人大会论文集）

写在意义出场之前

鲍姆加通作为西方美学学科的奠基人，曾说过美学要解决的是人类思维中不清晰和非逻辑的一面，稍后的黑格尔直接指出这个混沌模糊的思维其实就是艺术思维。西方诗歌理论采用对概念进行逻辑分析的方法，并且运用相关概念之间的内在逻辑关系构成严谨的诗学体系。中国古代很少有关于艺术或者诗歌的专门论著，少量的专门论著也几乎没有采取逻辑分析的方式来建构，中国古代的诗歌理论大多是散见在其他的文艺作品中或者是以诗论理。按照张法在他的《中国美学史上的体系性著作研究》一书中的总结，中国理论的总体特征就是“概念的张力性、概念间关系的互动性、概念与实例的互证性，虚实相生的体系结构。”[①] 不仅中国古代诗学理论具有含混、模糊的特征，中国古代诗歌和绘画同时呈现出以“气”“韵”“味”等模糊概念来分析的传统，而且中国古代诗歌绘画讲究“计白当黑”“言少意多”，讲究虚空、空白的重要性。换句话说，古代诗歌要给人以想象的空间，不能执着于文本本身，“孤帆远影碧空尽，唯见长江天际流。”这样的诗句如果运用现代汉语的语法翻译成逻辑性、智性很强的诗句就完全破坏了诗歌本有的意境和韵味，诗句本身蕴含着模糊的而又非常强烈的惆怅和人生无常的感慨。中国艺术讲究虚空的重要性在诗歌上体现得非常明显，中国古代诗歌把千言万语凝练在一个高度概括而又非常准确的诗句中，让句子之外的气韵充塞天地。我们必须注意到，古诗的这个准确性对于熟谙中国传统诗歌的人来说是一种清晰的混沌，诗句的美感效应具有普遍性，而诗句以外的意味本身却并不固定。李白的“为我一挥手，如听万壑松。”诗句本身极其简略地概括了一个场景，而给人的感受却是一句诗已经把整个宇宙都囊括进去了。比较文学专家叶维廉曾说过这句诗体现出中国古诗“秘响旁通”的特征，就是

①张法：《中国古代美学史上的体系性著作研究》，北京大学出版社，2008年。

说整个中国古诗可以看作一个神秘联系的整体，这当然与中国传统文化的整体直观思维有关系，李白的这个诗句其实涵盖了历史上关于离别、友谊、变故、感慨等所有诗句的总和，这个诗句带来的感受也包容了所有历史上同类诗歌的全部。在古诗中，不但这个诗句和那个诗句可以互读，而且诗的写作对象也可以互换，禅宗里面有“张公喝酒李公醉”，“人在桥上走，桥流水不流”的机锋，这种混淆对象的做法在中国古代诗歌中实在是举不胜举。中国古代诗歌不但可以混淆写作对象还可以将物和人的关系变乱，西方世界的诗歌善于将物“人化”，物是为人服务，比如西方早期浪漫主义把自然当做保姆、情人来咏唱。中国诗歌不但将物“人化”，而且更多的是将人“物化”，庄周梦蝶的故事是这一中国式浪漫的源头，“梁祝化蝶”还有“两棵树”等都是把人进行物化的代表，在中国古代诗歌中人与物的关系是高度灵活的。

并非只有中国古代诗歌才是讲究含糊混沌的，中国现代诗歌仍然继承了这一传统。虽然现代诗歌采用了具有高度逻辑性的西式语法的现代汉语来写诗，可是汉语的模糊多义和象形思维的特征还是存在的，因此，现代汉语诗歌应该是中西合璧的产物，在大量借鉴了西方诗歌现代理论的同时，还保有了汉语诗歌独有的朦胧和多变。在现代诗歌史上朦胧诗是一个具有划时代意义的诗歌现象，朦胧诗打破了早期现代汉语诗歌的直线思维和单一架构的美学框架，将诗歌的审美空间扩展开来，丰富了汉语诗歌的表现力度。顾城的诗歌“黑夜给了我黑色的眼睛，我却用他寻找光明。”是朦胧诗的代表作，如果抛开这一诗句的政治背景不谈，诗歌的内涵丰富，意境深远，而且可以落脚在任意一个人生感悟上，体现了歧义多变的特征。朦胧诗当年是以晦涩难懂而著称，在今天看来，这种朦胧的效果已经荡然无存，从80年代后期到90年代，整个后朦胧诗歌时代对现代汉语诗歌进行了更加彻底的语言实验，汉语诗歌表现的可能性，叙事的变化，以及诗歌背后的多义繁复被深度发掘。后朦胧时代诗歌的意义被重新思考定位，对汉语诗歌意义的突破使现代汉语诗歌真正走向现代诗意混沌。安徽诗人余怒在他创作的早期曾提出要从明晰走向混沌的诗学，余怒用他的诗歌创作给现代诗歌的混沌性正名。

余怒在他的《体会与呈现：阅读与写作的方法论》一文中写道：“一是作为主体理想和观念的体现的价值，一是用于表述事物之间逻辑关系的意思，要解构传统的价值体系，必须从这两个方面着手。打破意义与世界之间的一一对应关系，才能使世界一点点接近，返回到混沌状态。”①

余怒的这段话可以当作现代混沌诗学的一个精彩的注解。诗歌是个人化的创造，这种创造必须以切身性和当下性作为标志，或者说，诗歌的写作状态在意义之前就已经发生了，这情形好像当我们面对一池春水或者聆听一段美妙的乐曲，最先抵达我们内心世界的不是意义而是意义出场之前的原初的混沌美感体验。从这个角度来说，现代诗歌首先追求的不是意义的高远，而是要赶在意义到达之前就将诗歌完成，当然这个完成只发生在个人的内心世界，至于诗歌呈现在纸上到底是什么样子是另外一个问题了，毕竟手中之竹与胸中之竹还是有一段距离，这也是现代诗歌混沌性的又一个明证，那就是现代诗歌的书写过程本身大于那个诗歌已经预先给定的意义。余怒道出了一个重要的现代诗学问题，那就是现代诗歌的混沌性其实一点都不比古代诗歌要弱，相反，现代诗歌对于混沌性的要求更加复杂、严格、深刻，好的现代诗歌在刹那间就可以快速抵达意义的彼岸，实现对意义的全面超越。当然，现代诗歌并非绝对抛弃对意义的追求，只是要求这个意义更有当下感，更模糊，以至于我们担心这个意义已经无法承载我们瞬息万变的精神状态和千姿百态的生命体验，就像余怒说的“当代的‘当代性’就是‘混乱性’。”现代诗歌要写出这个当下的“混乱性”，只有用更大的“混乱性”来对待这种混乱。现代诗歌不是痴人的呓语，而是现代人精神状态的直写，现代诗歌就是要通过对意义的逃避来更加直接地呈现现代人的内心世界，现代诗歌要求的是另外一种更加严谨的法度，这种“法度”却往往表现为混沌。现代诗歌的这个混沌涉及诗歌的本质问题，或者说是诗之为诗的根本，现代诗歌事实上是反本质的，可是反的是传统诗歌中已经和现代社会格格不入的部分，现代诗歌要反的是处在过去时的本质，而且不管怎样反，最终还是要和被反的那个本质握手言和。

诗歌的混沌性是诗歌区别于其他文体的一个标志，中国现代诗歌在这一点上体现得更加明显，关于现代汉语诗歌写作曾经出现过很多在当时看来新奇时髦的实验话语，比如诗歌创作理念中口号主义、文化传单、标签话语等轮番登场，这些实验一方面显示了现代汉语诗歌的强大生殖欲望，另一方面也说明我们的现代汉语诗歌还是处于一个摸索阶段，缺乏一个明确的方向

①余怒：《体会与呈现：阅读与写作的方法论》，转引自《诗歌月刊》，2007年第9期。

性和比较合理的游戏规则。现代汉语诗歌的混沌无论从诗歌内在发展规律上还是从发展的水平和阶段上都表明，现代汉语诗歌还是个懵懂的孩子。从现代汉语诗歌的写作状态和写作方法来说，我们也面临着一个很尴尬的局面，那就是面对自然我们无法像古人那样尽情抒怀，毕竟那是前朝的旧曲，现代人有更复杂的情怀和不一样的体验，面对纷乱的社会现象，我们现代汉语诗歌还不能很好地实现观念承载和物象（不是意象）塑造的艰巨任务。现代汉语诗歌在这个含混、朦胧的怪圈中活得太久了，现代诗歌需要从那个混沌的传统中突围出来，担当起时代赋予的那个建造新传统的任务，里尔克说过："主啊，是时候了"，确实是时候从古代诗歌混沌一团的诗意中跳出来走向更广大的意义世界。现代汉语诗歌的大部分诗作还满足于我比某某写得好这种五十步笑百步的怪圈，说得残忍一点，跳出现代汉语诗歌的这个圈子来看，事实上，至今尚未出现能真正写出当下精神状态的好诗。现代汉语诗歌经过几十年的实验，已经初步形成了一个不够成熟的"传统"，当然这个"传统"本身就是一个等待被打破的靶子，现代汉语诗歌混沌性问题已经隐隐约约地浮上水面并引起很多人关注。混沌性本身就是一个令人难堪的话题，我们无法为现代汉语诗歌的混沌性击掌叫好，因为这种混沌本身就是我们现代汉语诗歌不成熟的表现，同时我们一时又无力也不忍打破这份混沌，因为这已经成就了现代汉语诗歌的一个鲜明的文化艺术特色。

杜威在他的《自然与艺术》一书中描述过在艺术的状态下人与自然相互挤压的关系，杜威认为，艺术创造的过程是人与自然之间双向互动的过程，这个过程就像是榨柠檬汁，自然与人相互挤压，艺术创造的醇香果汁在双向作用力之下完成。现代汉语诗歌的写作状态很像杜威描写的这个柠檬汁状态，现代人面对自然时，感到心智乏力，社会和自然对人形成压迫，现代人必须对那个压力作出反应，现代诗歌就是人类心智与社会和自然共同挤压的结果，这个过程既清晰又混沌。杜威的这个描述对我们今天的汉语诗歌写作具有一定的启发性，那就是，要不断更新我们对于现代诗歌观念以及及时调整自然人生等重要关系，使明晰的更加明晰，混沌的更加混沌。现代汉语诗歌至今尚未突破传统诗歌的那个模糊和多义，诗歌艺术是不断由混沌走向明晰，再由明晰走向混沌的一个周而复始的过程，今天的现代诗歌在创建新诗体和开拓新诗意的时候，必须对以往的那个混沌一团的诗歌表达方式作一个了断，这个问题涉及现代汉语诗歌的基本规范问题，这也是我们现代诗歌长期忽视的问题，我们总是认为诗歌不需要那么清楚地认识诗歌的创作规律和法度规范，有个别文学素养不高的诗人甚至极端地认为对于诗歌理论的探讨本身就是在妨碍诗歌创作。当年郭沫若提出诗歌要“绝端的自由”，那只是针对现代诗歌发生期要求自由解放而提出，现代汉语诗歌发展到今天急需形成一套完整的具有现代意义的诗歌观念和诗歌规范，清除诗歌写作中的原始混沌和早期先锋诗歌的流弊，建立刚健、清新、质朴，具有现代意味和符合现代人精神状态的新型现代诗歌是我们不得不面对的严峻问题。

这里不得不提到那个困扰我们已久的诗歌传统问题，现代汉语诗歌在创造新的传统的同时，不是要对旧传统进行简单的抛弃处理，而是要真正实现对旧传统的合理变革，实现现代汉语诗歌明晰中的混沌。对现代汉语诗歌的解读也存在这个问题，读出诗歌中明晰的部分是读懂诗歌的前提，尽管读出诗歌中清晰的部分并不意味着读懂了一首现代诗歌。固守混沌必将走向诗性萎缩，走出混沌才是宽广的大道，问题是当下的现代汉语诗歌还没有能力很好地把握住这份明晰和那个混沌。诗歌只是人类众多通向理想通道中的一条，我们在与世界交流的通道中艺术观念、神学思想、美学规范等许多方面都还有很大的欠缺，因此，对于诗歌明晰和混沌两个方面的处理上同时感到捉襟见肘。

中国传统文化要回归到那个“指意前的世界”，那个代表着母体的混沌像一大片黏稠的黑色液体，像羊水化育了万物。这种混沌类似于佛教中所说的“无明”状态，即“没有理性光明的状态；没有方向而是一团混沌的状态”。[①] 佛教典籍中多处指出要通过佛光来走出那个无明状态，尽管在今天这个混沌思维仍然具有深刻的诗学意义，可是今天的诗歌已经无法从这个混沌母体的羊水中汲取生命力量，重新获得生殖力量并创造崭新的现代诗歌。中国现代诗歌是在西方文化全面冲击下的产物，中国传统文化这个母体既是我们赖以生存的大地、河流，同时又是波德莱尔描写的那头纠缠不清的“怪兽”。如何在母亲的怀中安枕，同时又躲避那头怪兽的折磨，就像艾略特说的那样要实现真正意义上不同文化传统的联合，要联合更多的诗歌传统，因为我们始终都是走在同一条路上。

（本文收录于2012年重庆西南大学新诗研究中心中外诗歌高端论坛论文集，略有删节）

①吴汝均：《佛教大辞典》，商务印书馆，1994年，第442页。

百年新诗形式的发展和演变

一、苦闷的象征——20世纪20年代新诗形式的早期探索

中国新诗从诞生之初，时至今日一直无法回避一个令人尴尬的话题，即新诗在形式上还不够典雅，或者说和中国古典诗歌相比，新诗的形式不够美。这里说的诗歌形式主要是指诗歌的语言和句式等外在特征，尽管学界有观点认为语言属于诗歌的内容层面，本文仍然坚持语言问题应归结到诗歌的形式层面来加以研究。

事实上，新诗迈出的第一步就是从形式上的探索和变革开始的。作为中国新诗的早期开创者之一，胡适的白话诗歌一面模仿古诗的格律，一面又在努力挣脱古诗形式上的窠臼。比如《尝试集》中那首著名的《蝴蝶》，就带有明显的古诗格律的形式特征，工整对称，韵脚考究，词性和词义之间保持着古诗的圆润和谐。

蝴　蝶

胡　适

两个黄蝴蝶，双双飞上天。
不知为什么，一个忽飞还。
剩下那一个，孤单怪可怜；
也无心上天，天上太孤单。

胡适的《尝试集》中不乏这种带有明显古诗格律痕迹的作品，这种创作风气一直延续很久，当时的很多诗人都采用了这种改良的诗歌形式作为主要

创作手段。就算是20年代较为激进的诗人郭沫若也有这类形式上对古诗进行改良的诗作，比如他那首著名的《天上的街市》在形式上亦如此。

天上的街市（节选）
郭沫若

远远的街灯明了，
好像闪着无数的明星。
天上的明星现了，
好像点着无数的街灯。
我想那缥缈的空中，
定然有美丽的街市。
街市上陈列的一些物品，
定然是世上没有的珍奇。

这首诗的押韵和对仗明显带有古诗的形式特点。这种对古诗形式模仿和改进的风气随着新诗的发展逐渐开始改善。很多诗人受西方现代派诗歌形式影响，对诗歌形式作了较为深刻的变革。从20年代到30年代的中国现代诗歌形式一直在努力逐渐摆脱古诗形式的束缚。当时诗坛一些较为前卫的诗人对诗歌形式上作出了突破性的实验，李金发对于诗歌形式的探索就较为彻底。李金发的诗歌无论从形式还是内容上都极具实验色彩，即使放在今天来看，他的诗歌形式仍然很有冲击力。

题自写像
李金发

即月眠江底，
还能与紫色之林微笑。
耶稣教徒之灵，
吁，太多情了。
感谢这手与足，
虽然尚少

但既觉够了。
昔日武士被着甲，
力能搏虎！
我么？害点羞。
热如皎日，
灰白如新月在云里。
我有革履，仅能走世界之一角，
生羽么，太多事了呵！

李金发作为中国早期新诗的先行者，对于诗歌形式的贡献是值得一提的。他的诗歌形式与内容之间的关系达到了全新的契合。诗歌意象之间的微妙联系通过句子之间的跳跃和语义的转折达到了统一，实现了无序中的有序，朦胧中的清晰。朱自清在评价李金发时说：“他的诗没有寻常的章法，一部分一部分跟可以懂，合起来却没有意思。他要表现的不是意思，而是感觉或情感；仿佛大大小小红红绿绿一从串珠子，他却藏起那串儿，你得自己串着瞧。这就是法国象征诗人的手法；李氏是第一个人介绍他到中国诗里。许多人抱怨看不懂，许多人却在模仿着。”朱自清对于李金发的点评包含多层含义，需要一定的耐心才能逐层解开谜团。首先，朱自清说李金发的诗歌表现的不是通常的意思，而是感觉和情感。这个评价站在现代诗论的角度来看相当之高，李金发开创了中国新诗的新局面，标志着现代诗歌走向更为深邃的隐喻和象征。朱自清发现新诗通过形式创新可以传达出隐秘的诗歌意味，可是朱自清当时没有现成的现代诗歌概念来概括这种现象，只好用感觉和情感来描述。我们用今天的眼光来看这首诗，就更加明确，李金发的诗歌形式中表现出来的诗歌意蕴的确不是思想，而是现代诗歌特有的存在的荒谬感和诗人对当下世界的诗意呈现。这种现代诗歌意义被艾略特定义为“客观对应物”，在庞德那里被称作“意象”。其次，朱自清说李金发用的是法国象征主义诗人的表现手法。这个说法当然是没问题的，法国象征主义对诗歌的影响在当时国际诗坛的影响几乎是无所不在的。关键是法国象征主义对于李金发的影响主要表现在哪些方面，还有朱自清认为李金发学习了法国象征派的哪些表现手法。李金发对于法国象征派的学习是十分全面的，不仅表现在形式上的拼贴、无续、跳跃等，更为重要的是，李金发十分熟悉法国象征派的透过现象抵达事物象征本质的方法。从这首《题自写像》来看，每个句子背后都有着深刻的现代体验，有身体上的奇妙感受，有超验的心灵感应，有古典意象的生发，还有宗教救赎的介入，等等，如果抛开这些去读这首诗歌，得到的很可能就只是一些碎片。李金发对于诗歌史的贡献确实不在于对象征派深层体验的表达，因为他的诗歌理念过于超前，别人很难学习借鉴。李金发对诗歌史的最大贡献正如朱自清所说，他发明了一种全新的新诗形式，看似一大堆散乱的珠子，其实内在的秩序十分深刻，而且内部结构十分严谨。这首诗在形式上隐藏得很深，各个意象之间有着模糊隐匿的应合，这恰是象征派诗歌在形式上的典型表现。朱自清对李金发诗歌形式上的贡献点评得十分精准到位，对李金发的诗歌内容上也作出了一些较为中肯的评价，指出了李金发"远取譬"的象征手法是造成诗意朦胧、形式怪诞的重要因素。李金发的诗歌形式不能称作成功的典范，却是一次极好的尝试。李金发的诗歌形式未必是完全西化的结果，他的诗歌形式中包含了太多古典诗歌的神韵，这也充分表明，中国新诗的形式是建立在中国传统诗歌形式受到外来诗歌形式的冲击之下变异的结果。

李金发诗歌并不能代表中国早期新诗的主流，可是李金发的诗歌形式探索已经给中国新诗的形式变化增添了一个绝佳的案例，中国新诗完全可以在外来诗歌形式的冲击之下，将中国古典诗歌的样式加以变化，走出一条属于中国现代诗歌的新路径。

二、百花齐放才是春——三四十年代新诗形式的成熟期

30年代以后，中国新诗进入百花齐放的黄金时期。卞之琳、戴望舒和九叶诗人等一大批优秀诗人在形式上分别作出了重要的探索。卞之琳的诗歌形式十分多变，他对古典诗歌和西方诗歌的形式都十分了解。在卞之琳的大量诗作中，有过很多诗歌形式上的有益探索。

断　章

卞之琳

你站在桥上看风景，
看风景人在楼上看你。

明月装饰了你的窗子，
你装饰了别人的梦。

这首诗成为卞之琳的代表作之一不是没有道理的，形式上的精巧是造成该诗美学效果的重要因素。这首诗的形式集中体现了卞之琳诗歌中西合璧的特色，这首诗有着浓郁的中国古典诗歌形式上的特征，讲究意境的营造和词语的凝练。事实上，熟悉卞之琳的诗歌创作或了解西方诗歌传统的人可以很容易发现卞之琳的《断章》中有很多西方诗歌形式上的特点。江弱水在《卞之琳与法国象征主义》一文中指出："那么，卞之琳倒是堪称法国象征主义在中国的嫡系传人，尽管用不着因此就把他划入中国的'象征派'"。江弱水在文中着重论述了卞之琳诗歌形式上对于法国象征主义诗人瓦雷里和魏尔伦诗歌的借鉴。从这首《断章》中不难读出卞之琳在形式上与法国象征主义的渊源，用卞之琳自己的话说"格律谨严而运用自如"是一方面，"形象生动、意味深长而并非没有逻辑"是另一方面。卞之琳将新诗的形式发展到一个新的高度，卞之琳将中国古典诗歌的格律严谨和象征主义的精巧细致完美地结合，新诗在智性和感性的结合度通过新诗形式的变革大大加强。

这一时期的众多诗人均对新诗形式作出过重要贡献，比如戴望舒就给20世纪30年代诗坛带来一股唯美的古典诗风。戴望舒的诗歌形式前后期有些变化，前期代表作《雨巷》是典型的古典诗歌风格，形式上有着古典诗歌的典雅和整齐，后期的代表作《我的记忆》散文化倾向开始加重，更加注重无韵自由体的打造。

雨　巷

戴望舒

撑着油纸伞，独自
彷徨在悠长、悠长
又寂寥的雨巷
我希望逢着
一个丁香一样地
结着愁怨的姑娘

从形式上说，《雨巷》标志着中国新诗在经历过多次的向西方诗歌形式的靠拢之后对古典诗歌形式的回归。《雨巷》在新诗形式上作出了一个极好的尝试，诗歌的情绪、节奏、意象达到高度的统一，在现代诗歌中营造出古典诗歌的意境。对于古典诗歌的出走和回归几乎贯穿了百年新诗的整个历程，直到今天新诗的形式仍然处在不断地探索之中，从古典到现代，从现代又回归古典，几乎成了中国新诗形式的一个宿命。戴望舒的后期诗风现代性加强，诗歌形式上也从对于意象的追求走向对于心象和幻想的寻找，诗歌形式上更加自由大胆，显示了超现实主义的现代诗歌风格。

我的记忆（节选）

戴望舒

我的记忆是忠实于我的，
忠实得甚于我最好的友人。
它存在在燃着的烟卷上，
它存在在绘着百合花的笔杆上。
它存在在破旧的粉盒上，
它存在在颓垣的木莓上，
……

戴望舒的后期诗歌形式从严谨再次走向自由，《我的记忆》在诗歌形式上表现出诗人的超现实主义诗歌风格，诗歌主题较为迷幻，诗歌形式上也难以捉摸。戴望舒诗歌形式上变化体现出中国新诗在形式上不断从古典诗歌形式与西方诗歌形式的借鉴中走出，形成中国新诗独特形式特征的总体倾向。

40年代后，中国新诗越发沉稳，对于西方诗歌的理解更加深入，对中国传统诗歌的学习走向更为深层的人文精神的继承。这时的九叶诗人集体发力，显示了中国新诗在现代化的道路上已经走出一条属于中国现代诗歌自身独特的诗歌路径。九叶诗人的诗歌形式呈现出多样化和现代化的特色，这是中国现代诗歌史上罕见的集体展示。

雷诺阿的《少女画像》

郑　敏

追寻你的人，都从那半垂的眼睛走入你的深处，
它们虽然睁开，却没有把光投射给外面世界。
而像是灵魂的海洋的入口，从那里你的一切
思维又流返冷静的形体，像被地心吸回的海潮。

现在我看见你的嘴唇，这样冷酷地紧闭。
使我想起岩岸封锁了一个深沉的自己。
虽然丰稔的青春已经从你发光的长发泛出，
但是你这样苍白，仍像一个暗淡的早春。

呵，你不是吐出光芒的星辰，也不是
散着芬芳的玫瑰，或是泛滥着成熟的果实，
却是吐放前的紧闭，成熟前的苦涩。

瞧，一个是灵魂先怎样紧紧地把自己闭锁，
而后才向世界展示。她苦苦地默思和聚炼自己，
就为了将向一片充满了取予的爱的天地走去。

十四行诗歌对于中国诗歌来说是“舶来品”，这种样式在西方有着悠久的历史传统。早期经过冯至的大力引进和推广，十四行诗在国内诗坛逐渐成长起来。郑敏的这首《雷诺阿的〈少女画像〉》对十四行诗这种诗歌形式进行创新，诗歌的句式绵长，语义繁复而且起伏有致。十四行诗属于西方的格律诗体，中国新诗在对十四行诗加以改进之后，在西方格律体的形式规定性上减弱不少，反而加入了中国新诗丰富的情绪和思想上的跌宕起伏。郑敏的这首十四行诗将西方诗歌语音上的轻重变化演变为汉语诗歌抑扬顿挫的节奏变化，并且加入了更多的情绪上的内在韵律。郑敏的十四行诗可以说是经过多年中国新诗的改造后基本摆脱了西方格律诗的束缚，走向独立的中国现代诗歌样式的一个突破。

诗八首（节选）

穆　旦

一

你底眼睛看见这一场火灾，
你看不见我，虽然我为你点燃，
哎，那烧着的不过是成熟的年代，
你底，我底。我们相隔如重山！
从这自然底蜕变程序里，
我却爱了一个暂时的你。
即使我哭泣，变灰，变灰又新生，
姑娘，那只是上帝玩弄他自己。

穆旦的《诗八首》堪称中国现代诗歌史上的经典之作，该诗结构严谨、词语和词语之间，句子和句子之间的内在逻辑关系紧密，句式变化多端，既有古典诗歌起承转合的完整和谐，又有现代诗歌复杂多义的朦胧晦涩。穆旦的《诗八首》对于中国现代诗歌史来说具有重要意义。《诗八首》试着解开了长期以来困扰中国现代诗歌的两个疑惑。一是中国现代诗歌要不要继承古典诗歌样式的困惑；二是中国现代诗歌要不要将现代人的智性观念融入诗歌中去。虽然这两个问题在以往的诗人那里已经给出了一些答案，却始终无法通过一个形象的案例来给出明确的回答。卞之琳早期就对中国现代诗歌的“化古”和“化欧”的问题作出过很好的阐释，而且他的诗歌中的智性因素和中国古典诗歌的意境结合十分巧妙。穆旦的《诗八首》可以作为中国新诗形式成熟的一个明确的阶段性标志。中国新诗需要对传统诗歌样式进行继承，这种继承必须要大胆地加以改造，不能原样不动地全盘拿来。穆旦的《诗八首》有着严谨的结构，每一句都是按照古典格律诗歌的起承转合来加以变化，营造诗歌整体上的一气贯通。中国古典诗歌的外形看上去十分整齐考究，内在关系严谨，这一优秀传统要怎样才能贯彻在现代诗歌的形式中。我们要明确现代诗歌继承的传统古典诗歌的形式上的严谨最终追求的是诗歌形式上的浑圆一体的整体性。穆旦的《诗八首》没有在外形上完全照搬古典诗歌的对仗和工整，而是将古诗的混融性和整体性加以转化和继承。《诗八首》的成功不仅得益于对古诗的继承发扬，更是对西方诗歌理论阐发的结果。穆旦十分熟悉西方诗歌，对于基督教文化也有着精深的理解，穆旦将中国古典诗歌的严谨和西方基督教精神的博大和庄严融入诗歌形式的打造中，从而抵达中国新诗形式上的一个高度。

风　景

辛　笛

列车轧在中国的肋骨上
一节接着一节社会问题
比邻而居的是茅屋和田野间的坟
生活距离终点这样近
夏天的土地绿得丰饶自然
兵士的新装黄得旧褪凄惨
惯爱想一路来行过的地方
说不出生疏却是一般的黯淡
瘦的耕牛和更瘦的人
都是病，不是风景！

在九叶诗人中，辛笛是一个特立独行的诗人，他对西方诗歌理论的熟悉程度超过了同时代的诗人，他的诗歌见解也颇为独特。辛笛的诗歌个性十分鲜明，他的诗歌一改以往大多数诗人朦胧晦涩或繁复多变的风格，他的诗风清新质朴，刚健雄浑。《风景》创作于1948年，这首诗贯彻了辛笛讲究"通感"的创作理念，词语运用十分巧妙，在词语的声、形、色等动态和静态的特征上都传达得很充分，显示出中国现代诗歌语言的力度和内在张力。句子之间的感性和理性契合度也很高，体现出新诗的语言和结构上情和理平衡的现代气韵。

三、从朦胧到后朦胧——80—90年代诗歌形式的实验

80年代到90年代是属于中国新诗的重要实验时期，在这一时期，中国新

诗的语言表达可能和句式的丰富性得到极大的锻炼。其中代表性的诗歌事件有1980年初期的“三个崛起”和“86大展”。

80年代之初，朦胧诗从地下写作浮出水面，引发文坛争议，为声援朦胧诗的创作手法。谢冕的《在新的崛起面前》、孙绍振的《新的美学原则在崛起》和徐敬亚的《崛起的诗群》，史称“三个崛起”，有力地提倡新诗全新的审美观。所谓“新的美学原则”，即“不屑于作时代精神的号筒，也不屑于表现自我感情世界以外的丰功伟绩”。他们“不是直接去赞美生活，而是追求生活溶解在心灵中的秘密”，也就是表现自我。这是国内诗坛首次明确提出新诗的重要审美原则，那就是诗人表达对生活和社会思想情感的时候要从自身的切身体验出发，从真实的内心冲动出发，不能处于空洞轻飘的传声筒，主张诗歌审美从“假、大、空”走向坚实的生活土壤。顾城作为朦胧诗的代表人物，创作了一大批语言清新隽永、意味深长的作品。

远和近

顾　城

你，
一会儿看我，
一会儿看云。
我觉得，
你看我时很远，
你看云时很近。

顾城作为朦胧诗歌的代表性人物之一，他的诗歌形式较为独特，他的诗歌句子短小精悍，内蕴力强，用极端俭省的笔触集聚了极强的爆发力。从他的诗歌里能读出关于社会生活、历史人生的深刻感受，同时诗歌的语言含蓄凝练，用词准确，诗歌整体感和阅读感强。朦胧诗歌的个人英雄主义情结在顾城的诗中还是有所表现，主要表现在用词的典雅含蓄，同时遣词造句的审美指向带有崇高感。

1986年，深圳青年报和安徽《诗歌报》联手举办“86诗歌大展”。这次活动对中国新诗的内容和形式进行了深入的反思和实践。这次国内诗坛的集体亮相，全面彰显了中国新诗巨大的创作潜力。尽管这次展出的作品中有大量的失败之作，可是通过这次展出，各种不同的创作理念之间得到了很好地交流和化学反应。这次活动对于中国新诗的发展和创新的意义是空前的，诗人们惊喜地发现新诗具有无限的可能性，新诗的语言具有无尽的魔力，新诗的句式和结构上具有无穷的变化。通过这次活动，中国新诗进入了长达十几年的形式上的实验，这种实验首先是从语言开始的。1980年，最初有意识并明确地提出诗歌语言问题的是韩东。韩东提出“诗到语言止”，这句口号几乎代表了整个80年代到90年代中国新诗的全部理想，发现汉语的魔力，探索汉语表达的点金术成了当时诗人的最高追求。

雨中的马（节选）

陈东东

黑暗里顺手拿起一件乐器。黑暗里稳坐
马的声音自尽头而来
雨中的马。

这乐器陈旧，点点闪亮
像马鼻子上的红色雀斑，闪亮
像树的尽头
木芙蓉初放，惊起了几只灰知更雀。

陈东东的这首《雨中的马》是很多20世纪八九十年代诗人记忆中的亮点，这首诗的形式代表了80年代诗坛的一种审美倾向。通过诗歌形式上的创新挖掘汉语表达上的魔力和可能性，陈东东们就是要用词语唤起沉睡已久的汉语的生命力。这首《雨中的马》里充满了音乐的迷离，雨夜的思绪，穿透时空而来的梦幻和在历史中沉睡已久的感官。1980—1990年的新诗发展与当时西方现代思潮的大批涌入是分不开的，各种西方的理论和思想剧烈地冲击着青年诗人们的心灵世界。当时的诗坛各种实验色彩浓郁的诗歌作品极大地丰富了中国新诗的形式，具有代表性的诗人当然非海子莫属。

祖国（或以梦为马）

海　子

我要做远方的忠诚的儿子
和物质的短暂情人
和所有以梦为马的诗人一样
我不得不和烈士和小丑走在同一道路上

万人都要将火熄灭我一人独将此火高高举起
此火为大开花落英于神圣的祖国
和所有以梦为马的诗人一样
我借此火得度一生的茫茫黑夜

海子在中国新诗史上是一个特立独行的诗人，他用最大的热情拥抱西方的浪漫主义精神，又用最大的努力将中国的农耕文化传统和自屈原以来的中国古典浪漫主义传统批判地继承，独创了一种带有农业文化特色的中国式的浪漫主义现代诗歌。由于海子的诗中带有浓郁的生命关照和死亡气息，有人将海子的诗歌归入存在主义诗歌类别。海子的诗歌中的确带有存在主义倾向，可这并不能改变海子作为浪漫主义诗人的本质特点。这一点从他诗歌的形式特点就能辨别出来。首先海子诗歌中大量的西方浪漫主义诗歌意象，国王、少女、黄金、太阳、儿子、父亲、情人、小丑、英雄，火焰、黑夜等。这些语言手段在以往的中诗歌中并非没有，可是没有任何一个诗人能像海子这样全面地将西方浪漫主义诗歌意象与中国农业文明的古典浪漫情怀相结合，激发出如此高涨的激情和想象。海子诗歌的词语洋溢着高涨的语言生殖能力，海子诗歌的诗句似乎可以无限地拉长，无穷无尽地延续下去。

四、从知识分子写作到民间写作
——21世纪以来新诗形式的回归

进入21世纪之后，诗坛在经历了短暂的沉寂之后，开始再次发力。新世纪的诗歌审美倾向和表达方式再次走向回归。1999年4月16日至18日，在北京平谷县盘峰宾馆的一次关于诗歌写作的论战掀开了新诗形式变革的序幕。这次论证的主题是知识分子写作和民间写作，尽管这次论证无法有一个明确的结果，也不可能产生一个明确的观点，但是这次论证却显示了新诗在经过漫长的向古典诗歌和西方诗歌学习的历史之后，需要重新出发，立足当下，从自身出发，走出属于中国现代新诗自身的独特形式和内涵。

21世纪的中国诗坛出现了很多古怪的现象，很多诗歌似乎写得越来越口语化，越来越低俗，越来越琐碎。这些现象的背后实质上隐藏着来自诗歌自身的强大规律，诗歌形式有着自身的历史发展规律和内在规定性，在经历各种崇高的、神性的、唯美的、贵族化的诗歌语言和结构的实验之后，诗歌要以素面朝天的本来面目示人，诗歌要用他清新淳朴的原初力量打动人，诗歌要求诗人从本真的人生体验而不是从古典或者西方诗歌的经验出发来创作。随着21世纪的通信手段和网络技术的发展，诗歌的信息量大大提升，诗歌的阅读频率和传播速度也大大加强。因此，诗歌写作速度加快，诗歌阅读速度加快，诗歌生命周期加快，在这种社会背景之下，诗歌揭掉知识分子的浮夸、伪善、假话外衣，以原生态的面目写出生活的真实性也成了一种必然选择。21世纪的诗歌并非没有知识分子写作，精通古今中外诗歌艺术的诗人大有人在，以精英态度创作出的诗歌精品也层出不穷。可是，整体上说，民间诗歌的力量是逐年增长的，对于知识分子写作的冲击也与日俱增。民间化并非代表着诗歌艺术的粗俗和平庸，相反，民间写作是从诗歌的本质力量出发，打破以往诗歌写作的唯美和典雅，走向更为本质的诗意。

刺猬论

余　怒

冬天冷，我们花一天时间
讨论刺猬。
我们在房子里，开着空调，
穿着运动衫，心里柔软。

刺猬怀孕了，

刺猬误入农民的院子，
刺猬逻辑混乱，生下一窝小刺猬。
小刺猬爬。我们讨论得很认真。

假设一只光秃秃的小刺猬一个肉团滚到
我们的脚下或者直接爬到我们的床上在
你我之间讨论的间隙或者梦中，我们还
继续讨论吗？

当然。
我们会沮丧，
夜不能寐而伸手于窗外。
我们可以讨论更现实的问题：我们。

余怒的诗歌理念十分独特，他曾经对于诗歌形式问题做出过看似离谱的判断，他认为现代诗歌形式需要“搞乱”。他的诗歌形式中也不断在贯彻这个“乱”的思路。这个“乱”在我个人理解不仅是超现实的秩序上的乱，更是诗歌发展到当下，在形式上需要更进一步解放的“乱”。新诗走过百年之后，形式上作出过各种各样的大量尝试，新诗的各种实验的实质都是希望能从既定的、熟悉的形式中走出，达到一种形式上的“陌生化”。形式上的变革和创新离不开内容和思想上的改变，对以往的有选择地抛弃和继承就要痛下决心，对惯性思维下手，因此，“搞乱”就是要大胆走出旧的诗歌形式的束缚，将固有秩序和惯性思路打乱，走新路，有意识地克服惯性写作带来的懒惰和因袭。

（本文收录于2017年9月第二届哲学社会科学智库名家贵州学术年会暨中国百年新诗贵州高峰论坛八大主讲专家作品集）

语言“炼金术”及其后遗症

面对当下诗坛针对语言问题提出的种种说法，我觉得有必要将我们目前所处的时代语境与20世纪80年代的“实验诗”现象联系起来进行考察。实验诗的出现不是偶然的，诗评家唐晓波认为“其最深刻的根源始终存在于内容”，“可以把诗理解为人类通过语言进行的生生不息的精神实验”。虽然这次实验行动不单是语言的实验，但诗人们在语言探索上付出的努力和遇到的困惑是以往诗人所无法比拟的。事实上，在这次行动中，诗歌语言表达的可能性被不断地发掘出来。语言的魔力也不断砥砺着诗人与读者的感觉。

诗人陈东东在《明净的部分·自序》中提道：“让汉语脱胎为诗歌音乐的梦幻主义，一种忘我抒写的炼金术”。而对“炼金术”这一说，西川也有专文论述，兹不赘述。80年代的诗歌实验采取了一种近似“狂飙突进”的方式，明显带有急功近利的成分，对语言的过分关注忽略了诗歌作为心灵艺术的直觉和真实性。女诗人张真说：“我深深迷恋语词之美及其迷宫般的精神。”而“迷恋语词之美”“诗到语言为止”这些说法遮蔽了诗歌作为心灵艺术对经验明澈性的要求，这也直接导致了80年代诗歌中浮躁的“语言神话”现象。

诗歌是活生生的生命体验，并非神话（或神化）式的语言发明。正如帕斯曾说的：“写一首诗就好像从面包炉中拿出一块面包”，这份真诚来自对生活实实在在的感动。

可喜的是，90年代以来，诗歌语言已经发生了一些根本的变化，至少在以下方面取得了一定成绩。比如对琐碎的日常生活表现力的加强使语言重获活力，从而拓展了诗歌的表达空间。抒情的节制使语言更趋理性（这一点当然要辩证地看）。

但不能忽视的是“80年代”的巨大阴影仍然笼罩在今天的诗歌写作中。这主要表现在不是沉溺于80年代的惯性写作就是对80年代的矫枉过正这两个极端。语言对于诗歌来说，处在内在本质和表现技巧两个向度的交叉点上，具有双重的意义。当下诗歌语言的弊端可以分为两种情况。

其一，陶醉于语言的熟练操作，诗歌流于平板、肤浅。最突出的特征就是“无焦虑写作”，写作变为一种无痛分娩。深度的缺失和心灵的缺失往往是一对孪生兄弟。衰弱无力的语言无法直面现代人“形而上的焦虑”及心灵的伤痛。这一切共同造成语音不能承受诗歌之轻。

其二，小心地避开了诗歌表达上的一些误区，如滥情、狭隘、陈词滥调，却陷入另一些误区，如单调乏味、无个性化、对正常抒情和想象的回避等。一种新的语言禁忌，如拒绝抒情、消解深度等可能再次成为诗歌艺术上的障碍。

当然，以上问题并非全是80年代后遗症的结果，但我觉得从历史角度来打量一下诗歌无疑是有所裨益的。

（原文发表于《诗刊》2003年第6期·上半月刊）

诗歌的三阶段

多年以前刚接触诗歌，和许多人一样我也被《圣经》纯粹、干净的语言打动。“你本是尘土，仍要归于尘土。”当时还想不通诗句背后蕴含的精神力量，今天再回头想想，诗歌到了一定境界。对于诗歌自身的追求已经让位给诗外的工夫，这似乎也是所有艺术蕴含的一个“三阶段”法则：由狂飙突进继而反向运动，最终返璞归真。

历来的诗人、诗论家持“三阶段说”者不计其数，其中以王国维的三个境界说最具代表性。王国维的《人间词话》本义是说词的三种境界，但他引用的这三句诗也道出了诗歌写作的三个阶段。第一阶段诗歌处于对诗歌技巧和诗歌表现力的狂热追逐阶段，这阶段诗歌像朝气蓬勃的青年，美丽而神奇，这对诗歌来说，当然是弥足珍贵的。第二阶段是智性思考阶段，这时的技巧已经渐趋圆熟，而对于世界的认识水平决定了诗歌的创造力。第三阶段是灵感突现阶段，一个词，一句话就像一道闪电、一个火花，刹那间照亮。王国维的诗论与中国艺术的顿悟说契合，朴素而古老的辩证法折射出从简单到繁复最后归于单纯的三个阶段。

唐代诗人王昌龄在他的《诗格》中说道：“诗有三境：一曰物境，二曰情境，三曰意境。物境一：欲为山水诗则张泉石云峰之境极丽绝秀者，神之于心，处身于境，视境于心，莹然掌中，然后用思，了然境像，故得形似。情境二：娱乐愁怨皆张于意而处于身。然后驰思，深得其情。意境三：亦张之于意而思之于心，则得其真矣。”唐代诗歌在诗歌史上取得了无与伦比的地位。和其他很多同时代的大诗人一样，王昌龄以山水诗见长，他的三境之说有参禅悟道的意味，反映了唐代诗歌在文化积淀上的深厚造诣。王昌龄的三境界说写出了唐诗熔儒佛道于一炉的高超境界，唐诗长于以境界取胜，李白诗歌体现了道家的飘逸、清新和豪放、洒脱的境界如初发芙蓉，天然可人。杜甫诗歌实现了儒家兼济天下，心系万家的雄浑境界，王维的诗歌深得佛性熏染，自成超然脱俗的空灵境界。

正如王国维所说：“有境界自成高格”。中国诗歌在境界上的要求反映了中国诗人要把自己的全部生命和生活写进诗歌的强烈生命意识。在这一点上，我们的创作理念和西方稍有不同。可是西方世界的诗歌同样遵循他们自身的“三阶段”原则，只是在具体内容上因人而异。爱尔兰诗人希尼在他的诗论《不倦的蹄音：西尔维娅·普拉斯》中说到，普拉斯在生命终止前短短两年时间内高速奔向艺术和生命终点的过程也含有三阶段之意。希尼认为，普拉斯的第一阶段诗歌制作精美、技巧高超。希尼说：“她已经获得了许可证，通晓自己的手艺。”第一阶段的普拉斯处于炫技时期，诗歌的声音效果完美，节奏、韵律处理准确，普拉斯的诗歌艺术初次找到了它的方法，“诗人独特的主体和情感必然性能够普遍地君临读者的主体和情感。”普拉斯的诗歌艺术伴随她的生命进程迅速突进到另外一个阶段。在第二阶段里，普拉斯变成一架可怕的写作机器，她进入忘我状态。希尼称普拉斯这一阶段的诗歌“安详地居于它们的时代之中。现代主义的准则和心理学的洞察力经由一种极度个人性但又完全可以把握的风格而传达出来。”这时的普拉斯诗歌社会联系扩张开来，诗歌的情感说服力量和智性魅力得到强化。第二阶段的普拉斯歌迅速趋于圆熟，她在奇迹般地快速逼近第三阶段，这也是她个人逼近生命尽头的阶段。第三阶段的诗歌从生命里面跑出来，自己说话，就像希尼说的：“不是诗人，而是诗”。这时不是诗歌听从于诗人而是诗人听命于诗歌自身的召唤。这时的普拉斯用自己全部的生命拥抱这最高的诗意狂欢。第一阶段诗歌主“情”，情乃诗之魂，掌握了抒情的技巧，就拿到了诗歌王国的通行证。事实上。第一阶段诗歌往往可以达到很高的境界，甚至直接越过第二阶段进入第三阶段。而且在第二阶段，“情”仍然是推动诗歌的主导力量，只是这时的抒情手段和方式发生了很大变化，在抒情之外扩张开来，这时的诗歌里似乎蕴藏着一股强大的智性力量而使第二阶段诗歌体现出以“智”为主的特点。第二阶段的诗歌有时会被误读，因为智慧通常不是通过逻辑推理而是通过情与理的共鸣产生的，第二阶段诗歌通常需要长期的磨砺才能达到。第三阶段诗歌是诗歌的纯粹阶段，那些非诗因素被祛除，诗歌也不受任何时空的限制达到自由境界。

当下诗歌虽然由于社会转型期和电子传媒的影响，出现了意想不到的复杂局面，但是诗歌作为中华民族的根本气质，永远都不会丧失固有的艺术魅力。中国诗歌有自身独特的发展轨迹，传统诗歌理论的“性灵说”“童心”至今仍有重要借鉴意义。庄子在《庄子·天下》里说道：“……判天地之美，析万物之理，察古今之全，寡能备于天地之美，称神明之容……后世之学者，不幸不见天地之纯，古人之大体，道术将为天下裂。”庄子说的“纯”“美”，是天地之美，更是人生之美。每个诗人都在追逐最高的诗歌艺术，诗人只有通过长期体察社会使诗歌和人生结合，并把诗歌贯注到诗人的生命中，化作血液的跳动，才能到达艺术的“纯美”境界。追逐艺术理想的过程既有判断、分析和观察的工夫，更有生命经验和个人体验的强力参与。“三阶段说”在本质上是回归的反向运动，他强调事物的负面推进力量，它在肯定事物的正面发展，同时关注人向原初性的皈依。诗歌的三个阶段既不是难以逾越也不是顺序发展，而是由于个体的差异性在每个人身上体现出不同的个性色彩，这正是诗歌艺术的奇妙之处。诗歌有自身的发展规律，在一定阶段，诗会自己站出来说话。不管在任何时代，都是大多数诗人处于第一阶段，只有少数人在第二阶段写作，比如说杜甫的大部分诗作属于第二阶段写作，他也有大量的第二阶段诗歌，“万里悲秋常做客，百年多病独登台。”像这样的诗句就是诗人灵感突现的顶峰之作。事实上，“三阶段说”只是诗歌创作论的观点之一，并非每个诗人必须遵循的本质规律，第三阶段也只是一个理想状态，并非衡量诗歌艺术的绝对标准。更为奇妙的是，很多第一阶段的诗人往往已写出很多第三阶段的诗歌，只有少数第二阶段诗人可以在第二阶段和第三阶段自由地游走。他们是幸福的，他们被幸运地选中，写下这些美妙的诗歌献给这个多变易逝的世界。

（原文发表于《诗刊》·2009年5月·上半月刊）

守住与突围：吕进诗学关键词分析

学术界对吕进诗学理论的论述已经很多，大多是针对吕进诗学的某一理论观点或是吕进诗学对现代诗学的贡献来考量。随着《吕进文存》的出版，如何从吕进诗学繁复的理论体系中找到一条路径，并能从整体上对吕进诗学作一个框架式的把握已经不断凸现出来。纵观吕进20世纪80年代以来的诗学理论著作和诗学观点，可以发现在吕进诗学体系的构建过程中，始终有一双若隐若现的翅膀在支撑着吕进诗学的形成。

“守住”与“突围”正是助飞吕进诗学之翅的两翼，也是打开吕进诗学体系的两把钥匙。“善张网者引其纲，不一一摄万目而后得”。抓住了吕进诗学的这两个关键词，也就找准了进入吕进诗学的门径，对吕进诗学体系的种种歧义和谜团就豁然开朗了。

吕进诗学体系的建设大体上可以分为三个层面：新诗文体论、现代转换论、三大重建论（三大重建论包含了新诗文体论和现代转换论的部分内容，增加了新诗媒体重建论。为研究方便，仍然沿用三大重建论这个说法，不把媒体重建论单独分开论述）。这三者是互为照应、相辅相成的有机组成部分。如果从吕进诗学的两大关键词“守住”和“突围”出发，解读吕进诗学体系的三个互为表里的组成部分，可以很方便地进入吕进诗学体系，是研究吕进诗学体系的一条捷径。

一、守　住

诗学理论在西方泛指各种文艺理论，而在有着数千年诗歌传统的中国，诗歌理论一向被视为畏途，原因大致有三：诗歌是文学的大道正途，不学诗，无以言，诗歌可以兴观群怨，是经天纬地的大学问，一般人不敢轻易涉足；诗歌是少数天才在灵感突现时的妙悟，如羚羊挂角，无迹可寻；诗歌无法通过陈述性语言得其圭臬，道可道非常道，诗无达诂。中国古代鲜见专门的诗歌理论著作，除钟嵘的《诗品》和司空图的《二十四诗品》外，大多是些零碎的诗话或是散文式作品。从这些凤毛麟角的中国诗学理论著作中，不难看出，中国诗学之路是一条布满荆棘的艰辛之路，中国诗学理论和一般的文学理论有一定的区别，这和诗歌自身的内在规定性有关。诗歌的确和其他文体在内容和形式上有着一定的差别，这也导致了诗歌理论在内容和形式上具有一定的独特性。吕进诗学一直坚持走回归诗学传统之路，贯穿吕进诗学的一根主线就是守住诗歌家园，不搞诗歌以外的东西，一切论述围绕诗歌展开，吕进在他的早期诗学论著《新诗的创作与鉴赏》中写道："不能在诗外谈诗，不能在诗之上谈诗，不搞高堂讲章，不玩概念游戏。要抛弃纯概念，使用类概念，要在诗内谈诗。应当这样揭示诗的秘密：不仅不能用枯燥乏味的空论去使寓于这一秘密的魅力消失，相反，经过诗论的照射，这一秘密应当变得更加妙不可言。未来这本书，应当有诗的神秘光彩，有诗一般的语言，在给读者以理论启示的时候，也给读者以美的享受"。从这段话中不难看出，吕进诗学体系从一开始就很谨慎地严守那片诗歌的净土。这是对中国数千年来诗学传统的尊重，也是对古今中外无数诗人和诗学理论家给后人留下的那份诗学遗产的热爱。吕进的中国现代诗学体系筑基于中外诗学理论传统，吕进诗学的一贯特色就是坚持继承传统、坚定精神操守。吕进诗学善于用"诗家语"来谈诗，既有传统诗论的余韵，又不落前人窠臼；既有现代理论概念支撑，又不堕入学术术语遮蔽诗性妙悟之陷阱。当然，要做到这一点，就要求诗中外诗论研究论者必须有一定的诗歌体验，吕进先生本人就是一位诗人，以诗论诗自然是顺手拈来，头头是道。

在新诗文体论上，吕进诗学强调"诗总是诗，它总是具有自身的文体特征和文体可能"。因此，不管新诗在文体的外在形式和表现内容上如何演变，"诗表现的心灵不但是原生态心灵的升华，也是升华了的心灵的符号化。"吕进诗学在新诗文体方面的开拓坚持继承前人诗论，坚守诗歌的心灵书写，只有在这个基础上，诗歌的各种文体创造可能性才能实现，诗歌才不会变成非诗的东西，变成诗歌以外的赝品。事实上，吕进诗学的这个论点对当下诗坛具有很重要的导向作用，在当下诗坛，良莠不分的诗歌样式大量出现，从客观上说是丰富了诗歌的表现方式，同时也带来了大量的非诗化因素和伤害诗歌的负面效应。坚持心灵书写，坚守精神家园，这是吕进诗学的一贯特色，也是诗歌自身内在规定性的要求。美国诗人阿什伯利在一首诗里曾写道：“这首诗已把我／轻柔地放在你身边。／这首诗就是你。”在看似朴实无华的诗句中包含着对诗的崇敬和热爱，中国现代诗学和异域诗歌艺术巧妙地契合，诗学理论和诗歌艺术不经意间同时揭示了诗歌艺术的秘密。在新诗的现代转换问题上，吕进诗学也是在坚持传统的基础上进行创新。吕进诗学旗帜鲜明地提出“坚定地继承本民族的优秀诗歌传统，但主张传统的现代转换：大胆地借鉴西方的艺术经验，但主张西方艺术经验的本土化转换！”① 在中国诗歌现代转换这个问题上，吕进诗学毫不含糊地提出，坚持传统，走本土化之路。从中国新诗的发生发展来看，中国新诗的历史不断在提醒我们，中国现代诗歌绝不是古代诗歌，更不可能是西方诗歌。中国新诗是在对中国古代诗歌继承的基础上，在西方诗歌和外来文化的全面冲击下杀出一条血路，具备独立个性和自身特色的现代创造。艾略特在他《传统与个人才能》一文中指出：“实在呢，假如我们研究一个诗人，撇开了他的偏见，我们却常常会看出：他的作品，不仅最好的部分，就是最个人的部分也是他前辈诗人最有力地表明他们不朽的地方。我并非指易接受影响的青春时期，乃指完全成熟的时期。”艾略特的论述一语道出天机，所谓传统，并非只是那些过去的东西，诗人们不断在创新的同时，也是在创造新的传统，尽管这个传统还是来自先辈的传统。

在新诗的三大重建问题上，吕进诗学仍然坚定不移地守住传统，“中国现代诗学需要科学地总结近百年积累的正面和负面的艺术经验，肯定应当肯定的，发扬应当发扬的，批评应当批评的，推掉应当推掉的；向伪诗宣战，向伪诗学宣战，向商业化和‘窝里捧’的诗评宣战，摆脱边缘化的尴尬处境：探讨诗歌精神重建、诗体重建和诗歌传播方式重建，推动当下中国新诗的拯衰起敝。”②

三大重建是针对当下诗坛的疲弱现象提出的全新的现代诗学理念，这个重建是要建立在对近百年以来新诗的经验教训基础之上的，吕进诗学敏锐地发现了中国现代诗学和中国现代诗歌的相通之处，不了解现代诗歌和现代诗学自身，就无法实现中国现代诗歌和现代诗学的重建发展。

---

①吕进：《三大重建：新诗，二次革命与再次复兴》，《西南大学学报》，2005年第1期。
②吕进：《三大重建：新诗，二次革命与再次复兴》，《西南大学学报》，2005年第1期。

二、突 围

吕进诗学在坚持传统和本土化的同时，从来都主张要广泛吸取外来诗歌和西方诗学的精华，为我所用。吕进中国现代诗学体系从来都不是“复古派”或“西化派”，盲目复古只能带来乌托邦式的“国粹主义”：盲目崇洋，只能走向过于激进的“犬儒主义”。二者的共同之处在于，不立足于现实，无法真正解决中国现代诗学面临的现实问题。

早在1997年，吕进先生就发表了《诗要突围》，这篇文章提出“三大突围”的观点：一要从商品化、物质化的世界中突围出来，“净化物质世界，升华心灵世界”；二要从现代传媒中突破出来，实现“新诗普及范围的扩大”；三要从自由诗体泛滥中突围出来，实现“诗体的多元化”。[①]

所谓“突围”，是从诗歌的现在出发，从问题本身出发，不盲目空发议论，有的放矢，以解决实际问题为学术宗旨，坚持从实践中来，回到实践中去的务实精神。近些年来，学术界出现了很多貌似强大的学术话语操作，很多研究是从学术到学术，以学术的自足性为借口，精心打造了一些大而无当的学术黑洞。处在社会转型期的中国，这种缺乏问题意识，只为满足个人学术兴趣的空头理论比比皆是。吕进诗学立足当下，理论结合实际，从一开始就杜绝了诗学理论研究空泛、浮华的倾向。

“突围”思想，也一直贯穿于吕进诗学的各个组成部分，“突围”和“守住”互为参照，共同构成吕进诗学大厦的两个重要支柱，也成为吕进诗学世界的两极。

在新诗文体的论述上，吕进诗学在强调诗歌纯粹性的同时，也关注诗外功夫的修炼。“有些‘墙’外现象是净化对象，与此同时，另外一些‘墙’外现象却是新诗文体学新的描述对象，新的抒情方式。新的篇章结构，新的意象营造，新的语言行为，乃至新的诗体等等。新诗文体学应当乐意充当‘墙’外的抽象与概括者。”[②]不难看出，吕进诗学在新诗的文体上保持着清醒的态度和开放的姿态，新诗的发展需要更多外来因素的刺激，从历代诗歌

①吕进：《诗要突围》，《星星》，1997年第6期。
②吕进：《新诗文体的净化与变革——〈新诗文体学〉跋》，《诗刊》，1989年第12期。

的发展来看也是如此，诗歌史上的每一次繁荣，无不与当时的社会环境、社会思潮乃至外来文化等因素密切相关，诗歌从来都不是“自闭症”的产物。

在新诗的现代转换问题上，吕进诗学的突围意识带有一定的前瞻性，“中国新诗文体学从新诗早期即有成绩。但是由于诗与诗学观念的误导。由于生存环境的艰难，始终比较零散，缺乏构架与深度。新诗文体学者正站在世界文明的水准线上重新测定中国和西方的诗歌文体学，抽象既有的诗歌现象，构筑一个现代的民族的中国新诗文体理论体系。”① 吕进诗学的史论结合特征早就被学术界所关注，吕进诗学的现代转换思想是从历史的角度来观照当下，从全局的视野来打量中国现代诗学。现代转换本身就是一种“突围”，从零散的诗学观念中概括出现代诗学体系的新方法、新思路，从庞杂的诗歌现象中抽象出新诗理论体系的新观念。

在新诗的三大重建上，吕进诗学体现出全新的时代精神，“日益发展的网络诗对诗歌创作、诗歌研究、诗歌传播都提出了许多此前从来没有的理论问题。信息媒介的变化能够导致人的思维方式和审美方式的变化。作为公开、公平、公正的大众传媒，网络给诗歌带来了革命性的变化。网络诗以它向社会大众的进军，向时间和空间的进军，证明自己的实力和发展前景。”② 随着新媒体的出现，整个社会的审美趣味也发生了很大改变，不变的是人的心灵世界，变的是方式方法，如何顺应时代潮流，迎接新媒体带来的诗歌传播方式和诗歌审美价值体系的变革，吕进诗学给中国现代诗歌提出了新的课题。这个问题的重要性会伴随着网络的普及和信息传输的提速而日益凸显出来。

吕进诗学的意义在于它的承前启后性，吕进诗学的总体特征是继承性和开拓性的结合。吕进诗学立足当下，既是对近百年新诗理论的总结，也是对新诗未来发展的前瞻和预测，找准了吕进诗学的这个关键就发现了吕进诗学的脉搏所在，从而实现对吕进诗学体系的整体性把握。

（本文发表于《中外诗歌研究》2011年第3期）

①吕进：《中国新诗研究：历史与现状》，《理论与创作》，1995年4月刊。
②吕进：《三大重建：新诗，二次革命与再次复兴》，《西南大学学报》，2005年第1期。

诗语与诗思

——陈本益《中外诗歌与诗学论集》评介

陈本益教授在《中外诗歌与诗学论集》（以下简称《论集》）的后记中写道："本书是围绕中外诗歌和诗学这两个中心来选编的"。《论集》分上下两编。上编主要探讨汉语诗歌的节奏、新诗文化根源、中国古典诗的意境这些诗歌形式和表达方面的问题；下编主要研究西方重要文论思想与哲学的关系。

一、汉语诗歌的节奏

《论集》从汉语语音入手来考察诗的节奏。节奏从本质来说是一种声音效果，从语音来研究是很自然的。汉语有一个非常重要的特点，就是单个音节一般都具有意义。这一点是汉语与西方语言在语音上的一个根本区别。汉语音节具有单整性并与一定的意义相结合的特点，使汉语诗行（句）易于分解成有一定意义，因而其后可以有顿歇的音组。因此，这一特点对汉语诗歌顿歇节奏的形成具有决定性的作用。同时，汉语音节自身的特点如结构整齐、界线分明、元音占优势等使顿歇特征更鲜明。汉语诗歌是以顿歇特征为主的节奏。汉语的平仄和音的轻重长短都是作为次要的辅助性节奏因素依据一定的顿歇规律起作用的。要弄清楚汉语诗歌节奏是什么这个问题，必须对形成节奏的语言单位"节拍群"进行分析。节拍群作为一种自然节奏单位也存在于日常生活中。如果从意义节奏单位来说，节拍群就是意群，只不过节拍群强调的是外在的语音性质。汉语诗歌节奏形成的过程实际上就表现为对汉语自然节奏单位节拍群的分解与组合。如果把节拍群分解为更小的节奏单位，便是汉语诗歌的节奏单位"音顿"或"顿"。在这种分解的操作过程中，一句（行）诗的节奏就产生了。当然，在分解的同时，音顿之间也要进行组合。汉语诗歌这种自然节奏单位节拍群的分解组合是以顿歇为依据的，而且在分出的更小的音顿之后都有顿歇。汉语诗歌音顿节奏的形成可以视为对音顿进行等时化和强化。等时化是针对音顿中的音组而言，音组等时化是造成其形式化的原因。强化是针对顿歇而言，对顿歇加以一定的强调突出，使之成为表示节奏本质特质的节奏点。在对新诗形式研究的早期理论中，有几种关于节奏的概念，可以看出“顿”的渊源及其变化。

1. 胡适的“节”概念

胡适提倡以新诗的“自然音节”取代旧诗的格律。所谓“自然音节”包含两层含义：第一是“节”——就是诗句里面的顿挫段落；第二是“音”，就是指诗的声调。[①] 胡适理论的重心落在第一点，即“节”的概念。“顿挫”指诗的停顿转折，“段落”指诗句中由顿挫划分出的小节。这里可以看出，胡适不但注重诗句中的顿歇特征，同时也注意到了段落之间的顿歇特征。

2. 闻一多的“音尺”概念

闻一多的“音尺”是借鉴西方诗歌中“音步”理论而来。闻一多说音尺在诗中相当于“逗”。“逗”也就是“读”，指句中的顿歇。闻一多解释为包含一组字（音）的节奏单位。闻一多不但提出“音尺”这一概念，而且规定了新诗的节奏构成规律，也就是“二字尺”和“三字尺”。这种“二字尺”和“三字尺”可以造成相对整齐的格律，但其弊端也显而易见，容易形成固定的“豆腐块”式的格律样式。

3. 朱光潜、何其芳的“顿”

朱光潜认为“说话的顿”和“读诗的顿”有一定分别。前者注重意义上的自然区分，后者注重声音上的整齐段落。朱氏理论将注意力集中到诗歌语言的声音效果上，可以说是对新诗节奏研究上的一个贡献。何其芳把古诗的顿扩展到新诗。他指出：“顿是指古代的一句诗和现代的一行诗中的那种音节上的基本单位，每顿所占的时间大致相等。”何其芳强调“每顿所占的时

---

①胡适：《谈新诗》，《中国新文学大系·建设理论集》（第1集），良友图书印刷公司，1935年，第304—305页。

间大致相等”，对闻一多要求字数上的规律有所突破。日前已有学者指出何其芳强调声音时间的意义。

4. 卞之琳的“顿法”

卞氏主要认为顿的构成和安排不同，其节奏感就不同，而且诗行中二三字顿要交错运用。卞之琳注意到二三字顿与情绪的结合。“一行如全用两个字以上的三字顿，节奏就急促，一行如全用二字顿，就舒缓，一行如用三二字顿相间，节奏就从容。”卞之琳的理论与他将中国古典诗艺和现代诗歌相结合有关，但他的论述尚不完整，有待发掘。

二、新诗文化根源和“意境”

1. 新诗文化根源

中国古代文化是以伦理道德为本质的德性文化。这种德性文化中的根本观念“天人合一”制约着古代诗歌的内容和形式。西方文化是以科学理性为本质的知性文化，其核心观念是主客二分。知性文化在客体方面体现出科学精神，在主体方面体现出人本精神。不同的文化性质决定了中外诗歌在题材、情感色彩、表现手法等方面呈现出迥异的风格。智性文化是基础性文化。理智既然是一种机能，这种文化就是功能性文化。功能性文化富有生命力，而德性文化是上层文化。这种文化是意志机能的一种产物，所以德性文化是实体性的。实体性文化不具有长久生命力。自明清到五四运动时期，这种德性文化已经逐渐转变为现代智性文化。五四运动以后的中国新诗已经逐步建立在全新的智性文化基础上。现代新诗的题材、自我情感和表现手法已和古诗完全不同。

2. 意　境

意境作为中国古典诗歌理论独特的术语，具有与西方意象诗迥异的特征。首先，意境的意象具有原样性。其次，作为意境的意象是均衡、整体性的。再次，作为意境的意象是“意与象”的浑然融合。最后，作为意境的意象是“虚实相生”的。意境理论的形成与中国古代文化核心观念“天人合一”思想有关，还与由“天人合一”观念生发出的诸如“目击道存”“以物观物”等美学思想有关。意境中的意象包含着超越个人情感的“意”，用这种简约的、原样的“象”组成的整体可以伸展出无限的空间，即“境”。这时，充盈流转于“象”之中的“意”便是“虚”。

三、西方重要文论与哲学

《论集》作者常常强调，“西方文论背后一般都有相应的哲学基础”。《论集》下编就专门探求主要的现代西方文论和哲学之间的关系问题。这是一项艰苦细致的工作。有些文论是受某种哲学思想直接影响而产生的，但更多的文论却是受多种哲学思想共同影响的“合力”形成的。因此，从《论集》的下编可以看出作者在大胆假设、小心求证的过程中，付出了极大的耐心来仔细甄别。

1. 西方哲学本质论，认识论与文论关系

《论集》从柏拉图和亚里士多德两人入手，并以二人的哲学与文论观点为切入点，考察整个古代西方文学的本质论。柏拉图认为“理式”是世界的真实本体，现实世界是对理式的模仿和分享，是理式的“影子”和“摹本”。柏拉图的客观唯心主义本体论构建了哲学上的形而上学。他的理式观念是西方哲学本体论的基础。柏拉图的后继者亚里士多德认为文艺是对现实的模仿。他的模仿说是对柏拉图理式观念的发展。柏、亚二人的哲学观在认识论、方法论上也有很大的贡献。柏氏的方法论主要是先验理性辩证法，而亚氏则主要采用逻辑演绎的方法。他们的哲学思想在文论中都有具体体现。

西方近代文论中的新古典主义和现实主义就是在模仿说基础上发展起来的。西方文论的另一支浪漫主义和唯美主义的基础却是康德的强调主体性和形式性的美学和哲学思想。康德强调人的主体作用，其特点之一是指出知识由主体先天的直观能力和知性本身作为形式的重要性。这在美学上便是浪漫主义和唯美主义的思想基础。

2. 新批评的哲学基础

新批评作为英美最重要的文学评论方法之一，受多种哲学思潮的影响。《论集》作者认为，主要受康德美学思想和逻辑实证主义的影响最大。新批

评的文学本质主要有两方面内容，那就是既独立自主又对立调和。艾略特和瑞恰慈作为新批评的两个先驱人物对新批评理论的形成起到了重要作用。艾略特受来自柯勒律治从德国传来的康德美学思想影响，认为作品与作者无关，是一个独立自主体。瑞恰慈吸收了第三代实证主义（逻辑实证主义）的语义分析方法，确立了新批评的“细读”法。

3. 从索绪尔到罗兰·巴特

索绪尔最重要的语言学著作就是他的《语言学教程》（1916年）。这本书对西方语言观和哲学思想产生了重大影响。索绪尔认为语言是一个符号系统，在这个系统中，语音符号因为其差异性而获得意义。正如索绪尔说的：“语言中只有差别”。同时，索绪尔还指出了能指与所指之间的关系。所指和能指分别代表概念的意义和声音形象。索绪尔指出能指和所指的联系是任意的，所以他得出结论“语言符号是任意的”。索绪尔的二元符号学被后世不断发展。德里达从索绪尔语言学和海德格尔本体论出发，提出了他著名的“延异论”。在索绪尔那里，所指的意义是由能指决定的一一对应关系。德里达则认为符号的差异构成无穷无尽的运动，因而意义是滑动的，不确定的。根据德里达的“延异论”，先于语言而存在的意义，即他所谓的“先验所指”，是并不存在的。意义是语言符号差异造成的，符号之外（先）没有意义存在。传统的形而上学混淆了“存在”与“存在者”之间的关系。海德格尔的“在场”背后还有一个“存在”作为基础，因而被认为仍然是形而上学的。德里达则抽掉了“在场”之后的“存在”，从而取消了最根本的“先验所指”的意义。即海氏的“存在”也被解构了。罗兰·巴特在德里达哲学解构主义思想的影响下，实现了他从结构主义文论向解构主义文论的转变，并提出一些颇具影响的观点。1968年，巴特的《作者之死》就提出，当一个事实被陈述时，“这种分解就开始出现，声音失去其本原。作者进入自己的死亡，书写也就开始了。”作者在文本中的地位是不确定的，文本意义是滑动的。巴特总结道：“读者的诞生必须以作者的死亡为代价。”[1]巴特的另一著作（S／Z）也是他的解构主义文论代表作。他提出了可阅读文本和可写

---

①*Barthes，R.The Death of the Author.ModernCriticismandTheory，ed.Lodge，D.LondonandNewYork：Longman，1991，P.172*

作文本两种文本方式。可阅读文本指传统的文本，而可写作文本则是指文本的语言本身可自由发挥作用的文本。读者是主动的生产者，读者对文本的能指活动的理解决定文本意义。语言符号的能指意义取代了作者的传统地位。

因为《论集》全书内容较多，这里只选取了几点作为代表，难免有以偏概全之弊。《论集》虽然没有那些奇思妙想和新奇高深的理论，但全书逻辑严密，思路清晰，句句落在实处。作者对学问的科学严谨态度，以及对中外诗学现象和本质所作的不懈探索，显示出作者在学术上的成熟气质。

（本文发表于《中外诗学研究》2003年第2期）

“比较与汇通”——叶维廉比较诗学理论初探

引 论

叶维廉是一位在诗歌创作和文学理论方面都取得很高成就的知名学者。本文期望能从其庞杂的论述中抓住其精要，然后由此生发出去把握其整个理论思路。叶维廉从20世纪60年代至今，不断有比较文学方面的优秀著作出现，特别在传统诗学研究方面更是独树一帜。叶维廉兼诗人与学者于一身，这种独特身份决定了从其中外诗歌比较研究成果入手是可取的。

张汉良在其《语言与美学的汇通——简介叶维廉的比较诗学方法》一文中指出：“叶先生文学秩序的生长过程标示出一个不变的方向，即透过中西（英）语言的特质，以及它们所反映的心智状态与美感意识，从事消极的比较与积极的汇通。”[①] 俞兆平的《哲思与诗语——叶维廉诗学理论述评》是近年来少有的较全面的叶氏诗学理论综述。该文指出：“如果说他的七十年代前的诗学论文，就中国古典诗与英美现代诗，从语法与表现、美感意识及传达媒体等方面进行比较，尚侧重于分析作品本文的美学结构的话；那么他80年代的诗学论文在注重前者的同时，则侧重于对作品的历史衍生态的探寻。”[②] 不难看出，对中西（英）语言及美学特质的比较与汇通是叶维廉数十年来理论研究的一根主轴。叶氏的理论眼光由前期对语言现象及美学特征的关注逐渐扩展到更深广的“历史文化”领域。

他在东西方文化同异全识的基础上建立起了他的比较诗学理论框架。

---

①张汉良：《语言与美学的汇通——简介叶维廉的比较诗学方法》，出自廖栋梁、周志煌编《人文风景的镌刻者——叶维廉作品评论集》，文史哲出版社，1997年，第353页。

②俞兆平：《哲思与诗语——叶维廉诗学理论述评》，出自《现代汉语诗歌：反思与求索》，作家出版社，1998年，第171页。

从叶氏理论思路中，可以深切体会到他的东方主义情结。他本人也多次表露过浓郁的东方情怀。叶维廉运用西方工具对道家美学及语言观进行阐发，并对中国传统诗学进行现代解读，提出了诸如“无言独化”“秘响旁通”“出位之思”等一系列独具特色的诗学理论术语，使这些古老的文论思想重获新生。叶维廉力图将西方现代诗歌理念与中国诗歌传统相调和。他不仅从美国现代诗歌与中国诗歌传统的关系上来论证二者的互通性，而且还从道家美学思想与海德格尔哲学的内在联系上为他的诗学观点寻找哲学证据。

叶维廉前期理论成果侧重于对东西方诗歌语言的分析比较。在东西方“诗语”的对照中，他发掘了中国古典诗歌语言的总体美学特质，并总结了10个特点。他的诗歌创作从20世纪三四十年代中国现代诗歌中汲取了一定的养分。他的纯粹经验理论对台湾创世纪诗人产生了深刻的影响。从客观上讲，叶维廉对中国现代诗歌研究具有承前启后的作用。叶氏理论有一个重要观点即他认为中国传统文化具有为西方现代文明解困的作用。这一观点具体落实到诗歌中就表现为中国古典诗歌对西方现代诗歌有一定促进和帮助。他将华兹华斯的诗和王维的山水诗进行比较，并就美国现代诗受中国传统文化影响诸方面进行细致分析以证明其观点。

为行文方便，文中大量出现的叶氏原话恕不能全部注明出处。同时，文中外国人名的译法，遵从叶氏著作的原文。叶氏一部分文章写于六七十年代，其余则写于80年代以后。由于时代差异以及叶维廉作为海外学者使用学术语言与大陆有所不同，加之本文作者学术素养不够，发生误读在所难免，望乞见谅。

一、“纯粹经验”美学的主张者①

叶氏诗学理论一再强调了东方式的“纯粹经验”理念。这一观念较早出现在《现代中国小说的结构》及后来的《王维与纯粹经验美学》《中国古典诗与英美现代诗——语言与美学的汇通》等一系列论文中。他的“纯粹经验”理论一直贯穿在他此后的学术研究之中。

---

①题出自柯庆明同名文章《纯粹经验美学的主张者——叶维廉》，出自《人文风景的镌刻者——叶维廉作品评论集》，文史哲出版社，1997年，第427页。

叶维廉从早期对庞德《国泰集》的研究中发现，中国古典诗有一种与西方诗歌迥异的视境和美感经验，其中最让人关注的就是中国古典诗利用意象重叠并列使得它突破逻辑与语法的限制。在此后的《王维与纯粹经验美学》一文中，作者注意到将西方现代诗歌与中国古典诗歌进行对照，发现其互通性。当时叶氏的研究重点就是将美国现代诗歌与中国诗歌传统相比较，以相互阐发。

叶维廉的《现代小说结构》可以说是一部耐人寻味的作品。该书最突出的特点是将小说和诗进行比较，并意欲用诗的方法并从诗的角度来“提升”小说。这显然是一件吃力不讨好的工作，因为文体特征的差异性决定了其表现手法不可置换。仔细研读这部著作，可以发现叶氏后来的很多观点都是由此书出发。叶维廉在书中提出小说的艺术也应有诗歌一般的韵外之致、弦外之音。在本书中，叶维廉运用“新批评”理论来区分“主题的结构”和“语言的结构”。他说“主题的结构”并不是一般人说的“内容”“意义”。他指出“‘内容’是进入一篇艺术品以前的东西，它不等于通过了艺术处理后产生美感经验”[①]。这里叶维廉强调了艺术品的“主题的结构”就是“主题展露的纹理”，这种注重主题发展过程的做法明显带有“新批评”的印记。叶维廉所说的“语言的结构”是“清除主题的可述性，迫使批评者到作品本身去感受其间的完整性的一种手段”。[②]他借“语言的结构”进一步展开他的“纯粹经验”理论。他说要“消除不必要的解说，使内在的应和更丰富、更完整，因为一经解说，前面的自身具足的意象立刻被定限为一种简单的比喻，而失去其同时成立为独立场景的机会。”[③]而要达到这种“不解说”“不定义”的“自身具足”的意象，叶维廉后来提出要具有像道家所推崇的“心斋”“坐忘”的“出神状态”。在这里，我们可以咀嚼到叶氏纯粹经验的余味。叶氏“纯粹经验”一经提出，立即引起了一些争议。事实上，对“纯粹性”问题的研究由来已久，现代文学史上对此已有过不少说法。本文论及的“纯粹性”是叶氏从中国传统诗论发掘出来的异于西方诗歌的中国古典诗歌特质。我们有必要回到叶氏的理论框架中去理解，而不能生搬硬套

①叶维廉：《叶维廉文集》（第一卷），安徽教育出版社，2002年，第220页。
②同上，第224页。
③同上，第226页。

西方理论来进行解剖。暨南大学的刘绍瑾、侣同壮在《叶维廉比较诗学中的庄子情结》一文中指出："他所阐发的中国诗学，主要是道家特别是庄子所开创的诗学传统。其比较诗学活动，也重在寻求受庄子影响的中国传统诗学的美感视域与以海德格尔为代表的西方现象学美学的汇通。"①叶氏理论来源于庄禅思想，这里所说的庄禅是指由老庄思想经魏晋玄学演变而来主张"物自性"的思想流派。庄禅思想是包含了观物方式、言说方式和美感意识在内的独特思想体系。这是中国传统"天人合一"思想在中国土壤中生长出的特异的花朵。道家的"自然而然"和"得意忘言"直接影响了中国人的观物方式和美感意识。在叶氏眼中，中国诗人的诗学理想是要回到"自然"，回到具体的物象（即所谓实境）中去，捕捉这一瞬的原形。中国诗人不把"自我观点"强加在现象之上，而让万物融入自然的律动中去，自我演出。

叶维廉的诗学理论始终将庄禅思想以及和庄禅较契合的司空图、严羽、王士祯这一脉诗论作为他"纯粹经验"的理论基础。司空图说："超以象外，得其环中。"②司空图所说的"象外之象""景外之景"是一种语言之外的神秘空灵的审美经验，也就是说，诗歌追求的是景物之外的美感经验。这一点与克罗齐的"直觉"说有互通性。严羽的《沧浪诗话》总结唐宋诗歌经验，提出了诗应有一种"羚羊挂角，无迹可求"的"别趣"。严羽用了一连串的比喻来描述这种"别趣"——"如空中之音、相中之色、水中之月、镜中之像。言有尽而意无穷。"③在此，严羽已指出诗歌应具备有别于其他文体的特殊趣味，即诗应更纯粹、更透彻，要超脱于语言和心智活动之外。叶维廉称这种"别趣"为"一种不为语言所筌的别趣"。他说诗作为一种存在，不着痕迹、玲珑透彻、不障不碍，诗以暗示托出如空中之音、相中之色、水中之月、镜中之像。"语言文字在诗中的运用活跃到一种程度，使我们不觉语言文字的存在，而一种无言之境从语言中涌出"。④严羽批评宋诗囿于"用字必有来历，押韵必有出处"的弊端。他说："夫诗有别材，非关书也；诗有别趣，非关理也。然非多读书，多穷理，则不能极其至。所谓不涉理路、不落言鉴者也。"叶维廉借用冯友兰论"纯粹经验"的话来阐述这

①刘绍瑾、侣同壮：《叶维廉比较诗学中的庄子情结》，《文史哲》，2003年第5期。
②司空图：《二十四诗品·雄浑》。
③严羽：《沧浪诗话》。
④叶维廉：《叶维廉文集》（第一卷），安徽教育出版社，2002年，第138页。

种诗歌理念。

> 冯友兰对纯粹经验是这样阐明的：所谓纯粹经验，即无知识的经验，在有纯经验之际，经验者，对于所经验，只觉其是‘如此，不知其是什么’……不杂名言之别。他又说，在经验中，所经验之物，是具体的，而名之所指是抽象的。所谓无知，冯氏再进一步说明：庄学所说之无知，乃经过知之阶段，实即知与原始的无知之合是也。此无经知过知之阶段，与原始的无知不同，对于纯粹经验，亦应作此分别，如小儿初生，有经验而无知识，其经验为纯粹经验，此乃原始的纯粹经验也，经过有知识的经验，再得纯粹经验，已比原始的纯粹经验高一级。①

叶维廉认为初生小儿无知的经验为原始纯粹经验，有知识以后再得纯粹经验已比原始纯粹经验高一级，这是一种关于事物整体的，本真的经验。叶氏也称之为“具体经验”，得到这种经验的理论基础用叶氏的话说就是必须去知性的、抽象的思维干扰，虚怀纳物。如果还要再进一步解释“纯粹经验”的话，可以说超越了一切既定的人为概念和界定，达到“齐物”的整体经验，就是纯粹经验。叶氏纯粹经验理论认为，宇宙万物是自动自发的存在，任何人为地去干涉介入减缩自然本性的行为都是不可取的。人们用语言或者智性对事物的分封行为都会使事物失去本性，甚至“严格地说来，只要我们想到事物，这一动念便已经是语言的行为。”②他在《无言独化》一文中所引用怀特海的一句话可以作为“纯粹经验”的注解。“实际经验里所见的不整齐和不调协的个性，经过了语言的影响和科学的塑模，完全被隐藏起来。”③

如何从原始的纯粹经验升华为高级的纯粹经验呢？在庄子的寓言中，我们可以找到无数的解答，如轮扁斫轮、庖丁解牛等。首先就要在长期的练习中进入“丧我”“心斋”的境界，然后缩减掉对事物的知性认识而“目无全牛”“已而不知其然”，最终做到“恢恢乎游刃之有余”。这是一种与西方

---

①叶维廉：《中国诗学》，生活·读书·新知三联书店，1992年，第103页。

②叶维廉：《叶维廉文集》（第一卷），安徽教育出版社，2002年，第131页。

③同上，第134页。

截然不同的思维方式。

叶维廉指出西方人存在着一种认为人知性可以驾驭宇宙秩序的偏向。亚里士多德为西方立下一个永久的信仰：人的理智的建造往往被视为“绝对性”的东西。同样的，当亚氏为了诗人能在柏拉图的理想国取得一个名位，说文学可以提供“宇宙人事的共相”和“逻辑性的结构”的时候，这个“共相”和“结构”是以人的理智为主体做抽象演绎的结果，是把人为的世界（抽象的概念的世界）视作真理的依据。至此，可以看出叶氏眼中中西文化分野已经明了：是以人作为宇宙的中心还是以自然万物本身作为宇宙的中心；是以人的知性作为真理的绝对依据还是以万物无碍的运动本身作为理解世界的唯一途径。

继严羽之后，王渔洋进一步发挥出了“论诗如论禅”的说法。他说：“诗禅一致”，“舍筏登岸，禅家以为悟境，诗家以为化境”[①]。禅的悟境与诗的化境共通之处在于着重内心的美感经验而忽视语言符号的指代作用。叶维廉同时也及时指出，禅宗的无言之境是真的无言，诗是语言的构架、语言的产物，便无法真正无言，但诗可以企图超越语言转化为指向或显示语言外的物态、物趣的符号。从这里又可看出庄子“得意忘言”的回响。诗是从语言入手，通过语言而达到“言外之意”的彼岸，语言的存在终将被抛弃。叶氏说：“‘道’字之用——同理，语言之用仿佛一指，一火花，指向、闪亮原来的真实的世界。”[②]叶维廉把中国传统诗论与庄禅相结合，提出了他的“纯粹经验”诗歌理论。这种理论强调自然贵真的一面。叶氏将诗的纯粹性筑基于自然景象自身的美感经验，提倡一种“自身具足的意象”，推崇万物活泼自由的演出。叶维廉抓住了中国古典诗歌中自然与人的内在应合这一闪光点是极具眼光的。需要指出的是，道家和禅宗之间还是有一定差异的。在论述“纯粹经验”理论时，有必要将二者加以一定的区分。禅宗的经验主义和庄子经验主义之间并非有天然的明确界线，但二者绝非等同。禅宗的经验主义强调“直指人心”“见物识性”，这一点就不同于叶氏论述的原始纯粹经验与高级纯粹经验之说。庄子哲学强调“勿以人灭天”，即通过物化与心斋的方式达到“复归自然”的目的。禅宗强调“识自本心，见自本性”，

①王渔洋：《带经堂诗话》。

②叶维廉：《叶维廉文集》（第一卷），安徽教育出版社，2002年，第139页。

即通过对心与物，心与心的超脱，达到生命状态的全面开悟。因此，禅宗的经验主义和道家的经验主义对待自然有不同的审视方位和认识途径。道家主张的“物化”“心斋”是通过反复练习、长期实践、放弃人之所以为人的能动作用，自觉地向物靠拢，最终达到一种“物我两忘”的自由境界。禅宗在强调感官经验的同时，更看重体验性的人生觉悟——“顿悟”。让我们从临济宗《临济语录》里的一段话来看禅宗独特的修行方式。

> 王常侍问：这一堂僧人可诵经吗？
> 义玄答道：不诵经。
> 王常侍又问：可习禅吗？
> 义玄答道：不习禅。
> 王常侍又问：既不诵经又不习禅，在这里做什么呢？
> 叫他们一个个都成佛祖。

禅宗自有一套独特的修行、开悟方法，它超越了语言文字的束缚，强调直指人心、直觉顿悟，在这一点上与道家有所不同。禅宗的经验主义比道家的经验主义更彻底也更主动地抛弃对外物的执着。道家的终极目标是物我两忘之后的逍遥，而禅宗的终极追求是无我无欲无求的活泼生命状态。如果对二者辨析不清，难免会引起对叶氏诗学理论理解上的歧义。

在叶维廉看来，道家经验主义理论直接影响了中国诗歌“模子”的形成。中国诗歌形成了一整套与西方不同的美学上的技术策略、组合方式。让我们还是从叶氏对中国诗歌的具体分析中去领会其深义。叶氏最为推崇的是王维《辋川集》中的作品，如《鸟鸣涧》《辛夷坞》《鹿柴》等。他认为王维的《鸟鸣涧》“人闲桂花落，夜静春山空，月出惊山鸟，时鸣春涧中。”四句胜过华兹华斯洋洋数千言的《汀潭寺》。叶维廉引用赫洛德·布洛姆的话说浪漫主义是一种“反自然的诗”。叶维廉指出，在英美诗歌中山水没有作为美感观照的主体对象。不言而喻，西方诗歌中没有山水诗这一独特诗歌形态。中国山水诗之所以独特，与中国独特的文化背景有关。吕进教授在《中国现代诗学》中指出：“中国人和自然有一种亲切、和谐的关系，是天人合一的。”① 中国的山水诗强调山水的自然本性，也就是说：“山水诗以自然山水为审美对象，当然不一定要有寓意与象征。”② 叶维廉说研究山水诗最中心的课题是“设法把现象中的事物从其表面看似凌乱不相关的存在中释放出来，使它们原真的新鲜感和物自性原原本本的呈现，让我们‘物各自然’地共存于万象中。”③

叶维廉用胡塞尔的现象学理论来论述他的观点。胡塞尔说，我们可以直看一棵树，想象一棵树，梦想一棵树，哲理化一棵树，但树之为树本身不变。叶氏认为华兹华斯的诗用了解说性和演绎性，使自然山水本身不足以构成他诗中的美学的主体对象。他说华兹华斯强调“智心是意义的制作者和调停者”，“这种山水的最终意义是诗人的自我情感”，而王维却真正做到了“物各自然”。诗人用道家“虚以待物”的“入神状态”把事物做本样的呈现。至于叶氏所说的山水的“本身”是否就是胡塞尔所说的“事物本身”，我想用陈本益教授的一段话来说明。“胡塞尔的现象学是关于本质意识的学说，他所说的‘事物本身’主要指从经验事物中直观到和还原出的事物的本质和主体的经验意识。前面说过，胡塞尔的现象学中的‘现象’一词指的就是本质、意识，所以‘事物本身’的意思与‘现象’的意思是相近的。所以‘回到事物本身’应主要指面向事物本质和诸意识现象。胡塞尔的追随者们出于自己的需要，或者出于误解，却往往把‘回到事物本身’理解为回到外在经验事实，这种偏指在广泛的现象学运动中也自有其合理性。”④ 这一段话无意中说出了叶氏理论在使用胡塞尔“现象还原”时的误区，同时也肯定其合理的一面。

叶维廉用禅宗《传灯录》中的一则公案作为对王维山水诗的绝佳注脚。“老僧三十年前参禅时，见山是山，见水是水，及至后来亲见知识，有个入处，见山不是山，见水不是水，而今得个体歇处，依然见山是山，见水是水。”叶氏认为第一阶段可比作用稚心、素朴之心或未进入认识论的哲学思维之前的无智的心去感应山水。第二阶段由无智的素心进入认识论的哲学思维去感应山水。第三阶段可以说是对自然现象“即物即真”的感悟。叶氏

①吕进：《中国现代诗学》，重庆出版社，1997年，第286页。

②同上，第288页。

③叶维廉：《叶维廉文集》（第一卷），安徽教育出版社，2002年，第175页。

④陈本益、向天渊、唐健君：《西方文论与哲学》，重庆大学出版社，1999年，第212页。

认为华兹华斯处在第二阶段，而王维却做到了第三阶段。叶维廉对三阶段的解释是将道家与禅宗相混淆的说法，禅宗本意说的应是一种心性的开悟而非道家经验主义的自然体认。在禅宗看来，第三阶段的山水与我都已成“空”“无”，所见的只是“本心”“本性”而已。所谓的“山水”在此只是取其比喻而已，并非真的自然界的山水。叶维廉将道家和禅宗不加区别地作为他的理论基础，一方面的确因为二者具有互通性，另一方面也表现出他在寻求理论根据时的急躁心态和功利性。

叶维廉借用了现代电影中的一些术语来解释古诗中这种“本真呈现”的纯粹性。叶氏称中国古诗具有电影般的蒙太奇和水银灯效果。叶维廉举了温庭筠的两句诗“鸡声茅店月，人迹板桥霜。”来说明这种效果。各种不同景物的镜头重叠呈现使诗具有丰富而广阔的诗意空间，而景物就像是在水银灯下做本样呈现，具有强烈的视觉效果。这原本属于古诗中独有的“纯粹性”在现代诗中有没有可能达到呢？叶氏在《中国现代诗的语言问题》中对这一问题进行了精辟的分析。叶氏指出，中国新诗应借鉴旧诗中“至为优异的同时呈现手法”，他也清醒地看到中国旧诗的局限性，即“往往是一种静态的均衡”，因此，“它不易将川流不息的现实里动态组织中的无尽的单位纳入视象里。”[①]叶氏在对中国旧诗和20世纪三四十年代现代诗进入深入的研究后，结合自身丰富的诗歌创作经验提出了许多有益的见解。他认为一首现代派的好诗“是可以进一步发挥旧诗的表达形态，而又可忠于现代激烈动荡的生活节奏的”。[②]叶维廉作为一个现代主义诗人，他极力要将中国文言的好处以及古典诗的优点带入现代诗歌中去。美国俄亥俄大学的张明晖教授曾这样评价叶维廉：“他指责他的许多同时代诗人没有努力去提炼白话，消除其散漫——在翻译中任意采用西方句法、语法成分的西化，使其变得更糟糕的散漫。为了解决这个问题，他建议采用‘连接媒介的更进一步的省略’。”[③]叶维廉的诗作本身也能看出他努力地尝试用白话来表达出文言的美。虽然叶维廉多次表示不要把他的诗与理论混为一谈，但洛夫指出叶氏的理论和诗歌是分不开的。言下之意，如果想更好的理解叶氏诗歌理论，必须

①叶维廉：《叶维廉文集》（第三卷），安徽教育出版社，2002年，第214页。

②同上。

③［美］张明晖著，蒋登科译：《叶维廉——诗人放逐者》，出自《中国现代诗歌论文集》，俄亥俄大学出版社，1985年。

要研读叶氏的诗歌。叶维廉曾说过他尝试“将西洋的表达手法和传统的表达手法构成一种新的调和。”[①] 张明晖对叶维廉的诗有这样一段论述：“让他一直觉得惊异的是，他发现了在这两种传统之间的许多对应的东西：联想、极度压缩、非个人化、意象凝结。虽然结果并不总是令人满意，然而，叶是一位充满灵感的诗人，我们全靠他才读到了这种诗，永恒的也是与现代感觉协调的诗。”[②] 叶维廉的诗并不能说都是非常成功的，但是他给我们带来了完全新鲜的，从东西方文化对比中产生的诗。从这一点上说，没有哪一个诗人比他做得更好。

叶维廉推崇症弦、商禽、叶珊、管管等诗中那些“自身具足的意象”。他称这些意象本身可以无需诗的其他部分便能成诗。如管管的《春歌》中：“也不知是两个风筝放着两个孩子还是两个孩子放着两个风筝。”叶维廉认为这句诗是诗人在出神状态下营造的自身具足的意象，他还指出“诗应该是现象的波动的捕捉，而非现象的解剖”“现象的波动的捕捉要归功于每一经验面的明澈性”。[③] 这一点在中国古诗和现代诗中具有互通性。叶维廉说症弦的《深渊》和洛夫的《石室之死亡》“要把生命和节奏敲进经验、行动、情境的每一片断里，让这些力化的片断‘演出’自己的秩序。”[④] 叶氏主张让“经验”自我演出，这一点对台湾现代派诗人影响很大。叶维廉曾在访谈录里明确表示过他受卞之琳和九叶诗人（特别是辛笛）的影响。九叶诗派秉承中国古典诗歌传统的同时，吸收西方现代表现技法对叶氏诗风产生很大影响。蒋登科教授在《九叶诗派的合璧艺术》中指出：“在九叶诗人中，说到遵循中国人的情感方式、汉语的结构特征而采用的炼字炼意工夫，辛笛尤为突出。”[⑤] 在九叶诗人中叶维廉最为称道的恰恰就是辛笛。当然，对叶维廉的诗歌创作产生影响的绝不只辛笛一人，也不仅仅是九叶诗人，西方的现代主义诗歌对他同样产生重要作用，艾略特就是其中最重要的一个。叶氏早期对艾略特有很深的研究，他的诗歌中可以明显看到艾略特的影子。可以说，叶氏诗歌延续了九叶诗派将中国古典诗歌与西方现代主义相

①叶维廉：《叶维廉自选集》，中国台北黎明文化事业股份有限公司，1975年，第224页。
②同上。
③叶维廉：《叶维廉文集》（第三卷），安徽教育出版社，2002年，第217页。
④叶维廉：《叶维廉文集》（第三卷），安徽教育出版社，2002年，第244页。
⑤蒋登科：《九叶诗派的合璧艺术》，西南师范大学出版社，2002年，第185页。

结合的传统。

中国现代派诗人（包括三四十年代大陆现代派诗人和台湾六七十年代现代派诗人）诗歌观念的形成深受西方诗学观念的影响。叶维廉所说的诗歌的纯粹性是基于中国传统诗学观念而提出的，与西方的“纯诗”理论自然不可等量齐观。叶氏“纯粹经验”对台湾诗坛，特别是“创世纪诗人”产生了深远的影响。痖弦、洛夫、叶珊等人的诗作就体现出一种意欲让“自身具足的意象”“自我演出”的倾向。

而既被目为一条河总得继续流下去的
世界老这样总这样！
观音在远远的山上
罂粟在罂粟的田里。

——痖弦《如歌的行板》

回家的路上，许多鸟尸，
许多睁圆了的而又笑着的眼
执枪的人在茶肆里擦汗，

看风景
我们用云做话题已是第九次
……
一百零七次，用云做话题，嗨！
她依然爱笑，依然美丽，
路上的鸟尸依然许多
执枪的人依然擦汗，在茶肆里
看风景……

——叶珊《消息》

前一首诗与庄子的“物各自然”是不谋而合的，同时又与禅家语“片片好雪，各得其所”何其相似！叶维廉说叶珊的《消息》是一首有“叙述意味”的诗，但因为语态是自言自语的独白，作者“陷入”自身的经验之中，

“所以其状入神”[①]，更为重要的是，诗中强调的是一种情绪的波动，事件轮廓是模糊的。这首诗是通过“鸟尸”“云”等意象流动来表达情感，这种意象流动本身就超越了叙述文体的内涵。叶氏认为叶珊这首诗是纯粹经验理论运用到现代诗歌中的代表，因为这首诗始终让自身的经验在自我演出，从而表现了现代人的审美情感、思想意识。

叶氏“纯粹经验”理论对台湾六七十年代现代诗风形成起到了推动作用。以洛夫为代表的超现实主义诗人更是标举“纯粹经验”的口号。洛夫发现了超现实主义与“纯粹经验”之间有着近乎天然的联系，即二者都具有类似禅悟“不可说”的玄思。洛夫将超现实主义诗歌的纯粹性用司空图、严羽的理论来阐释。他说：“今天现代诗人所追求的即为这种纯诗，将可述性的意义减至最低程度，将可感性的诗质提高到最纯粹度”。洛夫的《石室之死亡》中，重叠繁复的意象组合刻画出情绪经验的轨迹，将现代人的焦虑和思索表现得淋漓尽致。台湾六七十年代现代诗歌的兴起，从本质上说是中国古典诗歌传统和西方现代诗歌理念两种观念共同作用的结果。相对中国大陆诗歌六七十年代的大面积荒芜而言，台湾现代诗歌的繁荣恰可填补中国现代诗歌史的这块空白。毋庸置疑，在这里叶氏的“纯粹经验”理论是应该大书一笔的。

二、东西方语法与美学的异与同

叶维廉在《中国文学批评方法略论》一文中对中西方文学批评的总体特征进行了比较。他说：“在一般的西方批评中，不管它采取哪一个角度，都起码有下列的要求：一、由阅读至认定作者的用意或要旨。二、抽出例证加以组织然后阐明。三、延伸及加深所得结论。”[②]与此不同的是，中国文学批评是“点”“悟”式的。叶维廉引用了禅宗里的所谓“公案”来进行说明。问：“如何是佛法大意？”答：“春来草自青。”叶氏认为这是诗的传达，比演绎、辩证的传达要丰富得多。同时，他也指出“点”“悟”批评暗藏的危机，那就是有“独具只眼”的“禅机”的批评家到底不多。这种“机

①叶维廉：《叶维廉文集》（第三卷），安徽教育出版社，2002年，第245页。
②叶维廉：《叶维廉文集》（第三卷），安徽教育出版社，2002年，第113页。

遇”实在是太难得了！毋庸置疑，中国传统文论难以进行科学的定义和系统的架构。

中国的批评方式与西方的批评方式存在着巨大的差异，追本溯源，这与东西方语言和美学上的差异是密不可分的。叶维廉在他的《语法与表现：中国古典诗与英美现代诗美学的汇通》一文中，从汉字的象形来说明“中国文字是配合实在的物象的，而不如英文任意的以音代义。”[①] 汉字的这种独特的构字方法很多学者也都注意到。石虎就曾指出汉字“不仅是中国文化的基石，而且是汉语诗歌的诗意本源，每个汉字都是宇宙灵界的范畴图式概念”。[②] 王岳川对石虎观点加以总结：“而当字进入现代人的眼帘时，最初的直感只是字象，透过这种字象，不仅可以与字的对应物象相复合，产生二重物象，而且可以字与字相‘并置’，产生一种‘并置’的美学效果。这是由一象到二象到多象多元并置的视象意象心象的叠加，丰富了汉字的诗性特质。”[③] 中国人习惯于“观物取象”，从“实象”中取得感性经验：又善于超越“实象”进入“象外之象”，通过对知性思维的超越而达致“具体经验”。

叶维廉也很早就意识到了汉语的“字思维”现象，并将之运用到诗歌的具体分析和实践中去。他通过对庞德的研究注意到汉字是与我们经验相符的符号，譬如“东”字是“太阳在树后”，而且汉字是具象性的，如“旦”字是日自地平线上升。叶氏阐明文言具有一种超脱文法、语法的自由特质，相反，英文是逻辑性很强，语法严谨固定的语言。文言的这种超脱语法、文法的自由可以让诗加强物象的独立性、视觉性及空间的玩味。

叶维廉举了苏东坡的一句回文诗为例，“潮随暗浪雪山倾”反过来说“倾山雪浪暗随潮”，这两句诗似乎都没有什么不自然的。文言作为诗歌媒介的特征使古诗和英诗有几个不同的语法特色：（一）无跨句，（二）无人称，（三）无时态。中国诗人能使具体事象的活动保持原真，能以“不决

---

①温儒敏、李细尧：《寻求跨中西文化的共同规律——叶维廉比较文学论文选》，北京大学出版社，1986年，第64页。

②石虎：《论字思维》，《诗探索》，1996年第2期。

③王岳川：《汉字文化与汉语思想——兼论“字思维”理论》，出自《文化话语与意义踪迹》，四川人民出版社，1997年，第480页。

定、不细分保持物象的多元关系和多面暗示性。”① 他在《言无言，道家知识论》一文中对中国古典“诗语”特征作了如下总结。

> 在中国文言的古典诗里，我们发现到诗人利用了特有的灵活语法——若即若离、若定向、定时、定义而扰未定向、定时、定义的高度的灵活语法，仿似前面所谈到的“距离的消解”（如无需人称代名词引起的“虚位”，如没有时态变化所提供的“刻刻发生的现在性”，如无需连接元素所开出的“自由换位”，及词性复用及模棱所保留语字与语字之间的多重暗示性），使得读者与文字之间，保持着一种灵活自由的关系，读者处于一种“若即若离”的中间地带，而字，仿佛如实际生活中的事物一样，在未被预定关系和意义封闭的情况下，为我们提供一个可以自由活动，可以从不同角度进出的空间，让其中的物象以近乎电影般强烈的视觉性在我们目前演出。②

叶维廉在这里强调了文言的“高度灵活的语法”及其所带来的“电影般强烈的视觉性”。至于这种电影般的演出效果，叶氏也有独到见解。他认为中国汉字“会意”字的结构影响了大导演艾森斯坦发明了电影里的“蒙太奇”技巧。艾森斯坦在《电影拍摄原理与象形文字》一文中说会意字是一种交会或组合，两个象形元素的交合不应视为一加一的总和，而是一个新的成品。也就是说，字具有另一个层面，另一个程度的价值，每一个象形元素各自应合一物，但组合起来则应合一个意念。

叶维廉用李白的诗为例来说明“同样的结构一直在中国诗中占有极重要的位置”。叶氏做了一个巧妙地设问，李白的诗“浮云游子意”，可以解读为“浮云是游子意”还是“浮云就像游子意”？答案就是，既可亦不可。在这句诗里，“浮云”和“游子”（及他的情绪状态）是两个物像的同时呈现。物像如同在水银灯下自我演出一般，带来强烈的视觉效果。叶氏再次引用了艾森斯坦的话：“两个不同镜头的并置（蒙太奇），是整体的创造，而不是一个镜头和另一个镜头的总和，它是一种创造行为……其结果，在质上

①叶维廉：《叶维廉文集》（第一卷），安徽教育出版社，2002年，第100页。
②叶维廉：《中国诗学》，生活·读书·新知三联书店，1992年，第58页。

和个别镜头独立看是不同的。”[①] 可以看出，叶氏举的例子大多是那种以景物描摹为主要手段的带抒情意味的诗，这的确是中国古典诗的重要形式。与此同时，他把王维、陶渊明为代表的诗歌当作中国古典诗歌的主流，却是大可怀疑的。

叶维廉指出，中国古典诗的这种注重意象和事件的自我演出避免通过“我”，通过说明性的策略去分解、剖析自然现象的表达策略是受道家的“物各自然”观念影响逐渐形成的。道家的“彼亦一是非，此亦一是非”，“凫胫虽短，续之则忧；鹤胫虽长，断之则悲。”无不肯定了物之为物的自然本样，肯定物的自性。庄子的“道无所不在”，经晋宋间的“山水是道”到宋朝的“目击道存”，及至邵雍的“以物观物”将中国传统美学不断推向发展。叶氏所说的中国传统诗歌美学也是以这一路作为代表，有些学者已经指出叶氏理论将受道家影响的诗学、美学观点作为代表有以偏概全的倾向[②]，但叶氏出于东西方比较的考虑，选取东西方较具特点的美学观点加以对比是完全可行的。事实上，叶氏理论对东西方诗学观点、美学思想进行相互比较、阐发的工作的确对于理解东西方文化具有一定意义。

叶维廉举王维《辛夷坞》“木末芙蓉花，山中发红萼；涧户寂无人，纷纷开且落。”为例来说明这一点。在这里，王维以道家的“心斋”“坐忘”的状态来“虚以待物”，臻于“即物即真”的状态。西方诗歌由于其语言媒介及审美趣味不同，无法达致这种完全“无我”的态度。

叶维廉指出：“中国诗要呈露的是具体经验。具体经验就是未受知性的干扰的经验。“知性，就是语言中理性化的元素。”[③] 中国诗首先要排除一切知性的干扰，只有将自我忘去化入万象万物，始可以得天机，始可以使物象的本样具现。西方是以知性思考的概念定义来认识世界。柏拉图认为“逻各斯”必须通过数理逻辑途径方可得到，康德认为“超验自我”是认识“真理”的依据。西方认为人的主观认识可以统制自然万物，也可以管制自然秩序，肯定人是真理的认定者。有趣的是在东方向西方学习的所谓“现代化”的同时，西方文化也开始通过对西方传统文化批判显示出一些与东方文化相

①叶维廉：《叶维廉文集》（第一卷），安徽教育出版社，第99页。

②参见刘绍瑾、侣同壮：《叶维廉比较诗学中的庄子情结》，廖炳惠：《晚近文评对庄子的新读法——洞见与不见》。

③叶维廉：《叶维廉文集》（第一卷），安徽教育出版社，2002年，第72页。

近的趋向，也就是说，东西方文化有一种既相互追逐又相互扑空的现象。叶维廉对这种“文化错位”现象进行了深入的研究，他始终坚信东方传统文化可以为西方现代文明解困。这一点表现在诗歌艺术上，就是中国文言及美学表达上的特长可以为西方诗人提供新的思想和新的表达可能性。

叶维廉指出西方现代诗人发现了“语言的不足”，并对“语言究竟能不能为直现的世界存真”产生焦虑。西方现代哲学中“语言危机”的问题一直非常突出。叶氏指出，从马拉梅到史坦尔，由庞德到后期现代派，由克依克果到海德格和德烈达，这个问题始终都在纠缠不休。叶维廉说马拉梅对西方语言缺憾的思考，到了发疯的地步。马拉梅说：“所有的语言都是缺憾不全的，因为太多样太奇异；真正超绝的语言仍未建立……地球上语言的多样性，使到没有人能够说出保持‘血肉俱全的真理’神妙的徽印。这显然是自然的法则……亦即是我们没有足够的理由要与上帝对等。但是，从美学的立场来说，当我想到语言无法通过某些锁匙重视事物的光辉与灵气时，我是如何的沮丧。”①

马拉梅是西方较早对语言表现问题产生焦虑的诗人。他试图通过语言来重新认识世界。他希望语言文字具有一种神秘的魔力，用这种魔力可以创造一个“美”的世界。马拉梅的困惑不止是语言本身的困惑，更有灵魂上的困惑和宗教上的困惑。

克尔恺廓尔对西方重抽象思维的传统也进行重新思考。他说：“每一个存在的个人所面临的‘存在’所包孕的困难，是一项无法以抽象思维去表达的东西，更不用说明了。因为抽象思维压根儿无视存在中的具体性、时间性和存在的过程……抽象思维面对一个难题时，用的是‘把它省略’的方法，然后大言不惭地说一切已获适当的解释。”叶维廉指出这一点是西方语言的一个根本问题。西方语言采用定义、判断、推理的思维方式来解释事物，必定会将事物本样进行加工，减缩掉事物的某些属性或特征。

海德格尔是对柏拉图以来西方传统思维方式反思最多的人。这位存在主义大师力求消除西方形而上带来的人与物之间的迷障。从这一点上说，海德格尔的思想与道家表现出一定的亲和性。

①叶维廉：《叶维廉文集》（第一卷），安徽教育出版社，2002年，第146页。

> 去思想存在的意思是对“存在”出现在我们前面的魅力的应和。这应和源自这魅力同时回归这魅力。诗……呼唤着物，叫它们来……呼唤是一种邀请。请物进来，好让它们向人们见证他们是物之为物……物如此被呼唤被命名后共同聚向天地人神……聚集、群存是物物之生……物之生成我们称之为世界。……物物之生而展开世界，展开世界而物得以存……物物之生而完成世界……物物之生，物完成物之为物。物物之生，物展姿——形态——成世界。[①]

叶维廉说：“海德格几乎和道家说着同一语言，尤其是后期的海德格。”[②]海德格尔和道家的契合确是一个令学术界激动不已的现象。海德格尔在强调“贵真”，在对语言和事物意义的重新发现上与庄子确乎有着一定的相似之处。然而，庄子固执地认为得到“意”之后，“言”一定要被抛弃，反过来说，语言一定要被抛弃才可得到真正的言外之意。道家的终极目标是将人“物化”后而达到“自由”的境地。这种安身立命的观点具有极强的功利性。现代西方的海德格尔与中国古代的庄子同样意识到了语言的局限性。海德格尔用詹姆逊的话称之为“语言的囚牢”，庄子称之为“得意忘言”。海德格尔清醒地认识到语言的功用及其危险性。海德格尔通过对荷尔德林诗的阐释，揭示了诗、语言、存在的关系。

> 诗是最清白无邪的事业。
> 人被赋予语言那最危险的财富。
> 充满劳绩，然而人诗意地栖居在这片大地上。

海德格尔认为，人作为存在者被赋予了语言那最危险的财富，并诗意地栖居于语言的家中。后期的海德格尔沉迷于语言的玄思之中。他认为“语言绝不是人的一件作品，而是语言说。人说，只是由于人应合于语言。”[③]海德格尔认为语言大于“人”言，海德格尔称之为“道说”。这就与庄子的“言意说”

---

①转引自《叶维廉文集》（第一卷），安徽教育出版社，2002年，第163页。
②同上。
③海德格尔著，孙周兴译：《路标》，商务印书馆，2001年，第79页。

更大异其趣了。关于海德格尔这一观点，陈本益教授也有相关论述。“我们不能片面地说语言说人而不是人说语言，正如我们不能片面地说工具使用人而不是人使用工具一样。我们还觉得，海德格尔从语言学和历史学角度对语言的论说，与他从存在论角度的论说并不是贯通一体的。他试图借助语言的历史生成性来说明其存在论的语言观，却正暴露了这种语言观的危机。”①海德格尔的语言观本身就可以从不同角度（如存在论、文化学等）来理解，所以歧义在所难免，笼统地说，海德格尔与庄子的相似性是毫无意义的。

叶维廉认为，西方人在语言和诗歌上的困境，可以从中国道家美学中找到出路，因为道家在对事物原真性进行肯定的同时，完全摆脱了形而上的困惑。中国古典诗歌指向“指义前”的真实世界，即未有定义之前的自然的、具体可感的本真世界。事实上，西方现代诗人正在努力做到这一点。叶维廉在《中国现代诗语言问题·视境与表达》一文中说：

> [西方现代诗人]也正在努力于求取这种境界：自从马拉梅以来，现代西洋诗中常欲消灭语言中的连接媒介，诗人极力要融入事物里（如里尔克的诗），打破英文里的分析性的语法来求取水银灯技巧的意象并发（如庞德），逐去说教成分、演义成分（19世纪末诗人以来），以表里贯通的物象为依归（为柏克森及T·E休尔默所推动），以“心理的连锁”代替“语言的连锁”（如超现实主义者的诗），以及最近要不赖文字而进入“无语界”。②

20世纪在英美诗人中，庞德是对中国古典诗歌介绍最着力，也是论著最为丰富的一个。他受中国诗和中国文字结构的启发，为英文诗歌提供语法上的创新。他利用语句中空间切断和语法切断来引发并时性、蒙太奇和突显视觉性等效果。庞德那首脍炙人口的《地铁车站》本来写了32行，后来被压缩成两行。

> The apparition of these faces in the crowd;
> Petal on a wet black bough

①陈本益、向天渊、唐健君：《西方文论与哲学》，重庆大学出版社，1999年，第266页。
②叶维廉：《叶维廉文集》（第三卷），安徽教育出版社，2002年，第227页。

叶氏指出，庞德将原文中的“are like”或“is like”去掉，形成了语法切断，这就造成了人的世界与自然世界若即若离的状态，如同两个镜头并置造成的蒙太奇效果。庞德把这种方法称为叠意、叠象。另一位美国女诗人史坦儿也对诗歌语言进行了全新的尝试。她说：“文字，像绘画中的色彩和音乐中的音符，不只限于传达思想和意义，它们的演出应该像色彩、形状和音调一样形成（如画如音乐的）组构。”

庞德之后的美国诗人，对西方的传统思维方式产生怀疑。他们开始越来越倾向于“即物即真”的美学原则。叶维廉在《道家美学与西方文化》一书中以逻斯洛斯和史乃德为例。罗斯洛斯曾明确表示他受中国文化，尤其是中国诗的影响。杜甫是他最推崇的诗人。罗斯洛斯从李约瑟的《中国科技史》一书中看到了一个全新的中国式的文化境界。他说在东方文化传统中，“自然无为而大作，不必发明种种法律，这个宇宙是互惠相交的一个大网，人和人的需要只是万千中的一体而已。”这基本上是中国宇宙观相当真实的描写。罗斯洛斯有一首由唐诗集句而成的诗《另一个春天》：“季节循环，年月变换/无需人助，无需管理/月亮，无需用思/周期环转，月满，月缺，月满。”[①]叶维廉称这首诗肯定了道家“无言独化”的世界。在这首诗中，作者强调了不为人智干扰的自主的自然现象。罗斯洛斯要求诗要直接接触，直接传达具体的事物的特殊性。他赞同怀特海的“呈示的直接性”理论。洛斯罗斯转用庄子的“鱼相忘乎江湖，人相忘乎道术”的话说：“我们就是如此存在于真真实实的世界里。我们像鱼在水里，不知道水的存在。”[②]

史乃德是继罗斯洛斯之后又一位热衷东方诗歌的美国诗人。他因为译寒山的诗，在美国成了家喻户晓的诗人。美国青年通过对寒山诗的合理误读，成就了一个现代文化的传奇。史乃德最为钟情中国山水诗。他通过研究中国山水画进而了解中国文化的各个方面，尤其对禅宗有一定心得。史乃德倡导一种与自然合一的生活方式，他十分厌恶现代工业对自然的无情破坏。史乃德曾面对大山说：“我们的社会里有代表这一切的议员吗？”史乃德的诗中不断折射出东方文化中“天人合一”“无言独化”的庄禅思想。他的诗中弥漫着诗人面对自

①叶维廉：《叶维廉文集》（第一卷），安徽教育出版社，2002年，第196页。
②同上，第202页。

然近乎神秘的“冥思”状态。史乃德有一首山水诗《松树群稍》是他山水诗中较具代表性的一首。“蓝夜起/霜雾，天空著/月明/松树梢动/雪压青，隐隐/入天弯、霜雪星光里/靴响戛然/兔行迹、鹿行迹/若何吾所知。”① 从他的诗中可以体验到剔除了说教，去掉了抽象思维与自然和谐相处的状态。

叶维廉通过对美国现代诗的研究，大大深化了对东西方文化互通性的研究。叶维廉对中国古典诗歌从中西比较文学的角度总结了10个特点。

> 1.作者溶入浑然不分的存在，溶入事象万变万化中。2.任无我的“无言独化”的自然作物象本样地呈露。3.超脱分析性演绎性—事物直接、具体地演出。4.时间空间化空间时间化—视觉事象共存共发、空间张力的玩味——绘画性、雕塑性。5.语意不限指性或关系不决定性——多重暗示性。6.不作单线（因果式）的追寻—多重暗示性。6.不作单线（因果式）的追寻—多线发展，全面网取。7.连接媒介的稀少使物象有强烈的视觉性和具体性及独立自主性。8.因诗人“丧我”，读者可以与物象直接接触而不隔，并参与美感经验的完成。9.以物观物。10.蒙太奇（意象并发性）——叠象美。

叶氏总结的这10个特点，是基于和西方诗歌对照之后得出的。中国古典诗的这些特点，英美现代诗几乎都有所体现，这可以有力地证明英美现代诗具有与中国古典诗在美学和语法上的“汇通”的特征。叶维廉从事的这一将中国古典诗与英美现代诗“比较”与“汇通”的工作，其意义不仅是将中国传统美学发扬光大，更重要的是，针对中国学术界长期以来对西方盲目跟从，鄙视传统文化的风气是一个很好的纠正。

三、传统理论术语的现代解读

在叶维廉的学术著作中经常会有一些新颖的理论术语出现。这些术语大都不是叶氏首创，但他将这些传统文论中的术语赋予了现代的含义。为了更好地理解叶氏比较诗学理论，现选取几个重要术语进行专门解读。

①叶维廉：《叶维廉文集》（第一卷），安徽教育出版社，2002年，第213页。

1. 秘响旁通

“秘响旁通”一词出自刘勰的《文心雕龙·隐秀篇》。

> 夫心术之动远矣，文情之变深矣，源奥而派生，根盛而颖峻，是以文之英蕤，有秀有隐。隐也者，文外之重旨者也；秀也者，篇中之独拔者也。隐以复意为工，秀以卓绝为巧，斯乃旧章之懿绩，才情之嘉会也。夫隐之为体，义生文外，秘响旁通，伏采潜发，譬爻象之变互体，川渎之扭珠玉也。故互体变爻，而化成四象。[①]

刘勰对文章“秀”和“隐”的论述颇为精当，叶维廉着重取其“隐”这一部分加以引申。刘勰说：“隐也者，文外之重旨者也”“隐以复意为工”，就是说好的文章应具备文义的丰富性和模糊性。“秘响旁通”和“义生文外”在刘勰那里强调的是文章要有更大的审美空间，追求言外之意。

叶维廉发现刘勰的“秘响旁通”与易经卦象之间存在紧密联系。事实上，叶也正是针对此展开了中国诗歌与传统文化关系的探讨。叶氏是这样理解“旁通”一词的。他说，“旁通”是易经中每卦中阴阳艾的互异唤起或得出另一个卦。在《易经》中每一卦都可引起另一卦的现象可以称为“旁通”。在中国传统文化的运思方式中，任何事物都是息息相关的。叶氏由此得出，“同理，一个字的出现的情况亦如是。”[②]在中国诗中一个字、一个词可以引发出无数的思考。叶还指出不但不同卦象之间可以相互转化、相互唤起，在一卦之中，其实已包含了“变”的可能。这种变的可能性是内在于每一卦象之中的。叶总结后得出：“秘响旁通，指的是文辞里早就含有类同互体卦变的交相辉映、相对、旁通、变化。”[③]叶氏认为中国美学上的观点必须要放到历史演变的架构中去认识。中国易经的卦象是从“实象在动变的境遇中取模”，中国美学的“模子”与西方美学在创始之初便已呈现出不同

---

①刘勰：《文心雕龙·隐秀篇》。

②温孺敏、李细尧：《寻求跨中西文化的共同文学规律——叶维廉比较文学论文选》，北京大学出版社，1986年，第176页。

③温儒敏、李细尧：《寻求跨中西文化的共同文学规律——叶维廉比较文学论文选》，北京大学出版社，1986年，第178页。

的景象。西方人的思维模式是以抽象数理为基础，中国人的思维是从实象的活动情况生发出来的。六十四卦象中包含的是变动不居、不断重组的世间万象。在中国文学里，文辞本身没有固定、实在的内涵与本质。叶维廉发现中国人的阅读经验与写作经验中包含着这种美学上注重“旁通”的文化策略。中国的文章从来都不是孤立存在的，总是在一个漫长的历史长河中进出往来的。“中国文章的每一个字，都不是全新而独立的，它的出现必然是覆叠而多义的”，当我们读一首诗时，实际上是在聆听无数诗与声音的交响。

中国作品历来注重“笺注”这种研究方法大致来源于此。叶氏说：“中国书中的‘笺注’所提供的正是笺注者所听到的许多声音的交响，是他认为诗人在创作时整个心灵空间里曾经进进出出的声音、意象和诗式……”[①]据此观点来看，中国诗人的每一句诗，都要置于一个广大的历史空间中去理解。诗人在写下一句诗时，已经活动在这个空间里。叶维廉把中国诗文中意义互为指涉、互文见意、层叠扩展的美感经验用“回响”一词来描述。中国诗文自身就具有一种美感经验的生长性，中国诗人是将自我融入中国传统文化的美学规定中展示其个性特征的。这种“个性”是有条件的，是相对的，是在中国文化特定语境中而言的。“秘响旁通”理论究其来源，可以追溯到庄子的《齐物论》。

> “果且有彼是乎哉？果且无彼是乎哉？彼是莫得其偶，谓之道枢。枢始得其环中，以应无穷。”[②]

庄子“齐物”的观念消弭了物我之间的距离，视万物为无差别的循环往复，而人们孜孜以求的“道”正是在一个生生不息的“环”中做无穷的运动。

2. 出位之思

“出位之思”一词来自德国美学术语Andersstreben。钱钟书称之为“出

---

①温儒敏、李细尧：《寻求跨中西文化的共同文学规律——叶维廉比较文学论文选》，北京大学出版社，1986年，第174页。

②《庄子·齐物论》。

位之思”。在叶氏诗学理论中，“出位之思”指的是中国诗在美学上超越了语言文字作为诗歌媒介的局限。中国诗往往会呈现出一种兼有其他媒介艺术的审美特征。

莱辛在他的《拉奥孔》一书中对诗画两种艺术在媒介特征上的异同进行了比较。莱辛通过对诗与画的比较得出：诗不宜于描绘物体的并列部分，时间上的先后承续属于诗人的领域，而空间则属于画家的领域。诗宜于表达先后承续的生动事件，而画宜于表达并列的事物。莱辛说：“只有绘画，才能描写物体美”①，而诗不宜用罗列的方法描绘美的物体的各部分。诗人是就美的效果去感觉他，即“把美所引起的欢欣、喜爱和迷恋描绘出来，做到这一点，你就已经把美本身描绘出来了。”②莱辛准确地将诗与画这两种艺术样式的美学特征进行了区分。尽管这种区分并不完善，后人曾一再对他的观点进行修正，但莱辛的观点却是有关媒介特征方面的经典论述。

叶维廉指出莱辛对诗的看法主要是建立在史诗或叙事诗的传统上的。抒情诗以传情达意为主的特征决定了抒情诗并不强调时间上的次序，诗人强调的是感情由景物引起的经验的激发点提升到某一种高度或浓度。中国诗以抒情为主，强调诗的“味外之味”“弦外之音”，强调诗的“意”与“境”。中国诗要超脱语言的局限，也就势必要超越媒介在美学上的局限性而呈现出其他媒介的某些特征。

钱钟书在《中国诗与中国画》一文指出：“恰巧南宗画的创始人王维也是神韵诗派的宗师，而且是南宗禅最早的一个信奉者……在他身上，禅、诗、画三者可以算是一脉相贯。”③在中国，诗与画的内在相通在王维身上体现得非常明显。钱钟书还指出：“在中国文艺批评传统里，相当于南宗画风的诗不是诗中高品或正宗，而相当于神韵派诗风的画却是画中高品或正宗。”④叶维廉恰恰是将王维为代表的包括司空图、王渔洋、严羽等人的诗或诗论当作中国诗的正宗。在这一点上可以看出叶维廉独特的美学趣味。叶维廉本人就是一位画家，也许他的绘画经验会影响到他的诗学观念。吕进教授指出：“诗风画风相统一的王维，他的画和他的诗并没有在各自领域取得

①莱辛：《拉奥孔》，转引自《朱光潜全集》（第17卷），安徽教育出版社，1989年，第123页。
②同上，第133页。
③钱钟书：《七缀集》，上海古籍出版社，1994年，第17页。
④同上，第27页。

相同地位，他的讲究笔墨情趣的南宗画比他的冲淡、清远、强调神韵的诗的地位高出很多。”[①] 这是较为中肯的评价，而叶维廉将王维的诗奉为正宗，与历来将李杜的诗作为经典的观念有一定出入。

在这里叶维廉和钱钟书不约而同地引用了苏东坡论王维诗画关系的说法，“味摩诘之诗，诗中有画；味摩诘之画，画中有诗”。[②] 叶氏指出，这道出了中国诗与中国画一个很重要的美学追求，即对“气韵”“境界”的追求。诗歌要避开对文字的狭隘理解而引我们进入事物原真的境界。同理，画家注重的不是外形相似，而是捕捉事物的“气象”与“气韵”。一首好诗和一幅好画都要超脱各自媒介上的局限性而达到美学上的互通。

西方现代诗人和美学家们也同样认为诗的意义不在文字之中而在文字之外。叶氏引用艾略特的一篇未发表的演讲中的话“诗要透彻到我们看之不见诗，而见着诗欲呈现的东西，诗要透彻到，在我们阅读时，心不在诗，而在诗之‘指向’”，来证明这一点。这里艾略特说的“欲呈现出的东西”以及“诗之指向”和中国传统诗学中的“气韵”“境界”等审美范畴是否具有同一性，这是大可怀疑的，因为在艾略特那里诗要超越诗本身而欲指向的应是与整个文明相联系的“综合的意识”。这种“综合的意识”实则超越了审美范畴，体现了西方诗歌中一种源远流长的求真意识。这与东方文化审美境界中“气韵”“境界”是大不相同的。

叶维廉认为美国现代诗人自庞德、威廉斯、史蒂芬斯到黑山诗人都曾设法打破文字的局限而欲达到“音乐的状态”和“绘画的状态”。西方现代诗由于文化传统及语法上的不同，无论如何也无法达致中国古典诗的“不隔”或“无碍”状态。叶氏总结道，中国诗歌“可以兼有空间玩味的绘画性、雕塑性、电影视觉性而没有煞费心机扭曲语言的感觉。”[③]

3. 无言独化

叶维廉将道家的“无言”与郭象的“独化论”相结合提出了他的“无言独化”理论。叶维廉从道家美学中析出其理论精华并将之与玄学思想融会贯

①吕进：《中国现代诗学》，重庆出版社，1997年，第288页。
②钱钟书：《七缀集》，上海古籍出版社，1994年，第17页。
③叶维廉：《中国诗学》，生活·读书·新知三联书店，1992年，第167页。

通发现了一个全新的理论思路。

叶氏理论有一个突出的特点就是将郭象对庄子的解释作为理论来源。叶氏十分推崇郭象的“独化论”思想。“独化”一词就出自郭象的《庄子序》，“是以神器独化与玄冥之境而源流深长也。”[①]“独化论”强调万物独自生成变化，肯定“物皆自然”，反对造物主。郭象的“独化”论是对庄子的一种发展，主张万物都具有不为外界人为因素左右的“本性”，反对用“人智”去干涉自然。

“无言”来自庄子的“言无言，未尝不言”的思想。所谓“无言”，也就是无语界，要达到无语界，就要重视所谓“指义前的视境”。这里的“指义”，是从原来没有关系决定性的存在物里决定一种关系，提出一种说明。“指义行为”是我们（观感的主体）运用抽象思维去制定事物的关系和意义。

“指义前”的一瞬，是属于原来的、真实的世界，在注意及决定事物的状态和关系之前的一瞬。至于如何才能摆脱语言的局限而将事物做本真原样的呈现，则要到道家美学中去找答案。庄子在《齐物论》中说：

> 古之人，其知有所至矣。恶乎至？有以为未始有物者，至矣尽矣，不可以加矣。其次以为有物类，而未始有封也。其次以为有封焉，而未始有是非也。是非之彰也，道之所以亏也。[②]

庄子看重的是完整的天机，也就是“未始有物”“未始有封”的世界。在道家看来，语言是一种分封的活动，语言一经出现便将事物的“天机”或“天趣”破坏。所谓“无言独化”就是要尊重万物自然自生的活动，以“天放”或“素朴”之心去应和天机，而不是用人为的法则去削减天机。庄子认为人无法成为宇宙的解释者，宇宙现象是大于人的。正所谓：天地与我并生，万物与我为一。具体的万物是无需人的概念和语言，就可以各依其性、其用的演生变化。叶维廉指出道家认识事物不是用“增”“益”的方法，相反地，道家将事物的认识“减”“损”到“已而不知其然”的地步。这是一

---

①郭庆藩辑：《庄子集释》，中华书局，1961年，第27页。

②《庄子·齐物论》。

种负面辩证法，表面看起来是一种离弃与否定行为，其实抛弃与否定之后，得到与拥抱的却是具体、完整的宇宙现象，是不受概念左右的自由世界。叶氏称这种方法为“离合引生”。俞兆平对“离合引生”是这样解释的：“这种‘忘记’‘无言’的离弃，并不是否定，而是一种新的肯定的辩证方法。它把抽象思维曾加诸我们身上的种种偏减缩限的观感形式离弃（如中国古典诗的‘诗语’打破语法常规逻辑的反定位定向定时定义等特质），来重新拥抱原有的具体世界。”[①]叶维廉认为，道家就是采取这个负面辩证法来处理一些看似复杂的矛盾。叶氏认为“离合引生”的观念是中国历代文论的主轴。比如说陆机的“收视反听”、刘魏的“贵在虚静”、司空图的“素处以默，妙机其微”、苏东坡的“空故纳万境”、严羽的“不涉理路，不落言筌”等。这种“离合引生”活动也是有条件的，那就是通常要经过长期的实践经验，从而与事物的原性合一，就会达致得心应手，游刃有余的自由境地。

我们不难发现这里存在一个最大的问题：任何文学都无法脱离语言文字，如何从一开始便抛弃语言呢？换句话说，“离合引生”的方法是如何应用到诗歌中去的呢？诗人在使用语言之前，就要拥抱自然万物，与自然认同，让内在的生命明澈地显现。这里要特别提到叶氏推崇的“以物观物”的中国传统美学的观物方式。“以物观物”由邵雍提出，就是将自身融入事物本身，由事物的本身出发来发现事物。在这种观物状态下，景物与人合二为一，人与景物可以自由地出入，达到物我两忘的地步。诗人通过“以物观物”的方式达到“物我的通明”，这时，文字就不再是束缚人们认识世界的元素，语言文字的功用演变为“点兴逗发万物自真世界形现演化的气韵气象”。[②]“离合引生”的语言策略运用到诗中还表现为注重语言的空白，在画中表现为空白，在诗中表现为弦外之音。叶维廉说：“语言文字仿佛是一种指标，一种符号，指向具体、无言独化的真世界。语言像‘道’字一样，说出来便应忘记，得意可以忘言，得鱼可以忘筌，或化作一支水银灯，把某一瞬的物象突然照得通明透亮。”[③]

①俞兆平：《哲思与诗语——叶维廉诗学理论述评》，作家出版社，1998年，第182页。
②叶维廉：《叶维廉文集》（第一卷），安徽教育出版社，2002年，第143页。
③叶维廉：《叶维廉文集》（第一卷），安徽教育出版社，2002年，第143页。

叶维廉将郭象注《庄子》当作他的理论基础，事实上，就肯定了郭象的玄学及由其转变而来的佛学思想。郭象的玄学本身先天不足难免给叶维廉的理论留下暗伤。郭象认为“夫有之未生，以何为生乎？故必自有耳，岂有之所能有乎？”[①] 郭象的“崇有论”是“以有体无”的代表，郭象进一步发展了庄子思想，突出了万物完全脱离人为界定的“自性”和“逍遥”。郭象说：“夫圣人虽在庙堂之上，然其心无异于山林之中。”[②] 郭象将庄子追求的适性逍遥发展到极致，人的本性被异化为物性。荀子曾批评庄子“蔽于天而不知人”，[③] 在郭象的理论中，这一缺点被强化，人的本性被完全遮蔽。叶氏理论应及时避开其中的理论陷阱，那就是郭象注的《庄子》只是片面强调顺应“自然”，而无见于“人为”的积极意义。冯友兰在《中国哲学史》中对此有相关论述。

> 道家的人主张，圣人的精神修养，最高的成就在于将他自己跟整个自然即宇宙同一起来，这个主张正是这个思想趋势的最后发展。是蕴含着“人”的本性与德性，“天”是作为“人”的形而上之本体依据和价值根源，所谓“以天为宗，以德为本”。[④]

冯友兰指出庄子的“天”与“德”是紧密联系的，但我们可以发现在郭象那里天和人完全隔绝开来，郭象强化了庄子消极的一面。道家既有与儒家相通的一面，又有其不同的一面。在将道家思想作为理论基础时应明辨其优劣，因为道家的优点和缺点同样非常明显。一味地高扬道家思想无疑会削减理论严密性和合理性，如果能适当地指出其不足，那么理论的精确性和可信度会大大提高。

---

①《庄子·庚桑楚》。

②郭庆藩辑：《庄子集释》，中华书局，1961年，第28页。

③《荀子·解蔽》。

④冯友兰：《中国哲学史》（第一册），中华书局，1984年，第17页。

第 / 二 / 部 / 分

诗评篇

诗路花语

——孙德安先生与东南亚华文文学的情缘

2013年和2014年我有幸参加了两届东南亚华文诗人大会，并有缘与东南亚诸位文友相识。在会上，孙德安先生爽朗的笑声和动情的发言给我留下深深的印象。孙德安先生作为文莱的作家代表是东南亚华文文学会的早期创立者之一，他见证了东南亚华文文学的发展历程。

孙德安先生来自文莱，在东南亚十国中文莱虽然面积最小，但是文莱秀丽的风光，富庶的生活，还有浓郁的异域风情让这颗南太平洋上的明珠成为众人心目中的理想国。东盟十国几十年来携手打造东南亚华语文学，从任何一个国家作为切入点，都可以窥见东南亚华语文学的风貌，从文莱华语文学入手，同样可以书写一段华美的东南亚华语文学乐章。

文莱华语文学作为东南亚华语文学不可分割的一个组成部分，与东盟其他诸国的文学关系紧密。事实上，将东南亚十国的文学看成一个整体也未尝不可，因为东盟十国的华语文学是既各自独立又相互呼应的一个整体。

文莱作为东盟的重要组成部分，积极参与各种文学活动，先后承办包括世界微型小说研讨会、东南亚诗歌研讨会等，引进并筹办这些会议的就是孙德安先生。

近些年来，泰国、缅甸的诗歌发展较快，马来西亚的小说成就斐然。文莱的文风和马来文学较为接近。受地理和气候的影响，文莱文学也呈现出浓郁的热带雨林和海洋文化气息。

东南亚文学发展的历程已经引起华语文学研究者的高度重视。目前，东南亚地区的华语文学史研究已经呼之欲出，文莱华语文学作为东南亚文学史的重要部分需要更多的研究者关注。

孙德安先生正是从文莱华语文学见证东南亚文学史的最佳人选。他作为东南亚文学协会的创立者之一，经历了东南亚文学的各个阶段。可以说，孙德安先生的人生历程就是东南亚华语文学研究的一个很好切入点。

正值中国大力提倡“海上丝绸之路”的理念，东南亚诸国与中国的经贸往来以及文化交流会日益增多，东盟在未来与中国在经济文化方面的合作和文学上的交流往来会日益加强。对于东南亚文学的研究也会不断引起重视，孙德安先生的人生经历也会为东南亚文学史研究作出贡献。

东南亚华文文学史的研究亟待加强，而另外一个领域，东南亚华语文学观念上的研究更是需要进一步开拓。对于这一更为艰深的领域，需要更多的文学界和文化界的同行投身其中，而东南亚华语文学的发展之路在孙德安先生及其他东南亚文友的共同努力下，不断走向繁荣。

作为一个华语诗歌的研究者和写作者，深感东南亚的各位文学界同仁的拳拳之心。不管身处何处，华语文学的诗路花语会陪伴着中国和东亚南地区的华语作家经历美好人生。

（此文为文莱诗人孙德安诗文集《诗歌行，有你真好》序言之一）

中国现代民间诗歌视角下的缅甸五边形诗歌分析

近几年来，五边形诗社作为缅甸的一支民间诗歌团体不断发展不断引起整个东南亚华语诗坛的瞩目。目前，研究东南亚华语文学的专家学者采用的研究方法大多是比较文学或者海外文学的路子。如果我们将东南亚的华语诗歌视为国际汉语诗歌的一部分来看，那么，运用中国国内当代诗学理论来对海外诗歌进行研究似乎也未尝不可。

从文化学的角度来看，东南亚文化和中国文化之间有着密不可分的血肉联系。无论是东南亚的华人，还是长期与中国文化交流的东南亚诸国的本土人，对于中国文化的接受程度和理解程度几乎和中国本土诗人无异。从文学创作的手法来说，很多东南亚华语诗人对于中国现当代诗歌的熟悉程度也不亚于中国本土诗人。因此，将东南亚诗歌放之中国本土诗歌的视角下来考量是完全可行的。

当然，将海外汉语诗歌置于中国的当代诗歌理论之下来考量的确还是一个挑战，难免会出现一些文化上的差异和诗歌写作上的理念分歧。可是，随着文化交流的不断深入和诗歌观念的融合，这种研究也会产生一些新的发现和见解，从诗学研究的角度来看，也是一件很有学术价值的事情。

针对五边形这一群充满活力的青年诗人来说，作为复兴缅甸乃至东南亚华语诗歌的一支生力军起到重要作用，他们大多有着深厚的中国文化学习背景，五边形的多数诗人有过台湾高校的教育背景，他们对于港台诗歌、东南亚诗歌和中国大陆诗歌均有着较高的理解。因此，完全可以将缅甸五边形诗社的诗歌创作置于中国当代诗歌的视角之下进行研究。

自21世纪以来，中国国内经历过几次大的民间诗歌理论的探讨，第一次民间诗歌讨论是著名的“盘峰诗会”，在这次诗会上，提出了著名的“知识分子写作”和“民间立场”两大诗歌阵营。中国诗歌的民间立场横空出世之后，引发了中国诗坛的一大巨变，从此，诗歌的非官方化、追求本真淳朴的诗意和日常生活诗意化表现成为中国现代诗歌的一大风景。国内的第二次大的民间诗歌理论来自著名诗人李少君和诗论家张德明的“草根性”写作，“草根性”诗歌写作将自唐以来的中国民间诗歌立场发展到一个新高度。概括来说，“草根性”诗歌写作彰显了中国传统诗学的灵性写作和自然化美学倾向，是网络化时代中国现代诗歌与古典诗学的一次亲密拥抱。目前，民间写作又呈现出一番全新的景象，主要表现为贴近日常生活，淡化诗意化的文学色彩，叙事风格上出现小说化和散文化的倾向。

五边形诗歌自初创之日就显示了强大的生命力。五边形诗社秉承中国诗歌追求纯真的诗意、自然和生命美学的诗意化抒写的路径，显示出强大的民间诗歌的内蕴和发展潜力。五边形诗歌在现代诗歌的意境营造上独具魅力，将中国古典诗歌的言浅意深和有无相生与现代人的困惑和迷茫以及诗意化栖居状态进行了很好地传达。

回　眸

号　角

当木棉花摇着彤色的驼铃
木棉树下已烙满我深深的足印
双连坡上的青草，又绿了一回
那个夏夜，我们也倾倒了一片星空

曾经站在远处，观望
你深邃的轮廓
清晰着笔、墨、纸、砚
却模糊了一叶松针

也曾经走进你的苍郁里
窃听松皮啧啧脱落的哀痛
揣想，岁月的刀锋
当松子掉落脚底，我明白了

百花川没有忘记流淌
就像松下轻快走过的步伐
每一次回眸
都是青春的脚步，飞扬的梦

在这首诗里，诗人与自然的高度契合让诗歌有着生态美学的高度，这也恰好印证了国内诗歌理论家、诗人李少君的草根性诗学理论。草根性诗学中很重要的一个因素就是要求诗歌表达自然情怀，不仅要抒写自然之情，更要将自然主义的写作态度融入诗歌的构思和语言表达中去。号角的这首诗歌对于自然的描绘达到物我交融的地步，同时，诗歌中的“我”和自然物象之间的关系处理生动自然，无论是植物还是河流、星空，都和诗人的身心很好地结合在一起，达到水乳交融的生态美学效果。最让人感动的是，号角的诗歌显示了中国当下民间诗歌的一些纯净和唯美倾向。从这首诗中，我们感受到的不仅是诗人的才情，更有诗歌本身的力量。如果撇开作者的身份不谈，我们感受到的纯正的中国文化根脉似乎已经跨越了地理和国度的差别。

号角的现代个性和古典情怀在简单的诗句中洋溢，号角是一位个性十足的诗人，他的诗歌里多多少少带有一些古典诗人的偏执和倔强，而这种精神力量正是现代诗歌民间立场的一个显著特征，不与世俗为伍，不与权威合流，坚持自己的个性化自然写作，以真情和性灵打动人。《回眸》这首诗通篇气韵贯通，如同风行水上，在内在的韵律上与古诗达到高度的契合。从民间立场来看，这首诗歌的写作对于传统诗歌的固定写作理念有一定的突破，全诗的几次大的情感转折和内在冲突都融化在一片古典诗歌意境的田园牧歌之中。这种力量来自民间立场的强大生命意识，诗歌就是生命力量的彰显，诗人并非为世界增加更多，只是将自我和世界加以诗意呈现。

北纬三十度

奇　角（节选）

北纬三十度
日光中爱睡的女人
在北纬三十度的日光下

伊甸园中有毒的果实和女人
两个熟透的果实，两座
半圆形的山坡
金色的面纱之中
两座山坡是你两座金色的坟墓
一座埋着泥土，一座埋着河流

这首诗沉静温婉，在思虑中带着淡淡的哀愁，诗歌的气息纯正，在文字背后蕴藏着智性的力量。从这首诗歌中还能感受到飞升向上的信仰的推动力。诗歌舍弃了一些细节描写和心灵搏动的过程描绘，而是直接将内心的风暴呈现出来，采用最为俭省的方式直击内心深处，于无声处听惊雷。

民间诗歌一向提倡写个人情怀和个人特色，奇角的诗歌在朴实中显出对人生无常的吊诡。奇角的诗歌以奇险动人，这首《北纬三十度》有着温润的质地和现代人复杂的情感纠缠，奇角的写作显示了五边形诗社的诗人在写作上的特立独行的一面，而这是民间写作最重要的特质。因为文字过于精致的原因，整首诗歌显得十分精雕细刻，似乎是知识分子写作的典范。事实上，从句子之间的气息分明可以感受到强烈的民间诗歌的猛兽气质。“金色的坟墓”这样的诗句强烈传递出诗人的本真狂放的一面。

诗　人

转　角

你的城市没有颜色
城市没有季节

你的城市没有声音
城市没有砖头和房屋

在你的城市中
没有一个人活过
也没有一个人死去

你住在一座
没有面孔的城市

转角的诗歌语言干净质朴，写作态度严谨，叙述不蔓不枝，从字里行间可以把握住诗人的情绪变化和人生体验。在当下大多数女诗人热衷身体写作的风尚之下，转角就像是诗人海子说的那只安静的母鸽子，始终沐浴着阳光雨露，就算是写残忍之事，也善于将诗歌处理到一种不喜不忧的状态之下。

转角的诗歌诠释了现代诗歌的一个重要话题，现代诗歌的写作是靠才情还是哲思。从这首小诗中，我们似乎可以找到一些答案。中国现代诗歌与古典诗歌的最大区别在于古典诗歌的文化背景与中国古典诗歌的理念是完全合拍的，而现代诗歌始终处在一种焦虑之中，如何处置人生理想与现实的矛盾冲突似乎成了现代诗歌的永恒话题。民间化立场对于中国现代诗歌的意义不仅在于如何解决问题，更在于中国现代诗歌如何去面对问题，或者说面对中国现代诗歌的问题是，诗人的态度决定诗歌的高度。民间化立场是中国现代诗歌经历了朦胧诗和后朦胧诗歌的洗礼之后的一次回归，让诗歌回到那个给人力量，找回自我的纯真年代。

不管是有心还是无意，缅甸五边形诗歌从一开始就和中国现代诗歌新世纪以来的主流风气“民间化”写作站在一起。从中国古典诗歌来说，“民间化”诗歌第一次大的兴盛来自晚唐的白居易的“新乐府”诗歌运动。白居易的新乐府诗歌彻底改变了以往诗歌的单纯吟风弄月和去追求遣词造句的华丽精巧的弊端，给中国诗歌进行彻底换血，白居易的新乐府诗歌写作在平淡和直白中彰显民间写作的力量。缅甸五边形诗人的诗歌未必是最漂亮的，也未必是最复杂的，可是五边形的诗歌态度却是代表了民间诗歌的一种高度，在自然性灵的抒写上达到中国现代诗歌的一个高度。

五边形作为一个新兴的诗歌团体，还需要不断历练和走向成熟。从民间化写作视角来看，五边形诗歌可以和中国现代诗歌走在一起，共同为中国现代诗歌也为东南亚华语诗歌的发展作出贡献。

（本文收录于2018年云南昆明首届中缅跨境民族研究研讨会论文集）

明亮的、纯净的那些

——评吴少东对现代诗歌语言传统的继承发展

历史是无处不在的，始终都像一个寡言而多思的老人站在角落注视着你。当下诗坛也惯于用年龄来划分诗人属性，诸如“60后”“70后”“80后”，再如第三代、中间代、中年写作、归来者等称呼不一而足。这确是行之有效而又简单明了的做法，而当一个具体鲜活的诗人站在你的面前，似乎这种一个萝卜一个坑的做法显得那么的笨拙而又轻飘。

诗歌对于吴少东来说不是心血来潮的举动，自20世纪80年代，吴少东就开始了他的诗歌创作之路。从内心来说，我个人倾向于将今天的诗歌写作者分为两类。一类是经历过80年代的诗人，另一类反之。80年代不仅对于今天的年轻诗人是陌生的，甚至有一些近些年刚开始进入诗歌写作的中年诗人也对那个遍地诗歌的时代缺少刻骨铭心的记忆。80年代对于中国诗歌来说，是一个无限释放或者说诗歌语言大爆炸的时期，各种语言的可能，各种杂七杂八的奇谈怪论和口号标语横行世间。诗歌是最私人化的，也是最具社会性的，80年代的各种诗歌实验今天已经无法去评价对错，错过80年代的诗歌体验，确实会缺失一些对诗歌现代性的感性认识。吴少东是当年“诗歌报86大展”的见证者，对于当时各种诗歌江湖的乱象有深切的体会的。

80年代那一页虽然永久地翻过去了，对于诗歌的影响却是无处不在的，甚至对于今天的“80后”“90后”诗人仍然间接地发生作用。中国当代诗歌的汁液、气息和表达多少还残存那个时代的标志。诗人吴少东从那个时代走过来，如何将那个时代的传统继承下来并赋予新的时代力量是我们要注意研究的。近年来，吴少东诗歌写作不断突破自我实现飞跃，从他的诗歌里不难看出，他的思考和追求是一以贯之中在不断求新求变。吴少东很好地保留了80年代乃至90年代中国新诗的宝贵情怀，他在内心里还是个诗歌贵族，像早年的于坚，既有一点傲世独立的名士风范，又带着一丝世人皆醉我独清的暗自得意。吴少东的语言表达保持了实验诗歌时期诗歌语言点金术的魔法写作，不过吴少东稍显谨慎，他在某些方面刻意阉割了诗歌语言的生殖能力，力求诗歌语言的硬朗和纯净。他的古典人生情怀不时在诗中闪现，这一点我在吴少东等几个最优秀的合肥诗人身上一再得到印证。如果这是地域诗歌传统的话，这一传统甚至可以上溯到姜夔，“我家曾住赤阑桥，邻里相过不寂寥。”吴少东的诗歌里常能读到温暖和热爱，有时他的诗歌中竟会掠过一缕初夏的果蔬气息：“这一天，/我们宜食蔬果和粗粮/调养渐长的阳气。/这一天的清晨，风穿过青石/心中的惊雷没有响起。/这一天的午后/小麦扬花灌浆，油菜从青变黄”（《立夏书》）。从句子的表达中可以读出吴少东的固执和倔强，他还在坚守着于坚和欧阳江河们，博尔赫斯和沃伦们曾经坚守过的那一方净土。

吴少东的眼光是犀利的，他不仅有坚持，可贵的是还有变化。随着通信手段和高科技的发展，诗歌的多元化倾向愈演愈烈，吴少东既是个怀旧的人，也是个新潮的人。他的表达方式和内心风暴也随着外在世界的变化而翻腾，“用一个苹果作喻体，说出/我的主旨是困难的。比如整体与独立，比如/平衡、方法和耐心，比如……/足球和篮球就是两个大苹果，他轻松将/苹果与詹姆斯、梅西，科比、C罗联系起来。/画着弧线飞行的皮球，多像正削皮的苹果啊。/这两件物什，正是我和中国的缺失。”（《苹果》）。吴少东将执着和倔强化为对于物象和理念的探索，显示出现代诗歌最迷人的那个智性部分，虽然还没有完全释放，小宇宙的光彩已经露出端倪。吴少东就是这么一个让人捉摸不透又让人着迷的人，他会时不时来那么一下子，让人对他刮目相看，这也是诗人的天性使然吧。

好了，现在来说说吴少东诗歌的语言吧。吴少东是一个聪明的写作者，我常说聪明的写作者有一个标志就是总能从别人的写作中发现问题。吴少东的语言猛一看似乎有点“陈旧”，其实并非如此，他对语言表达方式的选择确实有点冒险，他没有选择当下较为时尚的口语写作，而是将80年代以来的实验传统加以转化，使他的语言似曾相识又略带前卫。吴少东对于物象的措写遵循着根基性的写作，力求打通事物之间的联系，让物象产生某种呼应。“甚至忘记了山上的塔，沉于/湖底。像井。像我抑制的性欲。/在峻峭处建庙，在灰烬里插上香骨/远离轻飘的言语、呻吟和祷告/像井壁，固守着浪，又消解着浪，/青苔模样，示人以春天。”（《以外》）。吴少东善于将意象进行看似杂乱的组合，同时意象之间又能达到某种应和，这种能力几乎是他与生俱来的，我们可以说吴少东的诗歌出发点是从意象开始的，最终又落在意象上。说起吴少东对于物象描摹的痴迷和执着，我觉得可以从他看待物象的态度说起，每个人面对色相诸法的感应是不同的，吴少东世界里总有那么一个飘然飞起的另一个“我”在支撑着诗歌语言凌空御虚，因此，吴少东的抒情带有强烈的自我意识。“星期六，我怀抱青石/在落满槐花的湖边暴走，横渡的波浪/没有彼岸、此岸”（《一周》）在诗歌的世界里，态度几乎是决定性的，吴少东的态度决定了他的诗歌既严肃又带有一些虚幻的理想主义色调。吴少东的叙事也是有特色的，他有时会沉浸在漫长的叙事里，在跌宕起伏中将诗意的欢愉传达出来。“她的姓名，笔画平正，撇捺柔和/没有生硬的横折，像她/七十七年的态度。/每一笔都是源头，都是注视，都是/一把刀子。”（《描碑》）这么沉重的话题，要想从这种情绪中脱身需要一定的耐心和机智，吴少东很好地将叙事拉长，在语言词语变化的张力中寻求诗意的释放。

吴少东的诗歌语言可以大致概括为以下几个特点。一是智性特色较为明显。尽管吴少东不是典型的智性诗人，他总体上说还是感性的（南方诗人大多如此，是不是天气使然还是环境作用，不得而知）。可是，他的诗歌中时时灵光乍现地闪过智性的光芒，让人看到他的灵性突显，陡生敬意。“是时候了，/我须削弱一些覆盖。”“/5月14日上午，/时针和剪刀张开九点的直角/等待我的颔首。”（《碎发》）这种表达带有一点李金发和废名式的想象和缜密，虽然还没有将人生状态放开与诗歌达到相忘于江湖的境界，可是诗歌语言的内在张力已经笼罩住了事件本身带来的气场。二是语言的力度和场强把握较好。吴少东的语言感觉是精准的，他对待语言的态度是节制的，而不是放纵的，甚至对语言的执着追求有点近乎偏执，这些从他的诗歌语言里都能明显感受到。

诗歌语言是个有意思的话题，一个人谈论诗歌时不免会说些假话，可是一旦写诗，一句假话都写不出来，因为诗歌语言的强度和力度反映了人的性格气质，这或许是诗歌自身的内在规律决定的吧。“在海上/我曾见过雨暴中盘飞的鸥鸟/一圈又一圈，收紧绞索/坠沉，拍打每一个方向/此时，介入风雨的桅杆/是仁慈的”。（《桅杆》）纯熟的诗歌爱好者会发现这种诗歌叙事对于语言内在的力度把握较好，让力道沉潜在物象之下，让气场凝聚在丹田核心，显示出吴少东长期以来的语言修辞功力。三是语言的多元延展性。“游泳池的水刚换过/那种蓝色很淡很凉/仰泳时我发现/未经涂抹的天空/很滑润/一块没有折痕的皮肤/单薄的风吹不起/潮湿的头发”（《游泳池》）。这首诗的语言现在乍一看很旧，甚至还有点港台诗歌的甜腻老派的味道，细细品读后发现，这首诗里竟然有几种语言风格的痕迹掺杂其中。这种语言很简单，很直接，带有古典诗歌的某种欲说还休在里面；这种意象组合的方式有些特别，和美国意象派诗人的意象叠加手法暗合；这种色彩的表达很朦胧，有些现代，有些生活化，有些小资情调，这也和吴少东既刻板又丰富的生活有关吧。

人生难免有些矛盾，对于吴少东来说，语言的选择是痛苦的，有时候面对诗歌语言就像规划子女的人生方向，过于追求个人理想难免有点不够现实，可是就像《老人与海》中的桑提亚戈说的那样，人不是生来就要被打败。哪有甘于承认失败的诗人啊，吴少东对诗歌语言的选择是坚守自我，面对当下与未来。吴少东的诗歌里面有80年代以来对诗歌语言纯净的追求，吴少东的语言在纯净中还不时显示出现代诗歌语言在智性和力度上的亮色，这或许是吴少东对于诗歌语言的一个探索成果与当代诗歌的贡献吧。

（原文收录于吴少东诗集《立夏书》，湖南文化音像出版社，2015年出版）

安徽诗歌：中国现代诗歌的重要力量

如果说中国现代诗歌发端于安徽，很多人可能会感到很诧异。可是，如果考虑到陈独秀和胡适都是安徽人，这句话似乎也有点道理。安徽对现代诗歌的真正贡献还是从20世纪80年代开始，自80年代以来，安徽诗歌一直都是现代诗坛的一支重要力量。如果从诗歌的地域性来看，安徽诗歌无论是从诗人群体的规模和影响，还是从诗歌创作的质量和数量上都可以占据中国现代诗歌的前沿位置。诗人海子作为当时安徽诗歌，乃至中国现代诗歌的一个标志性人物，给中国现代诗歌留下了不可磨灭的印记。20世纪80年代末到90年代初，安徽诗歌走向一个空前繁荣的时期，当时的《诗歌报》也成为中国现代诗歌的一面旗帜，和《诗歌报》理念相应和，先锋性、探索性、青年性一直是安徽诗歌的主色调，同时，安徽诗人的作品也不约而同地奏出那个时代的最强音。安徽诗歌从20世纪八九十年代以来，这股执着进取的强劲势头一直没有消失，只是在不同时期表现出不同的发展状态。

可能是由于安徽文化的复杂性导致了安徽诗歌也具有比较明显的地方色彩，从整体上看，安徽诗歌大多比较前卫、激进，可是，在这个整体特征的背后，却可以发现安徽诗歌无论从写作风格上，还是从诗歌追求上，各个地区存在很大的差异性，这也让安徽诗歌自身就演变成了一个异彩纷呈的“小世界”。安徽文化可以划分为新安文化、淮河文化、皖江文化，和其他省份相比，安徽文化本身就要复杂得多。安徽现代诗歌从地理位置和文化传承上来说，确实也存在着明显的南北差异和多元性。如果说安徽诗歌兼具南北之长，或者说安徽诗坛本身就是一个浓缩版的中国诗坛似乎也能成立。南方诗歌的灵秀和北方诗歌的厚重在安徽诗人身上都体现得很分明，也很充分。也许是常年处于这种多元文化的融合与冲突之中，安徽诗歌显得比较成熟而深刻。目前，合肥、安庆、芜湖、马鞍山、徽州、宿州、淮北等地都出现了大的诗人群落，其他地区也不同程度地出现众多诗人群体。

安徽诗坛一向都能走在时代前沿，早在90年代，安徽诗歌就曾引领风骚，就算现在翻开早期的国内著名诗歌刊物，还能看到安徽诗人那种执着创新的姿态。这种精神延续至今，历次诗歌创新行动都有安徽诗人的身影。如果非要用简单的一句话来概括安徽诗歌的话，借用柏拉图的“美是难的”这个说法来形容安徽诗歌的写作高度也未尝不可。安徽诗歌总体特征用一句话来描述，走的是有难度的写作路径，不管是对古典化用，还是对现代西方诗歌的借鉴，或者是先锋诗歌的探索实验，安徽诗人始终都走在前列。目前，在安徽诗坛众多的诗人中，有从20世纪八九十年代一直坚持至今具有广泛影响的实力诗人，比如余怒、杨键、陈先发、祝凤鸣、北魏、沈天鸿等，也有近些年曾引领一时风骚的优秀诗人比如皮蛋、魔头贝贝等，更为可喜的是，以宿州八零和李成恩、安庆憩园、六安陈巨飞等为代表的“80后”诗人也逐渐走向成熟，这标志着安徽诗歌的未来不可限量。

安徽诗坛拥有数量庞大的高水准诗歌写作队伍，还需要进一步加强交流、形成合力，扩大对外影响力。安徽诗坛不仅有很多优秀诗人，而且还拥有全国颇具影响的诗歌刊物《诗歌月刊》和一些著名的诗歌论坛，“若缺诗社”和“不解诗歌论坛”都曾对中国诗坛作出过重要贡献，“抵达”作为重要的民间诗歌团体影响深远。“中国诗歌流派网”于两年前落户安徽，必将对安徽诗歌发展起到推动作用。事实上，安徽还有众多的民间诗人和民间诗歌在蓄势待发，民间诗刊《玄鸟》和“新乐府诗歌论坛”都是很具个性和实力的诗歌阵地，相信安徽作为一个诗歌大省的地位会不断地得到诗歌界的认可。

（原文发表于2013年3月6日《江南时报》“中国诗歌地理安徽篇”）

韩东诗歌的智性特征

韩东的诗歌有一种迷人的智慧，他喜欢跑到生活的背面，伸出脑袋看上一眼："呀，原来不过如此。"韩东是一个很善于思考的人，在20世纪80年代，韩东和于坚都曾说过至今仍令人深思的话。于坚说要像上帝一样思考，像市民一样生活，韩东则说诗歌到语言为止。今天回过头来看，他俩也不过是说说而已，于坚一直都没有像个思考的上帝，反而在语言的泥潭里面越陷越深，实践了韩东的诗歌到语言为止的"魔咒"。韩东也没有实现语言上的超越，反而在智性诗歌道路上一路狂奔，像于坚说的像上帝一样思考不止。韩东对于诗歌的专注度很高，经历了80年代的语言和形式上的各种实验之后，近年来，他的诗歌呈现出本真性的表达。韩东的诗歌和实验诗歌时期的很多诗人一样，也有过语言炫技和观念结晶的阶段，但是韩东一贯坚持的冷静客观和保持警醒的状态从未失去。从他以往的一些诗歌里能够看到，在一路追逐的路上韩东付出很多思考和努力。在这里有必要提一下韩东写小说的经历，有段时间韩东致力于小说创作，他曾推出一批带有沉潜气质的小说作品，在小说界也取得一定的影响。可是韩东的小说总是给人一种"西化"的感觉，总觉得和中国传统文化之间少了一些血脉上的关联。如果用现代性的眼光来看韩东的作品，他可以说不会输给文坛的任何一位作家。韩东缺的不是曲高和寡、阳春白雪的同谋读者，而是思虑过重带来的沉重感。一个中国作家用西方的现代手法进行创作这无可厚非，可是，中国作家的自我救赎无法通过西方的女性崇拜、宗教情怀和行为艺术得到解脱。韩东要想实现自我救赎，等待他的是更为艰险的中国式的现代性挑战。有一个鲜明的事实无需隐藏，韩东和大多数中国先锋诗人一样走上学习西方现代诗歌之路，这是一条通往现代性的捷径，也是一条注定孤独的漫长旅行。由于中西方文化的差异性，越是在巴别塔的高处，越是能够感到挣脱文化母体的难度。好在韩东是一个感觉器官敏锐之人，他的多思和敏感帮助他无师自通地接上了现实生活和理想国之间的天地线。韩东的诗歌虽然深刻，却不难读，尽管有时观念上模糊，可是体验却很深刻，他总是能在危机之时，恰当地把握住各种要素之间的关系，他脚下的那根钢丝总是能及时地托住他的身体。韩东的困惑代表了“以西释中”这一代作家的普遍症候，包括莫言在内的大部分作家在语言上无法摆脱西方文学的阴影，同时也无法抗拒中国古典文学语言的诱惑。现代诗歌在走过百年的历程之后，回首看去，在语言上还没有完成现代诗歌语言独立的身份确认。韩东的诗歌和他的小说有一个共同的特点，就是在灵肉冲突上表现十分充分，这让他的作品现代意味更为深厚。可是，现代诗歌不是为了构建意义的世界，现代诗歌的长处恰好就在于将无意义的世界呈现给你看，让你明白世界不过如此。幸好韩东是冷静的，他明白要想走出西方文学灵肉分离的魔咒，直接用禅宗的“乾坤大挪移”就可以了，在这一点上，韩东比大多数的诗人要聪明太多。在韩东的诗歌里，我们看到的中国文化传统是梦幻式的，这当然也是一种宝贵的情怀。韩东有一种近似于孩子似的纯净气质，这是一个作家最为宝贵的财富。不管是成功还是失败，写作注定是一条人迹鲜至的荆棘之路，一旦陷入名利或者急躁冒进的误区，很难挣脱出来。韩东是幸运的，他一直保持着单纯质朴的文风。诗友在闲聊中曾和我说起韩东，说他有些“欧化”，我觉得他的“欧化”里面有着中国更为古老深邃的寻根问道的执着。

韩东诗歌中有几个特征契合了80年代寻根文学的特质。一是注重心性修炼的过程；二是将感官和知性相结合；三是善于化解矛盾冲突，最后走向诗意的迷离。韩东身上多多少少有些名士风流的飘逸，他的确是不平凡的一个诗人，他的个性特征和观察视角十分独特，往往见人所未见，或者是将生活中易被忽略的细节灵敏地捕捉到。韩东身上体现出了现代诗歌难能可贵的细腻和多思。韩东不是纯粹的口语诗人，这当然是一个遗憾。他的语感和体验十分跳脱，他的常年读书经历和多思的习惯妨碍了他的语言解放，说到底，他还是一个文人。他是一个常被误解的诗人，他的现代性不是体现在学识，甚至不是他的思考，更不是因为他独特的猎奇趣味。他的身上有着罕见的冷静和判断力，在不经意间击中痛点。韩东的诗歌有一种“惊异”，好像不经意间有个人在你耳边忽然说上一句“醒醒吧”。这种措手不及的游击战术，韩东操练得游刃有余。韩东在诗坛是个魔鬼般的存在，他的诗歌带有很强的魔性气质。他几乎从来不去选取诗意化的场景，也不去触碰博大的主题，他的诗歌也鲜见振聋发聩的句子，甚至可以说，韩东的诗歌里没有漂亮的句子。韩东是深谙诗歌语言靠的是整体作战的道理，再好的句子也抵不过诗篇的整体力量。把韩东比作魔术师也不为过，可是这样说又会误导了读者，韩东要像平民一样的生活。韩东对诗坛的贡献主要还是在生活的挖掘上，近些年诗坛流行复古，一群遗老遗少唱着唐宋明清的前朝曲，谱写着唯美的宏伟诗篇。韩东诗歌的“真”直逼古典主义的“虚”。迷恋过去是一种病，古典主义或者新古典主义者不管玩什么花样，关键时候还是要露怯，就像韩东在诗里写的那样。

（原文发表于《诗歌月刊》2017年第12期）

心理探索型诗歌的内在结构解析

诗歌研究历来没有小说研究那么注重结构，毕竟小说的情节发展需要结构来支撑，诗歌是想象的产物，似乎不用那么专注于结构，可是心理描写类的诗歌如何展开想象却是个大问题。

罗亮诗歌无意于意象本身，而是注重以意象激发动力而产生带入感的经营。因此，罗亮的诗歌密室不是有一扇暗藏的门，而是有无数条通往出口的道路，只要你有耐心沿着路标走下去，似乎每条道路都是通往出口。

解读罗亮的诗歌秘诀在于探索精神元素波动的隐秘过程，比如诗歌《此在》中大量的运用过程化的时空转换，“现在陷在淤泥里；盛开出小小的但洁白的荷花”这一句是承上启下的关节点，从这一句出发，前面的铺垫找到了支点，过程得以延续，从梦想走入现实。这首诗的叙述过程包含了大量的梦境书写元素，各种感知混杂其中，从味觉到触觉，不断揭开表象之下的盖子。这种写法并非罗亮独创，张枣的很多诗歌中也有类似的精神元素，可是罗亮的诗歌表达不够精准，张枣更加细腻，更加善于在细节中找到那张恰如其分的蛛网，并弹奏出准确的节拍。

欣赏罗亮的诗歌要保持一定的身体美学冲动，罗亮结构文本的手法是双手互搏的二元对立，他的诗歌中充斥着形而上和形而下两种气质的冲突，以及二者纠结盘旋产生的力的美，即虚幻身体内在生命节律的舞动。在罗亮超现实的外衣之下，是一颗敏感的舞蹈之心。在短诗《传话者》中，他写道：“我几乎就是他们之间直接对话的那堵墙壁”，身体幻化为墙壁，传话这个表演成了一出身体冲动的舞蹈演出。这让我想起台湾诗人商禽在《长颈鹿》中写道：“那个年轻的狱卒发觉囚犯们每次体格检查时长的逐月增加都是在脖子之后。”这两首诗在具象化和肉身化写作上走到了一起，只是罗亮注重的是深不可测的情景刻画，而商禽却是在表现最热烈的生命律动。从这一点上说，罗亮的密室写作缺少一些气息变化带来的冲击力。这个气息就是心理探索型诗歌的内在节奏韵律，可以看出诗人正在寻找这个心灵历险深层结构发出的声音。

罗亮的诗歌在深层精神状态呈现和具足的肉身之舞两个方面进行了深入的探索，取得了明显的诗性效果，只是在语言的敏感性以及由气息变化而形成的力度上还需要加强。《8月31日》这首诗在深层审美空间拓展上本有一些新意，从眼前之景写起，笔锋引入云端和远古，可是语言上暴露出古典诗歌的语言依赖症，同时在诗歌气息上时有阻滞。“我精致如瓷，脆弱如瓦罐”两句将上半段苦心经营的气力卸去，也给下半段诗意的展开埋下隐患。事实上，从“正如，说到中药，我就想到封建社会”这句已经开始向传统诗歌语言示弱，惯性化的新古典主义诗歌语言将诗歌的力度弱化。这首诗的空间深度和敏锐性不必多说，有经验的诗人和阅读者都能从中感受到细若游丝的冒险意味，可是诗歌的内在结构较为脆弱，结构的方法也缺乏新意。诗风偏软的主要原因在于诗人对传统的偏执和保守，以及由20世纪80年代以来形成的新古典主义精致诗风的影响，语言本不是心理探索型诗歌的主要问题，可是当诗歌结构和气息不能合拍，难免会削弱诗歌的表达效果。心理探索型诗歌的优势在于准确和震撼，而惯性化诗歌语言却遮蔽了那股突破不可承受的数量和力量而带来的崇高感和冲击力。

可以看出，罗亮在不断平衡心理写作的突兀感与新古典主义唯美诗风的关系，可是诗歌的表达要服从于内在结构的需要，对于现代诗歌来说，失去创新就失去一切，现代诗歌不断拆解并突破窠臼的方法本身就是对传统的最有效的继承和最高的致敬。

（原文发表于《诗歌月刊》2019年第1期）

曹大臣[1]诗歌的日常语言与现象世界

曹大臣是一个有着强烈问题意识的诗人，他善于敏锐地抓住隐藏在墙角和飘浮在空气中转瞬即逝的尘埃。诗歌本身并非要揭示什么，甚至也不是刻意去呈现什么。尽管诗歌的指向性也会带有些许荒谬感，可是诗歌发展却不会把我们带向设定好的那个场景。简而言之，诗歌从细节走向现象，又将现象还原为意念。

回顾曹大臣的诗歌写作之路，可以发现，他曾经历了漫长而又深刻的寻觅和嬗变。他的诗歌写作经历过狂飙突进的20世纪八九十年代，在当时意气勃发的诗风之下，可以发现他的诗歌写作在当时诗坛流行的叙事方法之外蕴藏着高超的智性元素。进入新世纪以后，他的诗歌写作似乎沉寂了一段时间，这段时间他一方面潜心于历史研究，另一方面，他走上了更为深邃的诗歌回归之路。

因为曹大臣诗歌中那一丝出人意料的荒诞气息，很容易让很多人简单地把他定义为带有存在主义风格的诗人。虽然他对生活的深度思考往往会带来意想不到的存在主义效果，而他却并不是一个存在主义诗人。他的诗歌总体上是热情、明亮、爽朗的，他不是用颠覆式的语言和思路去看待事物，而是运用意识将现象推向前台，造成意料不到的戏剧化效果。他沉迷于对事物和现象的内部结构的探析，他像一个执着的矿工，手持铁镐，挖掘藏在现象背后的秘密。

曹大臣的诗歌节奏韵律较为和缓，诗歌的内在节奏追求类似于河水的流动感。河流也是他喜欢的题材，在他的笔下，家人、乡村以及过往的那些体验经常幻化为河流的形象。曹大臣诗歌里有一种别样的声音，因为他的内敛和严谨，这种声音并不是以黄钟大吕式的洪亮声音出现，他的调式总体来说

---

①曹大臣，1964年5月生。现为南京大学历史学院教授、博士生导师，南京大学边政研究所所长，南京大学中共党史资料馆馆长。主要研究方向：中日关系研究、日本研究、中共党史研究等。在《诗歌月刊》《扬子江诗刊》《福建文学》等刊物发表诗作。

是平稳舒缓的，偶尔会表现出较为细微的浅吟低唱。

曹大臣诗歌的力度并不是完全从语言层面显现，而是追求现象背后的刹那顿悟，司空见惯的生活场景，一个动作、一个画面，甚至是一句话就像燧石受到触动，发出耀眼的光亮。曹大臣诗歌从表达上来说，语言的密度较大，他不喜欢那种大开大合式的穿越，他的语言善于聚焦于某一点，将事物和现象的某一种特征或者性质通过还原法萃取出来。采用聚焦的方法写作需要更大的心力，现代诗歌史上有一些诗人也是运用聚焦法写作，比如闻一多和穆旦的笔法也较为密集，这种写法大多会发生在多思的诗人身上。

曹大臣的诗歌家园里也有他的乡村生活，他少年时期的乡村记忆成了诗歌的重要题材，长大成人之后的历史研究让他的写作越发沉稳、安静。早年的乡村生活与长期的历史研究奠定了曹大臣诗歌坚实的基础，加上他的勤奋、多思和敏锐，造就了他今天简洁硬朗的诗风。

曹大臣的诗歌写作带有胡塞尔说的“意向还原”的特征，他不对事物进行描摹和叙事，而是从细节出发，还原出关于物象最初的意念。这样的写作方式可能与当下流行的抒情叙事手法有些差异，在技法上也几乎乏善可陈。他的诗歌句式让人惊艳，质地坚硬，不蔓不枝，在保留语言诗性冲动的同时又有效抑制了语句野蛮生长的生殖力。

他躺在病床上，说/冬天来后，把我的诗/一句一句/烧掉/说完，他举起拳头/仿佛举起一个誓言/然后又张开五指/仿佛举起一团火焰。

——《火焰》

这首短诗简洁、直率，似乎带着些许孩子式的天真，可是诗歌一直处在蓄势待发的状态，形成强大的内在张力。如果非要从技法上来说曹大臣的诗歌，那股句断意连的余味是特有的个人标志。这并非情绪波动和事件发展带来的情绪和感官的冲击，而是思维反向运动之后带来的意念力量。曹大臣常说：“诗歌，需要一团火焰。”正因为此刻处在诗歌低潮的反常时代，理想主义和责任感越发重要。这个时代需要伟大的心灵，物欲越是发达，心灵的归宿越是重要。曹大臣对于时代的认识是独特的，他从不气馁，他的诗歌创作秉承了“挺住意味着一切”的传统，他认为诗人应该勇于承担时代的责任，因为伟大的时代需要伟大的心灵。

曹大臣的每一首诗歌看上去都是一气呵成的，机智锋利，写作手法类似当下的口语诗歌，认真品味就会发现，诗歌的内在节奏是缓慢的、安静的，需要你不断地停下来追问和思考才会有所发现。

> 雪落到手上，没了/雪落到脸上，没了/雪落到头发上，没了/雪落到衣服上，没了/那人在路上走着/很长一段时间才变白/我想，他怀里一定/揣着什么/他突然停下来/上下拍打身体/把自己变黑
>
> ——《大雪》

这首诗每一处都很随意，似乎只是在写雪，下雪是自然而然的事情，每片雪花都会落到应到之处，可是一旦落到那个人的身上，雪就不仅仅是没了，他会把那个人变白，还会让那个人由白变黑。这首诗的前半段极富禅意，片片好雪，各得其所，后半段忽起波澜，一个人雪中行路，由黑变白，又由白变黑，写作视角发生变化，用旁观者的猜测和推理把对象神秘化、陌生化，诗歌的可能性大大拓展。这首诗用极为冷静的笔调把一个本身不能称之为事件的细节演化为具有无限可能的意念。最为可贵的是，诗本身没有采用抒情或者叙事的方式对写作对象的形貌或者写作者的内心世界进行描写，而是让镜头回归到高度简化的写意状态。这本是中国古典美学惯用的手法，场景在一刹那就像在水银灯下曝光，一念之间，世界在面前打开。说到这里，这只是在简单地讨论这首诗歌的古典诗歌意境，我真正想说的并非如此，诗人的念头没有停留在意境的凝练，而是将这个长镜头分解为一个个的片段，采用现代诗歌拼贴的手法，将意念不断简化，让场景转化为过程中的一环，不断出发又不断回到原点，才能有所收获。现代诗歌就像是一次犯罪现场的侦破，从蛛丝马迹中寻觅线索，又要从有限的视角中不断延伸出去，通过碎片拼贴出完整的画面。

曹大臣的诗歌追求陌生化效果，这种陌生化不是对于现实的疏离和语言的变化，而是强调智性思考带来的惊异感。从美学的角度来说，审美主体对于对象的惊异感是审美的起点，曹大臣保持了对于事物最初的兴趣和好奇，这是一个优秀诗人的基本素质，对世界失去兴趣意味着诗歌的失败。曹大臣的诗歌善于将那个最初的意念抓住，并通过细节还原实现意念的还原。曹大臣诗歌的意念赋予现象世界以意义，平淡无奇的世界充斥着形形色色的现象，通过对现象的把握，追寻隐藏在事物下面的意义，这也充分地体现在曹大臣诗歌之中。

两只乌鸦在打架/眼睛都红了/羽翅翻飞，从空中打到地上/从一棵树打到/另一棵树/打了一会儿/又结伴飞走了/两个人看后，相对无言/一个人看后，目瞪口呆

——《两只乌鸦》

从现象学的角度来看诗中的这个场景，如果你不留意，这个现象就只能停留在一般的日常生活无意义的场景上，可是一旦你抓住这个场景并将之还原为认识世界，追寻关于乌鸦、打架这些现象背后的意义世界，那么正如胡塞尔说的那样，现象世界就变成意义世界。诗人是立法者，这是自浪漫主义时期就树立的观念，而随着后期象征主义的兴起，现象世界的法则隐藏在事物的背后，需要诗人去挖掘才能显现。曹大臣的诗歌早已超越了象征主义的写法，他的诗歌给事物立法、命名的基础已经不再是固定的意义世界，而是随物赋形，运用诗歌的热情和敏感去面对这个复杂的世界。

他连续不断地敲门/所用力气不亚于在敲一面大鼓/这一举动表明，有人蒙在鼓里/而他非要进去不可

——《敲门》

这首诗似乎已经达到极简的境地，将这个司空见惯的场景用最直接的方式进行叙述，这正是曹大臣诗歌的特点，重意不重象，诗歌重在意义世界的展开，日常语言通过仪式化的叙述，赋予现象特有的意义，正如曹大臣所说，日常语言不再日常，现象世界意义非凡。

曾有一个朋友问我，曹大臣的诗歌这么简单，到底是什么打动你的？我知道他问这话的意思，他并不是想让我解读诗歌本身，而是想解开曹大臣作为一个诗人的内心世界的密码。这正是我想说的，作为诗人的曹大臣和作为学者的曹大臣之间有着非常微妙的关系。曹大臣看上去是一个简单的人，总是乐呵呵的，像一个乐天派，话也不多。他做学术的严谨态度和他写诗很像，追问不止的研究习惯也体现在他的诗歌写作之中，现代诗歌写作最怕的就是浮躁，停留在语言表面，停留在感觉的表面，停留在意象的表面，这些都是现代诗歌最大的障碍，不能深入地写作让现代诗歌失去了难度的同时也失去了高度。

另一方面，现代诗歌又不能执着于难度和深度而显得过于黏滞和艰涩。里尔克曾说过，诗歌是一种经验，这种经验来自生活本身，诗人的所思所想和生活碰撞之后，压榨出新鲜的果汁。如果把现代诗歌比作一道菜，也需要色香味俱佳才能很好地欣赏他，可是如果这道菜吃起来很好，却毫无营养，对身体没有任何帮助，那不管是多好吃的菜也会失去意义。曹大臣的诗歌一直走在对意义的追问之路，他的诗歌不断在和意义角力。从这个意义上说，诗人是一个角斗士，通过对意义的追问实现与世界的争斗与和解。

曹大臣的诗歌在情绪的把握上追求一种深海微澜的情感凝练，力求用很小的情绪撬动内心深处的波澜，达到四两拨千斤的艺术效果。乡村生活是曹大臣喜爱的题材，他可能是当今诗坛少有的专注于写乡村生活的诗人。

麦秸草帽/唱片一样挂在西墙上/好家伙，他说，这年头/简直乱弹琴。

——《草帽》

曹大臣一直十分推崇美国诗人佛罗斯特，他的单纯直接和田园抒写对曹大臣的诗歌创作产生重要影响。和佛罗斯特类似的是，曹大臣的诗歌写作将智性思考灌注到日常生活场景之中，赋予日常生活以意义。佛罗斯特的笔下有无数的发人深省的乡村场景，这种写作需要极大的热情和极高的心智。

诗歌写作本身就带有一定的荒谬性，就像加缪笔下的希绪福斯推着永不止歇的石头奔走在命运的斜坡上。诗人的形象也是如此，在和自身不断的争斗中与世界对话与和解。每个诗人写诗都有一个来自内心深处的追问，曹大臣的早年自由自在的乡村生活和经年累月的历史研究形成他对于世界浓厚的好奇心，强烈的探索热情和仰观俯察天地万物的学术视野，而这些正是促成他写诗的最好理由。因此，写一首好诗本身可能并不是最重要的，如何激发写一首好诗的冲动才是最重要的。我始终相信，作为学者的曹大臣和作为诗人的曹大臣之间在内心深处是有矛盾冲突的，就像莎士比亚在《暴风雨》中所说："凡是过去，皆为序曲。"历史研究和诗歌写作的共性和差别可能只有作为诗人的历史学家自身才能真正体会。诗歌写作犹如游子归家，一次次的离家出走都会成为返家的序曲，循着过去的路标，踏上回归之路，历史和诗歌皆是如此。

（原文发表于《诗歌月刊》2019年第6期）

一个青年诗人的“二元”诗歌世界

——读八零诗集《忧伤的南瓜》

八零是他的笔名，原名杨飞，安徽省宿州市九中的中学语文教师。他的诗集《忧伤的南瓜》近日由河南文艺出版社出版发行了。诗集看上去也就巴掌大小，但这并不影响我对作品的欣赏。八零的诗歌我不陌生，早在2006年我第一次读到他的诗歌时，就感觉到一柄利器将会在诗坛出现。果然，在后来的几年里，他的诗笔先是化身挖掘机，后又蜕变为推土机，以不可遏制之势突飞猛进。近几年里，作者身上兼容并蓄的“魔兽”气质和矛盾冲突的性格特征逐渐磨砺成为诗歌的力量。

八零的大部分诗作都是从身边生活中来，所观所感，所思所想，乃至由文学作品或者外界各种信息刺激，兴之所至，感从中来。可是，八零的诗歌却并非属于简单的感悟类型，他的诗歌在不同寻常的表达方式和情绪之外的内心状态上有超出我们理解之外的一个潜在的世界。八零诗歌有浓郁的情绪色彩。可是他却不执着于抒情，而是化情绪于叙事之中；事实上，八零也不痴迷于叙事，而是在叙事之外有所寄托；在意义层面上，往往言在此却意在彼，他很少点破，就算淡淡着笔，也是戛然而止。这样的诗歌不仅需要控制，更需要在控制中释放能量，幸好他做到了。更为难能可贵的是，他还能将诗歌指向一个不太确定的意义之外的诗意世界。

我常说，八零诗歌有一个“假想敌”，他喜欢把自己放得很低、很“弱小”（这似乎与他的性格或者说人生态度有关），因此，八零的诗歌和世界的关系有所抵牾，有“不和谐”的因素；八零的诗歌始终对着一个看不见的世界发力，只有在那个世界里，他才会像个孩子一样自由歌唱。另一方面，从技艺上说，八零的诗歌最近几年也开始在紧张里寻求放松，在不安里找平衡，从现实生活里找理想世界。这在他的诗歌里可以很清楚地读出来，以集子里的一首诗歌为例。

我的外婆多么悲伤为她种下的那些南瓜。
“长得太高，爬过了墙头，
秧子拖得那么长……”
她开始抹眼，她想哭。
“一下子结那么多，而我那么老，跟不上
这可叫我如何是好……”
哦，她是为了她那长疯了的南瓜
而我们都不愿带一只回家
满院子挂得到处是
那些忧伤的开始腐烂的老南瓜
我的外婆围着它们转了一圈又一圈
她太老太矮啦一个也摘不下来
怎么办，怎么办？
我们都不愿带一只回家
她想哭，但是她没有眼泪
我们都很着急，多急呀我们跟在她的空屁股后转圈
多绝望呀我们在我们之外
还有一个更大的圈儿，挂着无数颗不说话
毫无主意的大南瓜……

——《忧伤的南瓜》

情绪浓烈，叙事精彩，可是在此之外，他藏而不露的那个世界也不时闪现出来。“在我们之外，还有一个更大的圈儿，挂着无数只不说话，毫无主意的大南瓜”，此处“那个世界”一晃而过，八零没有再多说什么，可是“二元世界”的对立冲突或者妥协平衡却是真切地体现出来。

事实上，八零的很多诗歌都有一个隐藏的二元世界的对立统一，通读他全部作品，八零亦庄亦谐地把二元世界玩弄于掌中。我把他的诗歌比作变魔术，他会将那个世界巧妙地透出一点端倪，又迅速藏进袖中，在适当时机，还会猛然现身，当你目瞪口呆之时，一切又变回原样。这也许就是他的超人之处，或者说，乃是书写的能耐、创作的魅力。

（原文发表于2012年11月8日《皖北晨刊》）

谭明诗集《光芒与蝶》的纯粹性

关于诗歌纯粹性的论述是一个经久不息的话题，在世界诗歌史上有几种具有代表性的纯粹诗歌理论，著名的法国“纯诗”理论以智性和精致为标志，德国以荷尔德林为代表的纯粹抒情诗歌后经海德格尔的发挥大兴于世，还有中国传统诗歌中对于诗歌纯粹性的追求。法国的纯诗主要是以瓦雷里和马拉梅为代表，强调诗歌在智性和形式上的完美。荷尔德林诗歌的纯粹抒情带有浓郁的宗教情结和回归意识，海德格尔把这种扫除事物原初“美的蔽障”的诗歌思路发展成存在主义“诗与思”的理论。中国传统诗歌在天人合一思想的作用下，讲究虚实相生、情景交融，追求诗歌以少胜多、大音希声的纯粹境界。

谭明的诗歌大体是属于纯诗这一流派，他的写作理念和思路秉承诗歌本身对纯粹性的要求，自觉地将诗歌纯化、净化，最终实现诗人的诗歌理想。诗歌经过现代和后现代的冲击，似乎在今天说诗的纯粹性不是一个摩登的话题。可是，就像阿什伯利说的“诗就应该是一首诗”，诗歌本身的内在规定性必定会让诗歌有回归自身的趋向。就像谭明在诗集的扉页上写的“为诗歌保留一份干干净净的心情”[①]，他的创作理念中的“干净”就是对诗歌纯粹性一个很好的注脚。读谭明诗集恍如秉烛夜游，自有一种涤荡情怀的快意，他的诗歌无论从句式的选择、语言的节奏、意境的凝练、情感的表达都让人不时感受到诗人是将自己对生活的感悟性灵化、空灵化的结果。谭明的诗歌写作看似简单，其实包容很广，对东西方诗歌传统都有一定的借鉴和化用，可以看出诗人在诗歌道路上也经历了一番争斗和柳暗花明的曲折，条条大路通罗马，只有经过无数的艰辛和顿悟，最终才能到达理想彼岸。这里要特别注意的是，一个诗人要选择的是“大路”，方能成就正果，谭明走的纯粹抒

①谭明：《光芒与蝶》，重庆出版社，2007年。

情的路子无疑是无数条大路中的一条。

要说谭明的诗歌创作受了哪种纯诗理念的影响，笔者认为，谭明诗歌既借鉴了中国传统诗歌的创作方法，同时又接受了各种西方纯粹诗歌理念的影响，是多种诗歌流派和理论共同起作用的结果。

谭明在他的随笔中写道："我穿行于唯美主义、自然主义、象征主义、未来主义和超现实主义的种种试验和背叛中。闪电曲折，雷声成型，我最终落足于现实主义的坚实泥土"。谭明诗歌是经历过各种诗歌流派的锻炼和洗礼，最后选择了看似最为单纯，却最为本质的现实主义，这种由简单到繁复再由繁复到简单的过程是很多诗人创作道路的真实历程。谭明说："我认为诗要纯，诗要像玉一样不含杂质或少含杂质。纯粹的诗是炉火纯青的诗，是圣洁的诗。他的内蕴和面貌都将是高尚而不污渍和卑劣。不管是观念和技艺，诗都应该是干干净净。"

这个关于纯粹诗歌的论述是谭明长期诗歌实践的总结，同时也是谭明在对中外诗歌理论长期考察之后得出的具有个性特色的创作思想。还是从诗歌本身来考察谭明的纯粹诗歌艺术吧，让诗歌自己说话远比任何诗歌理论要有力得多。

一、个性化语言

谭明在他的随笔《随笔：诗想中的金蔷薇》中写道："语言越有个性，诗歌越有光焰"，"诗人就是人的文字，是从语言的转变中获得自由的文字。"只有将诗歌看成生命一部分的人才能把语言化作自己的血肉，融入个人生活。谭明诗歌追求的就是这种诗与人的自然和谐，在和语言的较量中取得诗歌艺术平衡协调的发展。"我是你心灵的矿工，日夜开采你/深处的玉石。我暂时忽略了钻石和黄金/我只想采到你骨缝中/最好最美的玉。那是你温曼滋润的品质/那是你纯洁无瑕的爱意/仅仅一块，就够我照耀污垢/并除去污垢。仅仅一块/就够我一生享用"（《我是你心灵的矿工》）谭明的写作还是将语言放在一个显著的位置上，那就是擦亮语言的光芒，力图让语言的魔力和神性释放出来。谭明的诗歌给人的第一印象就是下手极"狠"，每一个字，每一个词语都强调质感和情绪的最大化。即使是谭明那些最为温润、亲切的诗歌也是如此，他总是把个人情绪和对生活的理解酣畅淋漓地用极富个人感性的语言歌唱出来。谭明是把个人形象直接灌输到诗歌中的真性情诗人，在诗歌里他从不藏着掖着什么，在诗歌里他把自己打造成一个通体透明的“人的文字”。也许，谭明是要实现着他的一个诗歌梦想，人通过纯化后可以变成诗的文字，同时诗歌被赋予了人的灵气也更加纯粹。“一匹母马，像灯一样行走/像水一样抖颤。在宽阔的梦中/我嗅到诞生的气息/一匹母马在行走，她低垂的眼睑/映得大地生辉”。谭明曾经说过：“语言是诗歌表达的黄金”，由此观其诗，它总是简洁利落而又尖锐深刻，一句话，一个字就一下子把你抓住，就像一个美国小说家说的“艺术就是生活的省略”，把生活的杂质尽量地过滤掉，由此而具有透明的质感。他的诗歌非常强调语言的艺术性，他总是注意很好地协调词语和句式之间的关系，他把词语巧妙地镶嵌在句子中间，尽量做到词语和句式之间的和谐，即使是一些虚词的使用上也是这样。或许有人觉得谭明的诗歌过于雕琢了，而这正是纯诗的一个基本要求，那就是在诗歌的各要素上都要求精致、完美。当年诗人戈麦曾说过：“诗歌是匠人的艺术”，也许有人不赞同这种说法，可是，对于一个将诗歌视为生命一部分的诗人来说，哪能允许任何一个细节有些微的瑕疵呢？

二、创造性的意象

进入谭明的诗歌就像走入一个多彩意象凝聚成的世界，他对于意象的迷恋和追求跃然纸上。谭明诗歌的意象在表现力和生命力方面和西方早期浪漫主义诗歌有相似之处，特别是早期德国浪漫派和英国的湖畔派诗歌在意象的选择和运用上有一定的共通性。谭明诗歌比较讲究意象的情感宣泄和诗意的凝练，他很喜欢使用蝴蝶、石头、牛羊、湖水、家乡、白云、树林等自然的物象作为情感的附着物，这和早期浪漫派英国的华兹华斯、柯勒律治、雪莱，还有德国的荷尔德林有着共同的审美取向。“你是我曾经安居过的那一朵白菊/五千蝴蝶/没有能够接近/我确实爱过，在你像一团白玉/抱着自己/雕琢花瓣的时候/你如雪地亮着，我是唯一存活的蜜蜂”（《白色的菊花》）谭明的诗歌就是这种带有些许古典的浪漫，也有着现代精神气质的混合物。谭明的诗歌精神力量主要来源于他的诗集中表现的个人审美理想和价值观，在谭明看来，人类和诗歌一样，生命力的源泉都是来自生命本身的，因此，不管时代如何变迁，人类对于真善美和纯真、崇高之物的咏叹是亘古不变的法则。他在这一点上和荷尔德林又走到了一起，荷尔德林歌唱天空和大地，他的诗歌善于表达永恒的主题——家园和光明，他的诗歌纯净、澄澈，充满迷人的浪漫气质。“在阿尔卑斯山上，夜色微明，云/创作着喜悦，遮盖着空荡的山谷。/喜滋滋的山风呼啸奔腾，/一道光线蓦然闪过冷杉林。/那快乐地颤动的混沌在缓缓地逼近和奋争，/它羽毛未丰却有强力，颂扬着山岩下友爱的争执，/在永恒的范围内酝酿，步履蹒跚，/因为清晨更狂放地在山里降临。”（《返乡——致亲人》荷尔德林）海德格尔曾评价过荷尔德林的这段诗，称云创作的喜悦是一种“清明的空旷”，并且“由于朗照使万物澄明，明朗者就允许给每一事物以本质空间，使每一事物按其本性归属于这个本质空间，以便它在那里，在明朗者的光芒中，犹如一道宁静的光，满足于本己的本质。”①

海德格尔说的“清明的空旷”指的是万物敞开、澄明、和谐的状态，诗歌就像那道宁静的光线，事物的本质得以显现。谭明的诗歌也追求这种澄明的效果，他的诗歌耐读，而且适合一个人静静地缓慢地读。谭明的诗歌意象也借鉴了中国古代诗歌对意境的要求，他很讲究将个人体验意象化、意境化，从而形成一种古典的美感效果。“叶缝间的朝阳/如一粒红豆/鸟叫了/青草静静地绿/白色的羊群/把山坡叫斜了/黄色的野花/抱紧了初恋的泪水”（《晨》）谭明的诗歌在意象的选择上注重情感的表达和意境的新奇感，他总是把众人熟知的场景通过精心营造的意境创造出新鲜的诗意。谭明诗歌意象从本身来说并非新奇，经过诗人灌注了个人独特的情感体验之后，新鲜的诗意就奔涌而出了。谭明诗歌对于传统诗歌意象的学习是显而易见的，他不断地从传统的巨大意象资源库中提取那些纯粹而又富有特色的意象来充实他的诗歌，他对传统意象在运用过程中注重加工、提炼，使古老的意象具有现代性。

三、抒情的整一性

谭明在他的随笔中写道：“诗人可以抒一己之情，但这一己之情必须是向上的，健康的。这一己之情必须包含时代之心，大众之意。”的确，谭明

①海德格尔：《荷尔德林诗的阐释》，商务印书馆，2000年。

的诗个人抒情色彩非常浓郁，他对亲情、爱情、乡情、自然、理想、梦幻等美好之物倾注了个人理解和诗的意蕴。一个爱诗的人钟情于缪斯，考察个中原因必定是很复杂的，可是，有两个原因是大多数诗人的共同特点。一是对于韵律和节奏的迷恋，这种韵律与节奏不需要音符来演奏，在生活中这些节奏韵律无处不在，渗透到个人的血液中去，一旦受到外界诗意的刺激立刻会迸发出强大的抒情力量，古人称之为“兴会”。还有一种是，有人天赋异禀，是曹雪芹说的“情痴情种”，或者因为个人经历造成心中情感郁结，不得不发。谭明诗歌的抒情性大体上也可以归结为这两类，可以说是二者兼而有之。谭明抒情诗的精神指向一直是向上的，他咏唱的那些美好事物是人类共同拥有的精神财富，荷马、萨福对英雄和爱情的崇拜，李白、杜甫对自然和人生的咏叹，雪莱、普希金对纯真爱情的执着，在谭明诗歌中都可以找到他们的痕迹。谭明诗歌抒情的整一性表现为他始终在诗歌史中撷取那些与他个人抒情理想一致的诗歌作为自己的精神食粮，并在自己的诗歌创作中一以贯之地坚持下去。他的诗歌自始至终坚守着内心的一块阵地，他从来不为外界的种种消极因素或不利因素影响，他的抒情诗歌打上了非常鲜明的个人印记。“莲花盛开/母亲站在池塘边微笑/我用莲的清香丈量纯洁/寸寸时光/一瓣一瓣地打开”（《母亲与莲》）谭明擅长将生活中的普遍情感个人化，同时他也擅长将个人情感普世化。“豌豆花，你这田野的妹妹/可曾对我说过：三月/你就会从很远很远的地方向我靠近/微风吹拂，豌豆花/你的花冠淡紫淡紫地摇曳/使我想到/双唇上细细的天堂/豌豆花，你的藤蔓除了爱情/还有些什么翠绿的东西。”（《豌豆花》）谭明诗歌的情感立足生活又超越生活本身，他的追求更高，他要开采生活的黄金，他要将个人情感融入更广阔的人世，让每一颗爱诗的心灵都在纯净的诗歌中“保留一份干干净净的心情”。

（原文刊载于《长江师范学院学报》2010年第3期）

物象和心象

——毕赣诗歌电影《路边野餐》的一种解读

毕赣导演的电影《路边野餐》在电影语言形式上是一种新的尝试，尽管这种电影叙事方式早该到来，可是这迟来的惊喜还是给中国影坛带来了一些期许。《路边野餐》是一部贯穿了诗歌思路的电影，因诗而起，又按照诗歌的路径展开。用诗歌的元素拍电影并非罕见，可是像《路边野餐》这样将诗歌和电影融合无间的做法在国内影坛是前所未有的。巴赞在他的《摄影摄像的本体论》中提道："电影再现事物原貌的本性是电影美学的基础。因为一切艺术都是以人的参与为基础的，唯独在摄影中，我们有了不让人介入的特权。"①巴赞对于电影是什么的问题有着独到的见解，他一再强调电影的叙事真实性与感性真实性是对立的，而感性真实性又是来自空间的真实。那么依靠摄影手段展现人物内心世界的电影注定和不依靠任何媒介，不基于任何空间真实的诗歌艺术是截然不同的。《路边野餐》正是这样一部既要用镜头语言来描绘空间真实，同时又不断将内心的图景用诗歌的方式直接呈现的另类文本。

这样就存在一个为这种电影命名的问题，"诗歌电影"似乎是目前能够想到用来描述《路边野餐》较为恰当的一个名词。《路边野餐》不是诗化电影，中国电影史上具有诗歌审美特征的电影数不胜数。浓烈的抒情，挥洒自如的长镜头，这些不过是诗歌化的电影手法，这些电影和诗歌本质无关，不能够称为诗歌电影。至于那些以重大历史事件为题，具有荡气回肠史诗风格的电影也只能是诗化电影而不是诗歌电影，因为诗歌与现实的关系远比这些要复杂得多。

评论界经常使用"诗电影"来命名诗化电影，宫林在《中国电影美术史》中写道："诗电影是指有别于戏剧电影复杂的戏剧矛盾冲突，淡化情

---

①［法］安德烈·巴赞著，崔君衍译：《电影是什么》，中国电影出版社，1987年，第11—12页。

节，在银幕上运用诗的语言、结构、节奏所进行的诗画意境的探索，以表达创作者的思想和情感的影片。”① 这种诗电影实质上是利用了诗歌的某些表现手法营造电影的浓郁抒情特质或者情景交融的意境之美。诗歌电影不是将诗歌作为手段，而是将诗歌作为目的，电影反而成为一种写诗的手段。这里必须要明确的是诗歌的写作目的远比怎样写诗要重要得多，海德格尔引用荷尔德林的诗句“诗人何为”，引发了关于诗歌本质的思考。在海德格尔看来，诗歌的终极目的是将人类从日常生活的不自然状态拉出，走向永恒的澄明之境，而诗歌就承担着这个神圣的使命。因为日常生活中的传统认识论遮蔽了生命和世界的本质，只有诗歌才能把握存在的真理。正如海德格尔所说，艺术的本性是诗，诗的本性却是真理的建立。

诗人里尔克曾说“诗是经验”②，这个“经验”并非情感，也非经历过的事，而是指生命体验，生活中庞杂的情感和体验，只有化为生命感悟才有可能成为诗歌。里尔克还说过：“有何胜利可言？挺住意味着一切。”③ 面对生命的孤独和生活的考验，只有以沉思来面对，诗歌的真谛在于不管贵如王侯，还是贫民布衣，都要在这个世上面对生活的洗礼，达到对生命本身的超越，这才是诗歌的真谛。

一、诗歌和电影的矛盾冲突

“诗歌电影”或许可以称为诗人电影，是用诗人的生命体验和诗性思考来完成的电影。中国电影史上具有诗性特征的电影实在太多，可是真正用诗歌语言来结构电影的，目前为止，《路边野餐》是国内电影人第一次有效的尝试。毕赣作为一个导演，又是一个诗人，这个双重身份导致《路边野餐》将混淆不同艺术门类的边界变成可能。这部电影本身就具有很强的跨界特色，诗歌和电影的双重性质让电影的审美空间和文化内涵大为拓展。

作为一个导演，毕赣十分熟悉当代影坛的叙事方式，21世纪以来自述式电影和纪实类电影的风行说明电影叙事风格正在不断走向人物的内心深处，

---

①宫林：《中国电影美术史》，山东美术出版社，2007年，第158页。
②林克：《里尔克诗选》，长江文艺出版社，2013年，第98页。
③汪正龙：《文学理论研究导引》，南京大学出版社，2006年，第110页。

而且电影叙事也在极力还原世界的本相。电影作为一种商品需要广泛的受众和传媒的支持，如何让电影通过个人化的叙事走向大众是每一个电影人需要思考和经营的。毕赣走了一着险棋，他按照写诗的方式玩了一把，不管结果如何，毕赣做了一件大家一直都想做，却没有做成的事情。

既然是诗歌电影，那就会存在诗歌和电影之间的关系问题，这也是很多看了这部电影的观众最为关注的问题。《路边野餐》在处理电影和诗歌之间关系的时候，还是看得出作者有很多无奈和无力。因为诗歌本身要解决的问题远比电影要大得多，诗歌抵达心灵的手段也要更直接一些。这导致用诗歌的方式来做电影，容易陷入导演的自说自话，难以将剧中人物的内心世界更为细致地呈现出来。从电影学的技术层面来说，《路边野餐》展现人物内心的长镜头较多，而作为叙事性的特写较少，故事过于零碎，很难拼贴出完整的画面。造成这一局面的原因是毕赣对于诗歌的过分偏爱，从而削弱了电影本身的视觉效果。从艺术门类的角度来说，电影一旦用诗歌的方式叙述，由于诗歌语言的自由性和韵律感远远高过电影语言，电影叙事被诗歌言说挤压，电影的节奏被打乱，造成情节推进的减速和脱轨。

从电影的进程中明显可以感觉到毕赣是很清楚这个后果的，他也在努力协调电影物象和诗歌心象之间的矛盾。毕赣在电影物象的呈现和诗歌心象的表达上花了很多心思，也取得了很好的效果。电影中的物象塑造在可感的范围内已臻完美，诗歌的心象在可视的限度上恰如其分，物象和心象之间桥梁的搭建也十分巧妙。

从受众的角度来说，很多人看过以后觉得电影压抑、矫情、生硬。造成这一局面的原因很多，比如观众审美的惯性思维太强，电影叙事本身还不够流畅，物象和心象之间的距离太远，电影的场景和事件过于私人化等。抛开观众的欣赏习惯和导演的创作初衷等主观因素不谈，目前，《路边野餐》的最大问题还是在写诗和拍电影之间存在着巨大的鸿沟。

如果硬要把电影和诗歌分开来看，《路边野餐》无论是从诗歌的角度，还是从电影的角度都有些令人失望。电影中的8首诗歌，抒情的调子过于生硬，情绪和表达都过于冷僻，带有20世纪80年代台湾诗歌浓郁的怀旧气息和感伤情调。毕赣这几首诗在心象的呈现和对生活的感悟上的确有很多可圈可点之处，诗歌对于内心的表现有很多独到之处，注重现代诗歌意象的智性呈现，做到感性和智性之间的协调统一。可是这几首诗的写作手法显得有些陈旧，没有能够将20世纪以来中国现代诗歌的叙事元素引入诗歌创作，放在当今诗坛来看，这几首诗歌的表现力只能说是差强人意。

从电影的角度来看，《路边野餐》有很多创新手法值得一提。电影将不幸的命运遭际和对美好爱情以及甜蜜音乐的寻找相结合，为电影节奏带来新的变化，特别是将音乐巧妙地代入电影中，形成新鲜的电影乐感，这是本片的一大亮点。电影在表现理发店的女子要去看音乐演出的片段，反复地对女子的内心世界进行挖掘，宛如惊鸿一瞥，大大提升了影片的审美趣味。

黔东南村寨作为背景给电影带来独特的视觉体验，救赎情怀和乡土气息弥漫其中，增加了电影的生态诗学意义。可是单纯从电影手法上来看，整部电影叙事不够精练，情节不够紧凑，人物面目不清等弊端也不同程度地影响着观影的效果。

《路边野餐》的诗歌和电影之间的矛盾冲突源于不同文体在本质的规定性上的差异。事实上，我们无法将诗歌和电影分开来看，《路边野餐》在诗歌和电影的结合上，迈出了很好的一步。

二、物象与心象之间的平衡关系

从什么样的角度来进入文本是解读《路边野餐》的最大难题，是从诗歌的角度，还是从电影的角度，抑或是将两种角度相结合。作为文本的《路边野餐》无论是从诗歌，还是从电影来看都存在一个取舍的问题。换句话说，解读《路边野餐》很难做到在诗歌和电影之间找到平衡点，诗歌和电影两种文体的差异性很容易将文本分析引入一个又一个误区。

鉴于文体问题的复杂性，采用迂回的方法暂时将文体问题进行搁置，从一个较为稳妥的侧面进入文本解读是理想的选择。《路边野餐》采用了大量的诗歌写作手法结构文本，作者似乎并不将注意力放在故事本身，甚至也没有专注于诗意化的抒情，而是把重点放在心象的断续传达。毕赣是在尝试用电影写诗，而不是用诗歌来拍电影。因此，《路边野餐》的独特之处在于，用电影的标准来衡量作品可能会违背作者本意，用诗歌的手段来考量作品倒是更为贴切。

黑格尔曾说过，诗的用语产生于一个民族的早期，当时语言还没有形成，正是要通过诗才能获得真正的发展。黑格尔认为诗歌从远古时期就是人类认识世界和拯救自我的重要手段之一。诗歌与世界之间有一种神秘的对应关系，而这种对应关系正是辨别诗歌身份的重要标志。《路边野餐》与其他众多诗化电影的本质不同正在于此，《路边野餐》中反映出作者用诗歌的方式认识世界，拯救人生苦难。当然，如果仅凭这一点不足以说明电影的诗歌本质。海德格尔提出重要的诗学思想，那就是感性个体要对存在本质有着清醒的认识，“从模仿外部世界的艺术，走向了本体论的诗（艺术），诗不再是去意指实在的绝对本体，而是生存本体自身的诗化，是感性存在自身的诗意显现。”① 海德格尔在这里更为明确地指出诗歌作为真理的力量表现在“存在之澄明”。换句话说，写诗的目的不是为了解决现实的问题，而是为了“去蔽”，抵达澄明之境。

诗歌是关于心象的艺术，是用自然之眼看到的内心情怀，诗歌的包容性远远大过形象本身，因为世间没有什么能够大过人的心象。《路边野餐》面对巨大的心象呈现，难免会出现矛盾纠结。从叙事风格来看，文本的多样化叙述风格出现了杂糅现象，影片中既有小津安二郎的平板化叙事，也有博格曼的梦幻呓语，其中还掺杂了流行音乐的怀旧蓝调以及魔幻现实主义的时空穿越。从叙事的内容来看，文本包含的各种信息过于庞杂，佛教、生命、爱情、命运、家园等如同蛛网交织在一起。

《路边野餐》的确是一次很好的尝试，将物象和心象相融合，用电影写诗。电影自始至终都在用诗歌开路，开头部分的佛经引言预示着生命的轮回，环形结构需要首尾贯穿地将一个个片段串起来才能够取得相对完整的图景。电影的段落也是按照诗歌的分行和分段来进行安排的，诗歌的分行并不刻意遵守语法规律，而是要服从于诗歌内在气息的流畅和诗歌主体表达的需要。《路边野餐》在镜头的展现和切换上采用诗歌的形式，各种镜头语言的表达均有诗意贯穿其中。因为《路边野餐》是用现代诗歌意象来进行结构，这和一般电影运用情节来推进电影进程有着很大不同，因为它“是诗歌独特的叙事方式”。② 这里需要说明的是，现代诗歌意象和古典诗歌意象有一定区别，古典诗歌意象的情感特征要明显一些，而现代诗歌意象的智性因素要鲜明一些。美国诗人庞德曾对现代诗歌意象进行解释，“一个意象是在瞬间

①王岳川：《艺术本体论》，生活·读书·新知三联书店，1994年，第17—18页。

②郑敏：《诗歌与哲学是近邻——结构-解构诗论》，北京大学出版社，1999年，第315页。

呈现出的一个理性和感情的复合体。”① 庞德对意象的界定极好地阐释了现代诗歌意象的几个鲜明的特征。一是现代诗歌意象要具有一定的力度和动感，是瞬间呈现，是从内心深处直接涌出的生命体验。二是现代诗歌意象不是一般的情感宣泄，也不是一般意义上的理性思考，而是殚精竭虑和情感淤积之后的忽然释放。三是现代诗歌意象的内在蕴含十分丰富，是一个包罗万象的复合体，具有多种言说和阐释的可能。那么现代诗歌的抒情一定不是一般意义上的多愁善感，而是生命深处的呼喊，现代诗歌的叙事也不是一般意义上的讲故事，而是应合着世界内在规律的本质呈现。

从现代诗歌意象的角度来看《路边野餐》，可以看出毕赣寻找的是能够折射出存在本质，解脱生命烦恼的那些意象。例如他在8首诗中将自然物象和人的心象相对应，实现象征主义诗歌所强调的“契合”。波德莱尔曾在《应和》一诗中对这种自然物象和诗歌心象之间的应和关系进行描述。

自然是一庙堂，那里活的柱石
不时地传出模糊隐约的语音……
人穿过象征的林从那里经行，
树林望着他，投以熟稔的凝望。②

毕赣影片中8首诗歌的意象暗合了象征主义的隐喻和象征，他在诗中运用了大量诸如桥、狗、花和天空、海洋、大地、鸟群等带有浓郁生命象征的自然物象，同时将这些自然物象与戒酒、音乐、耳朵、灵魂、身体、剃刀、心脏、酶等带有强烈超越性质的心象结合，构成繁复的系列象征符号。电影中出现的这些诗歌意象具有很大的文本歧义，如果从电影的角度来看，似乎这些带有强烈的象征隐喻性质的镜头语言就是诗化电影的路数。事实上，毕赣并没有将这些意象在电影中展现，而是将这几首诗歌从电影中独立出来，用吟诵的方式让这些意象沉入画面之外。这种做法的目的不仅不会增强电影的视觉效果，似乎还会让电影和诗歌之间产生疏离分割之感。实质上，这些

①［英］戴维·洛奇编，葛林等译：《二十世纪文学评论（上册）》，上海译文出版社，1987年，第108页。
②戴望舒：《戴望舒诗全集》，现代出版社，2015年，第97页。

诗歌意象只是作者心象的直写，而这恰好印证了传统意义上的电影镜头语言和视觉幻想似乎并不重要，而内心世界的直接呈现所带来的对于生存的“去蔽”才是真正的中心所在。《路边野餐》的主要事件并不复杂，可是毕赣将这些故事隐藏在水底，就像影片中那双反复出现的水中的绣花鞋，他把心象的传达放在了前台。剧中的几个主要事件就是发生在乡村医院老医生光莲和主人公陈升的家庭变故，由于一场牢狱之灾和一次车祸引发的命运思考演出一个类似梦境的时空之旅。

物象和心象的结合是《路边野餐》的最大亮点，毕赣对于物象的把握较为准确，每一个场景都包含很多具有象征意味的物象，只是由于物象的本体和象征意义之间的距离太远，给观众的审美体验带来难度。当然，《路边野餐》最难把握的部分还是心象，从主人公的令人唏嘘的命运和难以名状的生命苦恼中，很难抓住作者本意。同时，文本的各个细节难以连缀起来形成一个较为完整的“故事”，这是形成审美共鸣的最大障碍。

这部影片的审美隔阂主要就是观众和评论者对于作者心象的理解无法从诗歌的角度出发。如果从日常生活的心象出发来看这部电影，难免出现一些杂糅之感，比如叙事线索不够清晰，故事主体不够完整，前后衔接不够流畅，等等。著名诗歌评论家吕进对于诗歌有过这样的定义：“诗是歌唱生活的最高语言艺术，它通常是诗人感情的直写。”① 诗人的感情直写反映了诗人心灵世界的内在运动规律，通常并不遵守日常生活的逻辑性，诗歌是要将这种心灵的感应通过人和世界的某种神秘契合直接呈现出来，这就是诗歌心象的复杂之处。这部电影对于诗歌心象的沉迷导致了作品违反了电影的艺术规定性，观赏效果大打折扣是很自然的。从诗歌的角度来看，这种对于电影的背叛恰好成就了诗歌电影的全新视角。

造成这一局面的主要原因是毕赣要传达的不是一般的思想情感，而是对于生命本质的追问。关于家庭和命运，关于情感和欲望，多主题就是无主题，主题的庞杂冲淡了作品本身的意义指向。如果仅以佛教作为作品主题也似乎有些牵强，以佛教文化和佛教思想作为作品写作的观念支撑倒是可以接受，可是如果将整个作品视为佛教观念的传达，还是有失偏颇的。这正是诗歌的真正意义所在，心象背后本就空无一物，诗歌要抵达的本不是什么微言

---

①吕进：《吕进文存》（第一卷），西南师范大学出版社，2009年，第19页。

大义，而是心象的刹那显现。

毕赣用心象和梦境很好地展示了一段心灵之旅，同时他也通过影片给出了很好的范例，原来电影可以用诗歌的方式进行碎片化的呈现。从诗歌的层面来说，《路边野餐》的叙事问题还是出在对诗歌形式的把握不够准确。诗歌本来就没有固定的形式可言，可是一首诗一旦写成，就有了很多可以言说的可能。《路边野餐》用短诗来结构影片是没有问题的，问题是短诗的叙事能力有限，影片的8首短诗分别阐述了不同场景中各种心象的表达。从影片的发展来看，这些短诗的确禁不起细读，有很多叙事上的“空白”需要观众自己去填补，可是这些短诗给出的线索实在有限，很难拼贴出相对完整的画面。毕赣对于诗歌形式方面的考虑还不够周到，从这部电影的思路来说，用系列组诗或者一首长诗可以更加游刃有余地解决叙事上的脱轨现象。

这里的长诗不仅指诗歌的体制上的考虑，更是从诗歌的心灵表现来考量。因为熟悉诗歌的人都明白，长诗的方法技巧和短诗迥异，而且长诗有更为古老的积淀，更适合表现人类的原始心灵纠葛。从《路边野餐》的整体叙事手法来看，的确存在着诗歌表达方面的缺陷，问题的实质是组诗和长诗的容量远远超过了短诗，而作者并没有意识到这个问题。此处所说的叙事并非电影叙事，而是将整个文本置于诗歌的眼光之下的一种考虑。

从影片的叙事来看，毕赣没有长诗的概念，也无法处理好诗歌作为独立生命体对电影造成的碾压。因为，诗歌可以给万物命名和立法，诗歌的力量远比我们想象得要大得多。要求一个电影导演了解长诗的叙事策略，这似乎有些苛求，可是从《路边野餐》的文本性质来看，整个故事框架的确需要一部长诗，而不是几首不大相干的短诗，几首短诗远远达不到一首长诗的容量，也无法获得整体叙事的效果。

《路边野餐》要表达的是十分复杂而细微的人世冷暖的感受以及寻求解脱的方式，这个主题过于沉重而博大，需要一些长诗的手段才能解决。因为短诗的长处在于凝练，以小见大，带有歧义的短诗不适合展现较长的时间段和较为广阔的社会图景。《路边野餐》的时间跨度较大，涉及的人物众多，故事的原生态场景也十分开阔，需要一个更具生长力的叙事手段，而长诗恰好就可以做到这些。因为长诗是从一个或者若干个点出发，通过各种铺垫和预设敷衍生长，长诗的面目更加清晰，场景更加具体，而且长诗的各个独立单元都有更大的话语空间和审美层次。

三、诗歌电影的叙事策略

毕赣对《路边野餐》有着十分明确的思路和定位，“电影是一种直接的幻觉体验，我想用更高级的语言带领它，这之间有种落差，非常的过瘾，特别像幽默的东西，幽默就是落差带来的。”① 毕赣说的“更高级的语言”在《路边野餐》里就是诗歌的言说，他运用现代诗歌独特的心象呈现手段，营造戏剧化的效果，也就是他说的“落差”。

毕赣的《路边野餐》和国际知名导演侯孝贤的电影《刺客聂隐娘》都侧重于理念的传达，过于空灵的表现手法造成叙事效果上的失位，两部电影的观众反响不佳存在类似的原因。诗歌电影作为新生事物在叙事上肯定需要经历一个逐步发展完善的过程，而《路边野餐》作为一个开拓性的实验提供了最好的研究范本。

首先，《路边野餐》的8首诗歌和电影叙述的衔接问题。毕赣并没有运用诗歌作为电影的背景或引子，而是把诗歌作为电影的一个重要组成部分。在毕赣那里，诗歌和电影之间是水乳交融的，无须刻意去加工处理或者铺垫过渡之类的环节。可是在观众这里，电影叙述和诗歌介入还是存在着一定的冲突，因为诗歌会打断电影的进程，这种“打断”并不是诗歌的内容和电影的叙事不合拍造成，而是《路边野餐》的诗歌采用男主角独白的方式念出。这个读诗声音的介入将观众直接带入关于诗歌的思考，这与很多观众有着欣赏电视散文和诗歌朗诵视频的经验有关。这就好像电影的叙事是一个行走的状态，而诗歌念白好像忽然要带着观众飞翔或者静止，这两股节奏产生的力量导致影片欣赏的脱节。试想如果没有这个诗的念白，电影本身完全可以独立成章，诗歌念白的介入改变了电影的叙事节奏，毕赣可能没有意识到整部电影的叙事存在脱节现象，因为他的诗歌理念通过电影方式已经得到传递，作为导演的任务已经完成。我想说的是，作为一部电影，除了导演之外的影视编辑和策划人员需要对电影的编排和剪辑以及呈现方式统筹考虑。

其次，观众的审美视角和导演迥异。电影观众的审美视角是电影的，而

---

①凤凰文化：http：//culture.ifeng.com/a/20150817/44449055_0.shtml，毕赣电影《路边野餐》获第68届洛迦诺电影节两项大奖。

《路边野餐》导演的审美视角是诗歌的，造成诗和电影之间的衔接不畅，出现审美上的卡顿现象。毕赣在构思电影时已经费尽心思地把诗的切入点和电影尽量做得妥帖，的确电影中的诗歌十分切合故事发展的需要。可是，这些诗歌还是用嵌入的方法，而非生成的方法，因此，电影本身的叙事就像一个大型组诗，而电影中的诗歌似乎成了另外一个独立的体系。事实上，观众在观影时候的审美状态和导演是相反的。观众是不会从电影中诗的视角切入故事发展的，更为致命的是，观众不会用电影来读诗，而是在电影结束后才试图从诗歌中寻找电影的蛛丝马迹。观众的这种做法并非作者本意，而且这种做法反映出诗歌的审美和电影审美的本质差异。因为诗歌和电影的最大不同可能不是在手段上，而是在目的上，诗歌的最终目的不是为了满足读者的需要，而是为了传达诗人对世界的理想。因为诗人本身就是命名者和立法者，诗人说一首诗是好诗那么就是好诗。电影则要接受观众的评判，观众说是好电影才是好电影，而不是由导演说了算。诗歌是不需要借助其他手段达到对生命和历史的表达，因为诗歌本身就是生命和历史。

《路边野餐》的最大贡献在于，当我们还在考虑诗歌和电影怎样融合时，诗歌电影这种样式在中国影坛已经有了很好样本。《路边野餐》的最大意义在于，这部带有实验性的作品引发很多关于诗歌和电影之间的关系问题的思考。这部电影揭示了诗歌本身不需要电影来阐释，而且诗歌也无法阐释电影。这并不是说诗歌电影注定要失败，而是给我们很多新的思考，比如说诗歌电影需要有诗歌的声音和节奏。《路边野餐》在蓝调音乐带入和人物内心深处的表达有了全新的尝试，这是传统电影无法企及的。再比如说《路边野餐》的内容和形式的结合还可以更加成熟，引入长诗的叙事方式，让叙事更加从容和流畅。长诗一向是诗歌中的冷门，现代社会生活节奏日益加快，长诗更是到了穷途末路的境地，而长诗的独特的构思和表达却可以为中国诗歌电影提供一定的帮助。长诗有着独特的线条和气韵，从叙事的生长方式到叙事的节奏变化都有着严格的要求，不像短诗那么随性，短诗碎片化的形式遮蔽了篇章结构的内在严谨。

［本文发表于《苏州科技大学学报》（社科版）2018年第6期］

诗的春天和春天的诗

——记著名诗论家、诗人吕进的诗歌活动

说起吕进先生的诗歌活动，耳边就响起那句熟悉的歌词，“你像一阵春风轻轻柔柔吹入我心中”。吕进先生在诗坛的形象始终是与“春天”“阳光”“热力”“歌唱”“丰富”这些词语联系在一起的，犹如春风春雨春阳春花，吕进先生的诗歌活动几乎涵盖了中国现代诗歌的所有领域。中国新诗研究所的创立，对中国现代诗歌理论和创作的开拓，还有众多的各种海内外诗歌活动，诗歌就像春天的阳光融进了吕进的全部生活。20世纪80年代是一个诗歌的春天，吕进先生创建了中国新诗研究所，经过数十年的耕耘，吕进先生的学生以及在吕进先生熏陶下成长起来的诗友已是硕果累累，从大江南北到遥远的异国他乡处处留下他不倦的足迹。

吕进先生的诗歌成就犹如一个要长期开采的富矿，其中最闪光的要数在现代诗歌理论方面的贡献。从现代诗歌本质特征的确立到现代诗学以及现代诗体的重建，从现代诗歌与传统诗歌对话到现代格律诗理念的提出，吕进先生的诗歌理论始终关注着中国现代诗歌的发展走向并及时提出重要的观点和方法。吕进先生在80年代初就对郭沫若、何其芳诗歌定义进行批判地继承并给诗歌重新进行定义。吕进先生诗歌定义突出了诗歌作为最高语言艺术的特点，更为重要的是，该定义强调诗歌内容本质在于抒情，即生活的情感化，诗歌是对生活的歌唱。吕进先生的学术始终围绕当下诗歌的重大问题而展开，这些问题有的是伴随时代新要求而出现的新问题，有的是历史遗留问题。中国新诗在几十年的发展中，一定程度上忽视了现代诗体的建设，诗歌的形式出现随意化倾向。从自由诗出现之后，中国新诗实现了“诗体大解放”，吕进先生敏锐地意识到片面提倡诗体解放会留下历史后遗症，他及时提出在诗体解放之后要进行现代诗体的重建。

吕进先生曾写道："极端地说，旧体诗是有形式而无内容，而不少新诗是有内容无形式。"针对新诗的诗体建设，吕进先生提出要创立现代格律诗的理念，而现代格律诗的形成关键是要解决现代诗歌的音乐性问题。诗歌是对生活的歌唱，要更好的歌唱当然不能忽视音乐的作用。现代诗歌的再次繁荣与现代诗歌音乐性建设密切相关，建设无限多样性的现代诗体对今天的诗歌工作者来说任重道远。在诗歌精神方面，吕进也提出了不少精辟的见解。他认为优秀诗歌有两个通道保持着与人群、人际、人世、人间的连接。第一个通道是诗的普视性，诗人发现自己心灵秘密的同时，也披露了他人的生命体验，就像朱光潜说的："普视是不朽者的本领。"第二个通道是诗人的内省和自我观照。作为艺术品的诗歌是否出现，取决于诗人的艺术化、净化、诗化的程度。

吕进先生的诗歌理论和他的诗歌创作一直相得益彰，如果说吕进先生的诗论催生的是诗的春天，那么他的诗就是属于春天的歌唱。吕进先生的诗歌就像他的为人，充满阳光、热情豪爽、春风化雨、让人陶醉。吕进先生的诗歌有着西部的豪放和大气，又带着稳重和灵动。最让人感动的是，吕进先生的诗歌弥漫着一股异域风情，俄罗斯风雪弥漫的大地、让人颓废的曼哈顿的高楼大厦还有精致而压抑的东京，他的诗歌显示了作为学识渊博的学者的独特魅力。吕进先生诗歌中一个"情"字让人黯然销魂，"在那遥远的地方/三江的源头闪闪发光/在那遥远的地方/传诵着《格萨尔》的歌唱"。诗人的真性情本真的表露。值得一提的是，吕进诗歌的国际化倾向折射出诗歌的丰富性和多元文化包容性。"在书的环绕中，在餐桌旁边/我在品尝俄罗斯、亚美尼亚/以及久违的故乡/我在享受学术的光亮"。深邃、庄严而高贵的俄罗斯文化给了诗人无数的灵感，也让诗人对自己的第二故乡莫斯科充满了离别的惆怅。"五个小时是如此巨大的时差/这里还是夜半/远方已是早晨"，诗人在莫斯科大学的讲学经历变成了他诗歌情感的一个丰富来源。俄罗斯文学曾一度对中国文学产生很重要的影响，在吕进先生的诗歌中能体会到那份俄罗斯文学固有的清醇和厚重。吕进先生诗歌同样歌唱了普希金、俄罗斯美丽少女还有慈祥的俄罗斯大妈，诗人在列宁墓旁徘徊，吟唱着《莫斯科郊外的晚上》。在莫斯科地铁里埋头读书的青年，在风雪中等待参观普希金纪念馆的莫斯科市民，热情好客的卡纳别相教授，充满柔情和艺术天赋的莫斯科人给了吕进先生诗歌又一个美妙的天地。

吕进先生在长年紧张忙碌的工作中一直笔耕不辍，几乎每年他都有分量极重的诗论和诗作问世。许多同事、朋友和学生都惊讶于吕进先生充沛的创造力和取之不竭的艺术灵感。也许这与吕进先生长期从事诗歌艺术研究有关，他始终以一个在歌唱春天的诗人形象出现，所以，他总是给别人带来温暖和慰藉，阅读吕进先生的诗论和诗歌也总是对生活充满希望和阳光。

（原文发表于《诗歌月刊》2008年第6期）

邵燕祥的情感世界

邵燕祥生于20世纪30年代，这个年代生人有着他们独特的思想情操和道德坚持。30年代是中国现代文学第一次高峰期，邵燕祥天资聪颖，以早慧而著称，十几岁就开始从事文学创作，相信他的文学上的第一步与30年代中国文学的繁荣不无关系。那些有关邵燕祥的逸闻掌故每每读来就像他的一本文集的标题《沧海遗珠》——我们曾丢掉了多少美好的事物，在他身上我们又看到了多少已经遗失的珍宝。有人总是爱抱怨我们的作家都太正常了，言下之意，我们缺乏那种为了真理献身，或为艺术九死不悔的冲动。其实邵燕祥就是这样一位富有浪漫情怀和正义感的文学家。从他大学期间的辍学举动到他50年代后漫长的经历乃至他复出以后的文学活动可以看出他特有的中国文人气质。这种弥足珍贵的气质和屈原、鲁迅是一脉相承的。

邵燕祥首先是一位诗人，而且是一位新旧体诗兼而有之的诗人，在古体诗歌濒临失传的今天这种才能尤显珍贵。很多写诗的朋友告诉我，希望能写点古诗，这个愿望对于当下的新生代诗人来说几乎不太可能，文化背景和心态已经完全改变，写旧诗谈何容易。在新诗史上，许多大诗人以古体诗见长，辛笛、臧克家、何其芳等都是写旧体诗的高手。旧体诗歌在经历上千年的淘洗和锤炼，在节奏、韵律上登峰造极，在技巧层面上炉火纯青，写旧诗可以对新诗有启发和规范作用。一个写旧体诗歌的人在写新诗时可以很好地贯彻古为今用的原则，不至于让文化的血脉出现断层现象。解读中国诗人内心的最好方法就是从他的诗歌入手，游历诗人的情感世界。读邵燕祥的诗歌既有对历史的唏嘘，更有对多彩丰富的诗人内心情感的感动。

邵燕祥著作甚丰，文体多样，他的杂文有鲁迅遗风，却多了些平易和天真，他的诗歌以执着、质朴，长于抒情为特色。要是撰写邵燕祥的文学评论的确不能抛却杂文不论，而本文就要将笔触瞄准他的诗歌，特别是现代诗的创作。平心而论，如果仅从他的现代诗歌出发，难以全面欣赏他的文学成就，可是一孔之见也能窥得诗人的风采。邵燕祥进入80年代后的诗集和诗选约八九种，其中有很多影响深远的艺术佳作。因时代因素，邵燕祥以政治抒情诗著称。我们如果抛开政治标签不管，只是以抒情诗的眼光来欣赏他的诗歌，会发现邵燕祥就是一个不折不扣的纯粹抒情诗人。

“感谢你给我/嫩嫩的桑叶/我咀嚼陌上的阳光/清明的丝丝雨（《陌上桑》）”感谢、歌颂题材一度是我们诗歌的流行主题，甚至成了一些时代的关键词，邵燕祥要感谢“嫩嫩的桑叶”“陌上的阳光”，还有“丝丝雨”，这些意象取自天然，配以叠字，既有古典诗歌的韵律美，又有现代诗歌简洁直接的特点。他的诗歌和当时那种假崇高、假豪放的诗风完全不同，有清新自然和骨气刚健的魏晋风骨。邵燕祥的诗歌最显著的特征在于他不是那种为艺术而艺术的唯美派，除了美之外，他的诗歌有着罕见的坚硬质感和敏感、尖锐的气质。

“一排云从海那边来了/灰黑的云，挟着风威/驾着成排的浪/紧贴海面而来/从海平线那里来的/搅翻了海平线/以强弩之势/宣告雷电暴雨/即将越海而来”（《黑石礁》）诗人的气质、胸襟让人强烈感受到来自诗人内心本质上的一种刀子般冰冷的威严和蔑视一切的伟岸。从现代诗歌来看，这种超越性正是诗人艺术成就的重要标志。邵燕祥的很多诗歌犹如巨石重重地压在这个世界上，很多文章在介绍邵燕祥时都提到他是一个诗歌重镇，这个重镇的说法源自诗人的抒情方式和诗歌本身蕴含的艺术效果。他好像一个手执屠刀的巨人，而那刀尖却是指向诗人自己，他在一次次地将自己砍翻之后，又一次次地从血泊中倔强地爬起来，像鲁迅先生说的“真的勇士，愤然而前行。”他的长诗意象密集，感情饱满，犹如集束炸弹排头猛轰过来，给人酣畅淋漓的阅读快感。“你看我什么变了什么没变？/你可望见我望你的眼睛？/说是近却还是这样的遥远/未来的岁月又是这样的无穷/今夜天地间这样安静/只有一颗星在讲话对着另一颗星……/是不是所有的星全都夜夜合不上眼？/是不是所有的星全都燃烧着渴望的心”（《地球对着火星说》）邵燕祥的诗歌成熟、稳重中透着大手笔的严谨，长期的创作和阅历使他的语言节奏、力度、色彩都把握得游刃有余。

我们记得最多的是他的那些短小的抒情诗，比如说：“善良的心啊/你要拥抱一切人吗/他/会以拥抱你的手/猝然掐紧你的咽喉/登时把窒息的你/掷翻在地”（《善良的心啊》）这首小诗几句之间就把历史的积怨和对人世的大爱浓缩进去，达到以有限化无限的境界。正所谓没有恨，哪有爱，正是对这世界爱恨交织的情感才造就了诗人非凡的艺术创造力。中国现代诗歌在经过长期的艰难探索和对异域诗歌的借鉴，慢慢形成以抒情为主，辅以洞见人生智慧的艺术特色，邵燕祥的诗歌无疑是其中一个重要的代表。回想80年代诗歌，一批当时的新生代诗人接受了西方现代主义思潮影响，大有标新立异的势头，而邵燕祥以其深厚的古典诗歌和俄罗斯文学修养独树一帜，可以说是难能可贵的。“阴郁的日子/下雪的日子/没有酒是寂寞的/没有碳是寒冷的/你从冰封的路上来/雪天的炭/而我是尘封的酒”（《〈五十弦〉第五首》）诗人的嗓音在冬天变得异常敏感而干净，这声音穿透时空而来，混合着林中的积雪和酒后的狂喜，当年郑板桥说眼中之竹不是胸中之竹，而手中之竹又非胸中之竹，其中起化学反应的是包含着想象的强烈情感。诗人在冬天歌唱，在林中舞蹈，诗歌从起源上说来自原始冲动，人类本真的自我在诗中得以释放。

（原文发表于《诗歌月刊》2008年第1期）

新禅诗的味道

——评何兮诗集《空山》

我以前一直是反对禅诗的，因为害怕那种欲说还休的扭捏和故弄玄机的隐喻，我不喜欢那种文人雅士的小资情调。可能因为我骨子里面是个充满了对传统既敬畏又反叛的矛盾复合体，我至今无法接受那种一味接受传统或者全盘否定传统的人。直到2012年，我和泰国诗人曾心有了一些接触，他的小诗改变了我对禅诗的看法，而且我对禅诗也有了一些自己的想法。

首先何为“禅”，禅本身就是一种对惯性思维温和的反叛，禅看似不走平常路，却处处显示出朴实的光芒。禅对我最大的改变是让我不再一味追求出奇制胜和气息力量的完美展现，原来世间有那么多我们肉眼看不见的诗意，在细微处蕴藏着巨大的力量。其次什么是禅诗，禅与诗的结合就像是生命与自然的结合，最朴素的道理无法用平常的语言的表达，诗家语与禅语之间本来就没有明显的界线，禅语即诗语。最后落脚于那个老问题，禅诗的新境界在哪里，怎么才能突破对于禅诗的固定判断，走出禅诗广阔新的天地。禅意无处不在，你一旦发现了那个禅意，生命的光辉立刻得以显现，而诗歌却始终藏在生活的背后，对于诗歌来说，生活就是一片遮蔽禅意的乌云，大多数人都无法在云中自由行走，找到那个生命的本质力量。

何兮的诗歌让人眼前一亮，他的诗歌让我看到一个自然生动的生命，诗歌中随处可见生命的自然律动。何兮诗歌的最大特点就是自然质朴，他的灵性不和才气挂钩，不被情感左右，诗歌内在力量发展服从于生命本真的召唤，何兮的诗歌始终保持着诗人的警醒和自觉。诗歌界一直有不入川不会写诗的俗谚，成都真不愧是诗歌的重镇，优秀诗人层出不穷。何兮的诗歌不能从语言的华美或者构思的奇巧来看，因为他的诗歌太纯了，以至于似乎有些单薄。其实禅诗就是这样子，和世间大多数的大道一样，无法用语言直接说出，或许是大道太纯朴太直接了，所以一旦说出反而会让人不快。比如说，人从哪里来？这么简单的问题，怎么能够说出口呢？何兮的诗歌揭示了很多看似简单的大道理，他善于从生活的低处出发来打量这个看似平凡实则诡异的世界，从这一点上来说，何兮也是一个矛盾的诗人。他好像那个看出皇帝没穿衣服的孩子，只要他一说出那个秘密，世界仿佛改变了一些。

所谓新禅诗在我看来，就是对以往沉溺于打机锋，卖关子的老派禅诗的继承和反叛。新禅诗的最大特点就是大胆亮出来，只要是纯的真的，总会闪现光彩的。何兮的诗歌恰好有这种特点，何兮的诗歌不拘一格，不落言筌，人家说过的，还可以再说，人家看不到的，仍旧平淡而直接地说出。可能新禅诗的出路就在于简洁直接，当年庞德曾说过诗歌的语言要直接，要像希腊人一样的直接。

何兮的诗歌中太多这样子直接传达，“等待从木栅栏里，走出/一位姑娘，她告诉我/高原上的狗读懂炊烟/向日葵能读懂太阳的语言/以及一棵玉米微笑一生”“我想着那无数个雨夜/以及在雨夜里抱紧你/让身体内的闪电抱紧你/就像闪电抱紧夜空”。这种简单直接已经不再局限于古诗意境的传达，古诗的意境圆融深邃，可是古典情感过于浓烈，让人窒息。现代诗歌的洒脱和随性赋予了新禅诗特殊的味道，何兮的诗歌中有新禅诗的味道，这是阳光下溪水、山岩的味道，这是冬日里雪花和腊梅的味道，这是小巷中嘈杂的人生和脚步的声音，这是茶馆里茶香混着闲聊的恬淡。土耳其作家帕慕克曾针对小说家的天真进行过论述，经历过历史的城市不会真的那么单纯，有故事的诗人不会真的那么天真。新禅诗的真实和现代感体现在呈现的快感，将内心的感悟和现代人的生活发生碰撞，抓住那个细节的火花，在灵光乍现中捕捉诗意的传达，这也许是禅诗的另一番境界吧。

（本文为青年诗人何兮诗集《空山》的“序言”，该书已由四川民族出版社出版）

传统与个人才能

——简论《沙之书》八位诗人作品

一个诗人终其一生，写诗的最终成果或褒奖是什么，这和名声或者影响无关，可是诗人的写作行动总是要有写作行动的结果（或者收获）的。诗歌写作的成果不是以写作终点的形式出现的，诗人是没有终身成就奖的，也不需要获奖感言，那么诗人的写作行为对于诗人的生存状态和生命价值有什么影响（或者意义）。

诗歌写作活动的意义并非体现在诗人最终可以获得什么样的名声或者头衔，而是体现在诗人受到诗歌的指引，如何将个人融入历史之中，这个“历史”不是历史学意义的概念，而是亚里士多德说的“诗的真实。”诗的历史是诗人的专属褒奖，通过写诗活动，个人不断成长，经过各个阶段的感悟和体验，实现生命意识和历史观的合拍。诗人的成长过程中有了诗歌行动的参与，诗人的人生就天然地带有一种诗的真实。

就像文乾义所说：“……在有些诗里，有意对之前的某些理念作了调整。让情感在平静或平淡中较为充分地外露一下——我认为这对我的写作是必要的，因为它表现了我所期待的要表现的东西。”文乾义提到了理念调整和情感的表达策略转换，这时一个念头在我脑中闪过：传统与个人才能。《沙之书》的八位诗人身上不约而同地、或多或少地显示出与传统的一种合拍，当然这种传统的继承性不但没有消灭他们的写作个性，反而强化了这种个人的写作特征。

诗歌写作的复杂之处在于，写作的过程不仅是个人天赋和才能不断精进的过程，同时也是诗歌写作个性化不断消隐的过程。诗歌正是这种奇正相生的艺术形式，当年柏拉图说要把诗人逐出伊甸园，我想不仅是因为诗人的天性不好把握，更多的是来自诗人的写作行动冒犯了历史发展的固定公式，诗歌写作进程往往可以出乎我们的预料，呈现出一种正反结合的迷人的魔性气质。

艾略特很早就发现写诗本身就是一场冒险行动，越是想把握住诗歌，那么就越是会从诗歌中“跃出”，进入到诗歌的另一种写作状态。艾略特早年在美国凭借他对现代诗歌意象精确把握和呈现取得了一定的影响，可是他的诗歌写作并没有按部就班地“发展”下去，他的诗歌也实现了对自我的突破，他的写作走进更为深邃的现代主义层面，他最终和庞德和乔伊斯走在了同一条道路上，从现代诗歌新传统中汲取养分，将个人才能建筑在现代主义诗歌新传统之上。艾略特的《传统与个人才能》这篇文章是对他个人诗歌成长的极好地描述和总结，此文的观点同样可以运用于《沙之书》的几位诗人身上。

消除个性

诗人唯一的财富恰恰是表现在诗人的个性特征上，可是艾略特却说：“我们所应坚持的，是诗人必须获得或发展对于过去的意识，也必须在他的毕生事业中继续发展这个意识。于是他就得随时不断地放弃当前的自己，归附更有价值的东西，一个艺术家的前进是不断地牺牲自己，不断地消灭自己的个性。”[①]

对于诗歌的初学者来说，总是极力表现自己与众不同之处，将情感尽量地释放，将语言尽量地夸张，当代诗坛有过太多的当代李白和中国版聂鲁达，还有一些女诗人自称是普拉斯或者安妮·塞克斯顿。每次听到这样的说法，总是让我诧异于进入传统竟然如此轻松随意，只要具有李白一样浓烈的情绪或者和普拉斯类似的死亡意识就可以和他们走在一起。事实上，这正是从根本上背离传统的做法，正如艾略特在《传统与个人才能》中说的那样，诗歌传统更多的是来自经验的集中，这种写作经验需要的是安静地思考和不自觉地感受，很多诗人为了强调个性特色而将传统看作是轻而易举的事情，把对优秀诗人的片面模仿当成自己的创造。这正是诗歌写作中需要注意的一个陷阱，正如艾略特所说：“诗不是放纵感情，而是逃避感情，不是表现个性，而是逃避个性。自然，只有有个性和感情的人才会知道要逃避这种东西

①艾略特著，李赋宁译：《艾略特文学论文集》，百花洲出版社，1997年。

是什么意义。”[①]

东北诗人进入诗坛较早，20世纪90年代的《诗林》正是东北地区厚重的诗歌刊物，很多东北诗人的作品通过此刊物在国内传播。记得90年代初期的《诗神》也经常会有东北诗人的诗歌发表，东北诗人也会有些热烈冲动的诗人，给我的印象大多较为沉稳而多思，而这正是进入诗歌传统的最好状态。

文乾义的诗歌很好地诠释了中国现代诗歌的新传统，他说要让情感在平静或平淡中较为充分地外露一下，这正是自80年代后期中国现代诗歌一直在坚持发展的新传统之一，诗歌从过高的云端中下降到大地之上，走向本真质朴的写作态度，尽管外露是必要的，保持在总体平稳推进的写作态势。事实上，以浓烈抒情见长的海子在写作后期已经发现了抒情的奥秘并不在放纵，而在适度的逃避，他在《我热爱的诗人——荷尔德林》中谈到现代诗歌写作时曾说过：“她是精神的安静而神秘的中心。她不在修辞中做窝。她只是一个安静的本质，不需要那些俗人来打扰她。”[②]文乾义的诗歌写作是从90年代后期直到21世纪以来诗歌一直在寻找的一种类似于慢节奏写作的路数，事实上，文乾义的节奏已经接通了这种传统。

> 早晨拉开窗帘，/正是一天中阳光最新鲜的时刻。/我早该注意到这一点。/阳光照在楼宇迎向它的那一面，/楼宇是新鲜的。/阳光照在面包房玻璃橱窗上，/橱窗和面包是新鲜的。/阳光照在一百年前的石头道上，/石头是新鲜的。/阳光照在散发出臭味儿的河沟里，/河水和垃圾是新鲜的。/阳光照在我仰望白云的目光上，/目光是新鲜的。/阳光照在积雪融化后岩石上的噩梦上，/噩梦是新鲜的。/阳光照在角落里一块腐烂的词语上，/词语是新鲜的。/阳光照在我走向地铁口的身体上，/身体是新鲜的。/这时刻，我突然醒了似的——/我的灵魂在哪儿？/我一定让阳光照在它上面，/它就变成新鲜的了。
>
> ——《我的灵魂在哪儿》

这样的句子似乎并不新鲜，甚至稍显平淡，可是有经验的诗歌读者还

①艾略特著，李赋宁译：《艾略特文学论文集》，百花洲出版社，1997年。

②海子：《海子作品珍藏版》，长江出版社，2012年。

是能够从中都出一种新鲜感，将情绪和夸饰控制在一个安静或平淡的范围，句子背后蕴藏着巨大的后劲。诗歌本身就是一种人生修炼，控制节奏、力度并将之转化为喂养生命的粮食和能量。说到诗歌修炼，不得不说到诗人李德武，作为一个特殊的写作者，他起初并不是以诗歌写作见长，而是以诗歌理论而著称。近些年来，李德武的诗歌写作渐入佳境，他的诗歌写作也很好地见证了现代诗歌传统的另一种路径，那就是从理论出发，最终实现从哲学研究和佛法修炼走向顿悟式诗歌写作的诗歌新传统，这也有力地证明现代诗歌有着万千法门。让人惊喜的是，李德武的诗歌写作中理论家和修炼者的形象逐渐在隐身，让位于诗歌自身的言说。

> 我尝试着表达黑松石，说出凌晨之静/夜行人还在赶路，我听到一块石头的脚步/摩擦产生火花，产生沉默，火花的沉默/我尝试着理解模糊，与混合物交谈/我发现油漆是个君子，涂抹时毫无瑕疵/小人是一些缺磷者，携带败血症的病因/它需要补充稀土，在骨髓里植入芯片/夜行人同时去往不同方向，无数分身/敲开空中之门，进入石英钟或松树冠/带着日本人的缜密和分裂，我想到雪国/一个作家为纯净的空气呼吸液化气/而一个超现实主义者不适合清醒/细分罂粟的花粉与汁液，细分黑暗质地/他需要胡说八道，在脸上涂油彩/以神或妖的面目现身，他对人怀着歹意/每个讲堂都灯火通明，调试离心机/铀等待被教育改造成武器，或爱国情怀/贵重和危险之物都隐埋在山里/我尝试着表达黑松石，什么也说不出。

——《黑松石》（李德武）

这首诗出自海德格尔式的思想者和东方佛法参悟者之手，也反映出修炼者的写作状态，作为他的诗友，我要恭喜作为诗人的李德武在传统的路上开拓了更为宽广的路径，将思考和顿悟隐匿在诗歌经验的背后，而是把诗歌的独特节奏和呈现方式放在了首位，《黑松石》的整体诗歌气息十分通畅，而且多次运用点到为止的表意法，实现了现代诗歌的微言大义和多意拼贴。诗歌的现代气息十足，将繁复和歧义很好地融入场景地转换之中，时间似乎并不存在，只有空间结构的自由变幻。李德武是一个对空间极其敏感的研究者，他在自述中说道：“诗对自由的解放是从空间开始的，它是瓦解一切固有障碍最有力有效的方式。这让我相信美就是对形式和语言的创造与摒弃。”李德武对于时空的独特见解来自他长年坚持不懈的西方哲学研究和东方佛法参悟，他知道哪些在写作中是要避免的，而哪些是要坚持的，诗歌本身就是戴着镣铐舞蹈的艺术，好的舞者是自由的，李德武的空间意识和诗歌写作经验接通了他的写作与现代诗歌传统。

诗歌引领

在这八位诗人中，我最早接触到的是冯晏的诗歌，后来又读到了张曙光的诗歌，幸运的是，我都是在恰当的时间读到二位诗人最好的诗歌写作状态。记得是在90年代初期《诗林》的“开卷诗人大作”读到冯晏的作品，当时她的诗歌写作状态充满了生动清晰的生命动感，保持了东北诗人特有的冷静和大气。那时的冯晏还是抒情至上的写作态度，诗中总是洋溢着一股90年代特有的气息。今天再次读到她的作品，不得不感叹诗歌传统的回归之路标志着诗人写作状态的成熟。

光颠簸，一根短发飘落，/横在手机屏幕的西太平洋。/你的位置定在西印度群岛右下角的圣胡安。/存在像虚拟，空灵，被蒸发，/但有重量。飞萤、海藻、变色树枝，物质都在。/你携带视线和一点磁场，随海风变咸，被气流塑成立体图案。/旅行，方向并不重要，/黑色罗盘转动你神秘的纵向。/时间虚拟。/逃出的都市已沉入更深，/嘈杂和质疑声撞向时差，/这片偶遇/被植入野花和青草气味的水和空气，/错觉里，熟人都不在。/鱼群，在海里放空了拥挤在唇上的词，/沉默，轻了许多。/晚霞天际线，/孔雀开屏升起你橘红色外套、唇彩，/的确，你恢复了轻信。/岸边，银沙纤细，/你赤足趟过，感受光，/你宁愿去鲨鱼胃里下探、上升，/寻找大陆，/住进原住民遗址旁那尊哥伦布铜雕的体内避风。

——《错觉是你的偶遇》节选（冯晏）

诗歌的感觉和经验的协调带来现代诗歌强劲的力度之美，想想早年略显柔弱的冯晏，她现在的写作状态同样在创造新传统的同时接通了她个人的写作传统。她的自述就清楚地出她对现代诗歌新传统的理解，“创造力这个名词中携带的‘力’其本质就是出自生命的内在力量。只是这份力量在诗人创作时偶遇的词语或许已经改变了其原有DNA。天才因素与神秘现象是引领一个诗人走进未来的魔力，每一首诗都应该是一个诗人解体一切固有之后的又一幅全新自画像。”

再稍晚一点，大概是1995年，我读到了张曙光的诗歌，一下子就被他执着的知识分子叙事精神所打动，这是一种既熟悉又陌生的感觉，似乎他一直存在于我们的诗歌史中，甚至在苏轼和白居易的诗歌中也弥漫着这种熟悉的味道，可是这种气息又有着异域风情，似乎来自风雪弥漫的俄罗斯原野。《沙之书》中张曙光的诗歌也给人熟悉的陌生人的感受，张曙光现在的诗歌现在要放松很多，甚至可以读到一丝美国的气息，这也难怪，地球村太小了，诗歌跨洋越海已是举手之间的事。

> 夜晚的卷心菜长满蚜虫。/大地的耳朵被塞上了蜡。俄狄浦斯消失。/沙子像雪。它们是死去的时间，确切地说/是时间的灰烬。无人认领骨灰瓮。谁在哭泣，或是在笑？/风吹过甬道。火烛发出的噼啪的低语/加剧着天空的暗蓝色和餐桌上的阴谋论。/天空一片泥泞。谎言是真理正在显影的底片。/当盒子被打开，却发现里面什么也没有。
>
> ——《失明的夜晚——献给基弗》节选（张曙光）

张曙光的诗歌还是一如既往地在求索和诘问，这种天问式的写作塑造了80年代以来中国现代诗人的知识分子形象。从冯晏和张曙光的诗歌中我们看到了现代诗歌传统的生长态势，也读出了诗人的成长轨迹，那诗歌发展背后的本质力量是什么呢，是诗人内心的历练，还是诗歌本质力量的引领呢。我一直是坚信后者的，诗歌作为人类的本质活动之一，在内心世界与外部世界的和谐与共鸣上来说，诗歌本身就对诗人的身心具有调节作用。诗人通过写作活动，将身心与世界对话，事实上，内心世界本就是世界的一部分，因此，写诗也可以看成一种修炼，这种修炼是以诗歌的引领作用作为核心要素的。

个人才能

既然诗歌具有引领作用，诗歌写作不是个性的追求，而是逃避个性，那诗歌写作难道不用个人才能的参与吗？情况恰恰相反，在诗歌的引领之下，诗人的才能不仅不会削弱，反而会不断加强。每个诗人在他的不同写作阶段，都会呈现出独特的个性，李德武说："我很少读诗，我已经过了需要从诗歌文本中获取写作启示的年龄，无论语言还是形式，无论是观念还是想象力、批判的态度，我都本能地拒绝文本参考（包括大师模式）。我的写作必须建立在我和世界独特的关系上，必须建立在我如何看待自己在这个世界消失的问题上。"李德武的冷静和自省状态与他多年的哲学思考有关，更重要的是，他的诗歌写作引领作用与他的人生以及修炼有效地融合，从这段话可以看出一个成熟的诗人需要一颗寂静的心。这难道不是个人的才能吗？我从不相信可以从诗歌中迷人的句式或者惊艳的词语本身里读到个人才能，我更倾向于把诗人的个人才能和"诗的真实"的历史以及生命过程的直接呈现作为个人才能的标志。

杨河山的写作应和了陈子昂当年在《修竹篇序》中所言："骨气端翔，音情顿往挫，光英朗练，有金石声。"[①] 他的诗歌追求硬朗和质朴的写作风格正是杨河山个人才能的体现。吉庆的诗歌写作和杨河山有类似之处，吉庆的情绪把握得更为自然一些，节奏张弛有度，而且善于在句式的变化里掺入个性特征，显示出超强的诗歌感悟能力。袁永苹的写作带有浓烈的古典情怀和现代诗歌的无意识特征。她的诗歌带有浓重的精神分析特征，很多幻象夹杂其中，期待她能够穿过镜中之像，通过解析意念形成的奥秘，呈现无意识的结构层次，从欲望的真实性出发，抵达心灵沉潜之美的领域。《沙之书》八位诗人中，老单是一位特立独行的诗人，也是现代感最强的一个。

> 我点一支烟…我想/我什么也不想干。我躺在床上/抽烟。物质是垃圾/我想……我不想解释/我喜欢艺术色情说/（或相反——有两种意思）/诗意的光亮，生自活水的水面/语言是下潜的鱼/脑小的动物不思

①陈伯海：《唐诗学文献集萃》，上海古籍出版社，2016年。

考——也许是/那就是！出击或逃离/多么危险天空/隔壁有人诵经……它们/终于放了憋闷在塑料袋里的活物/多么美好世界。我想：/我要有梦想……我想/我是好色的蝴蝶……我想/你美好生殖器的花朵……我想/我什么也不想干。我想/你眼睛里的星星……我想/你升华的脸的月亮……我想/我什么也不想干。我点一支烟/我躺在床抽烟。

——《我想……我不想解释》节选（老单）

这种才能和气质有北方诗人身上十分可贵的倔强和坚持，简单直接，变化多端，完全摆脱了自80年代以来沉闷的新古典主义写作方法的制约，语言清新自然，发自内心深处的真实感和生活背面的精神分析让诗歌带上心理探索的冒险气质。尽管这种写法也存在着明显的弊端，那就是一不小心就会向诗歌示弱，因为心理探索性诗歌需要强大的内心和气场，那种不管不顾，撞了南墙也不死心的气概表现在诗歌写作上就是手腕要硬，绝不屈服，永不妥协。

（原文发表于《诗林》2020年第1期）

李发模长诗《呵嗬》的南方史诗特征

一、《呵嗬》与南方史诗的关系

关于当代诗坛的长诗写作探讨是一个艰深的话题，由于历史和现实等原因造成诗坛和学术界对于长诗写作并未足够关注，至于史诗写作对传统史诗的现代性传承的研究几乎是空白状态，甚至很多人误以为史诗这种体裁已经衰亡，完全没有研究的必要。造成这一现象的内在原因十分复杂，现代社会的生活节奏加快，现代诗歌的社会功能日益狭窄，诗歌审美趣味的改变等，这些都是长篇现代诗写作日渐衰退的因素。不管出于什么样的原因，诗歌写作者的写作习惯和诗歌受众审美倾向的改变导致现代诗歌写作者日益远离长诗写作已是一个不争的事实。

李发模的叙事长诗《呵嗬》的史诗特征十分明显，学术界对此也曾展开一些研究。黄景忠的论文《一部具有史诗品格的长篇叙事诗——评李发模的叙事长诗〈呵嗬〉》指出，长诗《呵嗬》具有多元文化特征，诗歌内容丰富，涵盖了贵州仡佬族文化中的各种历史文化要素，该诗在诗歌叙事上扎根地方民间文学的土壤，吸取民间文学的营养，将地域民族风情融入诗歌写作之中。姚丽娟的文章《一个民族的心灵探寻——评李发模的〈呵嗬〉》从这首长诗涉及的仡佬族文化现象入手，阐发诗歌中表达的文化价值和文化精髓。艾洁的论文《贵州世居文化资源的文学转化研究——以李发模长篇叙事诗〈呵嗬〉为例》聚焦长诗中的地域文化和文学表达之间的关系，针对长诗对地方文化资源的文学转化进行论述。这几篇文章从不同的角度对长诗的文化视角和文化特征进行了剖析，分别揭示了长诗的几个重要文化叙事特征和艺术特点。上述文章将视角放在该诗本身的文化内涵和文化特点之上，主要是对史诗进行个案式的研究。本文意在将长诗置于南方史诗这个大的文化背景中，探讨该诗对于南方史诗几千年沉淀的文化艺术遗产传承的状况以及作为地域性南方少数民族现代史诗写作的一种尝试。

从中国几千年的诗歌史来看，史诗一直都在或隐或现地推动着中国诗歌的发展，特别是中国民间口传史诗作为中国诗歌历史中的一个隐性因素，对于中国诗歌的影响十分重要，而又极易被诗学界所忽视。中国民间史诗具有很强的地域特点，中国史诗学的三位专家朝戈金、尹虎彬和巴莫曲布嫫认为："中国各民族史诗，按传承和流布的地域、历史民族地理区和经济文化类群可分为南北两大系统。北方民族主要以长篇英雄史诗见长，南方民族的史诗则多为中、小型的创世史诗和迁徙史诗。"①北方史诗大多是典型的英雄史诗，以英雄形象塑造和英雄事迹为主线，以大规模的战争场面描写为代表性场景。北方史诗在文本上与被称为世界史诗典范的古希腊荷马史诗有相似之处，而且学术界对于北方史诗的研究要更为广泛深入，因此，北方史诗在国内外的影响远超南方史诗，北方史诗一度成为中国史诗的代名词。随着南方史诗的发掘整理和研究的不断推进，学术界对于南方史诗的关注也在不断提高。近些年来，南方史诗的文化影响力甚至可以媲美北方史诗。南方史诗文化现象远比北方史诗要复杂得多，王宪昭、杨福泉、吴正彪等学者对南方史诗文化的研究贡献颇多，他们和其他的南方史诗的研究者共同推动了南方史诗的发掘和探索。中国南方史诗涉及的文化元素十分广泛，描写的文化场景也十分繁复，显示了中国南方诸民族丰富多彩的地域文化特色和民族文化风情。南方史诗的时间跨度很大，包容了漫长的历史文化变迁，大部分的南方史诗从上古文化的创世纪一直写道具体族群或者部落，甚至是某一家族支系的兴衰遭遇，具有厚重的历史文化底蕴。南方史诗的文化元素十分丰富，涉及自然崇拜或者祖先崇拜的民间信仰，人民群众的生产生活方式，伦理道德和律法习俗等。著名学者，史诗研究专家朝戈金就将近些年在贵州省麻山地区发现的大型苗族史诗《亚鲁王》定义为"复合型史诗"，他指出，"《亚鲁王》的面世，为我们思考'复合型史诗'（跨亚文类）提供了一个鲜活的当代案例"。②南方史诗多多少少都会带有这种"复合型史诗"的特

①朝戈金，尹虎彬，巴莫曲布嫫：《中国史诗传统：文化多样性与民族精神的"博物馆"（代序）》，《国际博物馆》（全球中文版），译林出版社，2010年，第1页。

②朝戈金：《亚鲁王："复合型史诗"的鲜活案例》，《中国社会科学报》，2012年3月刊。

征，随着南方史诗的研究不断深入，南方史诗作为“复合型史诗”的文化混融性特征也不断显现出来。

如果将《呵嗬》放在更为广阔的文化历史时空去考察，我们就会发现，这首长诗深受南方史诗文化艺术的影响，从长诗的文化内涵和写作特点上不难发现《呵嗬》鲜明的南方史诗文化印记。从南方史诗的分类中可以看出，无论是创世史诗还是迁徙史诗，南方史诗都很注重族群的来源和传承谱系，文化地理环境的变迁，长期征战的场面以及迁徙的过程描述，面对苦难的坚定意志和顽强斗争的决心等。这几点在李发模的长诗《呵嗬》中均有所体现，这首长诗在文化内容和艺术手段上均带有明显的南方史诗特征，因此可以将该诗看作南方史诗的一种现代传承。

二、《呵嗬》南方史诗特征的几种表现

1. 创世史诗

南方史诗中普遍带有强烈的寻根意识，在南方诸民族的史诗和神话传说中，通常都会有对祖先如何创造文化家园，首领或者族长之类的英雄人物如何带领族人战胜困难走出困境的描写，或者是对生存环境中的文化符号的来源和演变的表现。南方史诗的这种注重文化根性的特色曾对中国当代文学产生重要影响，80年代的寻根文学和90年代初期的魔幻现实主义文学均与这种文化寻根意识有着重要的关系。

纵观中国南方史诗，创世纪是一个普遍的母题，特别是洪水神话和兄妹相恋再造人类这个母题在南方史诗中反复出现。人类起源在南方诸民族神话中皆有所表现，南方史诗中对于开天辟地，创造人类和造日月等上古神话有着大量的描写。南方诸民族史诗对洪水神话的兄妹相恋再造人类母题的叙述堪称南方史诗的一大文化特色。这个母题在中原文化也有体现，南方史诗中对洪水神话兄妹相恋再造人类的神话传说丰富多彩，该母题在南方史诗的变体和异文繁多。

王宪昭经过对中华各民族神话的基本特征进行研究提出“多民族同源神话”的观点，“一般而言，相同或相近地区的民族交往较为密切，在神话叙事方面往往具有更多的相似性。如云南地区的基诺族、拉祜族、佤族、布朗族、景颇族、德昂族、傈僳族、怒族、独龙族，贵州地区的侗族、苗族、布

依族等的神话中往往会有相同的母题。”[①]西南地区的川、黔、滇、湘等省聚居的各民族在漫长的历史文化变迁中孕育出大量丰富的关于宇宙和人类起源的神话传说，兄妹相恋再造人类的母题更是南方史诗具有代表性的母题。多民族同源神话揭示了西南地区各民族“你中有我，我中有你”的文化交融特征，由于每个族群居住地的地理环境和历史发展演变不同导致了不同的族群对同一母题有着不同的演绎。

李发模的长诗《呵嗬》共分10章，长诗对创世纪母题用了完整的一章进行书写，长诗的乙章《洪水神话，生命母体》对于仡佬族的创世神话和洪水再造人类传说作了诗化的演绎，诗中描述南方史诗中常见的洪水神话和兄妹相恋再造人类母题。在该章里，长诗先是用一个具有预言神力的猎人和一群猎狗之间的对话揭示天地的来源。

猎人：
世事尘土飞扬
开了花朵，老了容颜。
一声吆喝穿透旷世，
狗狗们，可知哪个来制天？
狗们：（举目望过远古）
古来无奈来制天，
他抓四把黄泥撒四方，
得一个圆圆的天。
猎人：
是哪个来造地？
狗们：
古老无限来造地，
他抓四把细沙撒四路，
得一块宽宽的地。[②]

①王宪昭：《论我国多民族同源神话的分布与特征》，《内蒙古师范大学学报》，2012年第4期。
②本文所引原文皆出自李发模著：《呵嗬》，贵州人民出版社，2009年。

在仡佬族的神话传说中，天是由始祖无奈用黄泥做成的，地是始祖母无限用细沙做成的。在上古神话中天是圆的，地是方的，天地是祖先用泥土和沙子做成，在这个一片天地之中，祖先无奈用簸箕造太阳，用筛子造月亮，先祖们饲养家鸡、养牛羊，从事农耕。正如诗中的猎人告诉猎狗，“狗狗们，可知在仡佬山——/最古老的是农耕/最忙碌的是农事”。[①]通过此段描写可以看出，仡佬族的创世纪表达了仡佬族的宇宙观，天地万物皆由祖先创造，人类的生存环境和生存技巧也由祖先赐予。

在南方史诗中，开天辟地后伴随着洪水灾难，人类遭受灭顶之灾，洪水退去之后，人类得以重生，这个洪水再造人类的神话也在《呵嘀》中得到了很好地体现。

传说人类经历洪水时代
仡佬先民亦是
人种灭绝，只剩兄妹俩
兄妹成亲，生下不会说话的九子
受神的启示
找来闷林竹子，一节一节
锯来放在火里烧
九个儿子果然有了言语

洪水神话中兄妹相恋再造人类的母题在南方史诗中非常普遍，在不同的地域和民族的史诗中有不同的演绎和阐释。《呵嘀》描述仡佬族兄妹相恋再造人类的故事具有浓郁的地方特色，兄妹相恋是违反人伦天理的行为，人类为了生存繁衍而遭受后代不能说话的惩罚，幸好得到神的眷顾，火烧竹子让人类重生而能够说话。这个神话的寓意十分深刻，表达了早期先民摆脱原始蒙昧，走向道德和秩序的强烈愿望。同时，火烧竹子的启示预示人类要从自然中学习，人与自然合一的早期生态思想。《呵嘀》中的“竹王传说”一段更是将仡佬族自然崇拜的民间信仰淋漓尽致地表现出来。竹王传说流传

①李发模：《呵嘀》，贵州人民出版社，2009年，第31页。

于川西和黔北遵义一带，竹王的传奇人生和英雄事迹丰富了南方神话的文化元素。

2. 迁徙史诗

南方史诗大多会涉及迁徙主题，以苗族迁徙史诗为代表的南方各民族迁徙史诗反映了苗族祖先征战辗转的历史，近些年，在贵州省麻山地区发掘整理的苗族史诗《亚鲁王》更是让南方迁徙史诗成为学术研究热点。南方气候温暖湿润，多山地河流，草木茂盛，动植物资源丰富，复杂的山地文化使生活在不同地区的诸族群在文化上产生出很多差异和变化，加上各民族长期聚居在一起，各种文化之间相互融合、相互影响，并伴随着各种文化冲突，进而引发了各种各样的历史事件。因为种种原因，南方诸民族在历史上发生过多次不同规模的迁徙活动，正是在这种迁徙文化之下产生了南方迁徙史诗。南方迁徙史诗大多伴随着战争的发生，战争母题始终是南方史诗挥之不去的伤痛，云南纳西族史诗《黑白大战》，藏族史诗《格萨尔王》都将大规模的战争作为史诗的主要内容，同时战争引发的族群离开家园，走上迁徙道路也是南方史诗中不可或缺的因素。生活在云贵川一带的苗族、彝族、侗族、布依等族群均有迁徙史诗，西南地区的迁徙史诗大多与战争或者冲突相关，冲突的原因大多与生产生活资源有关。

《呵嘴》中的两位主人公山蛮和水妹身世坎坷，二人为了追求自由独立的爱情生活，踏上了不断逃亡的道路，这一贯穿始终的主题让长诗带上浓郁的迁徙史诗气息。

逃亡……逃亡……逃过深壑
逃上岭岗，十五的月亮又升起
拖月亮上树，他眼前又是——

山下那场火映血光
映红他的脸膛
父母上吊……
对他的追杀，霜降降霜一样
山蛮啊，他抱上树梢的月亮
也摇晃

山蛮逃离家乡，躲避追杀的历程和历史上南方诸民族躲避战乱之苦的迁徙之路十分相似。南方迁徙史诗从侧面反映了南方各民族各地区之间因为政治经济以及族群信仰或习俗之间的冲突导致的长期征战。《呵嗬》中对山蛮和水妹逃亡之路的表达极富南方史诗的特征，其中穿插了很多传奇故事和各种地方文化风物，特别是对仡佬族民风民俗的描写非常丰富，先是山蛮逃到朱砂矿，从事冶炼朱砂红的劳作，后有山蛮水妹在九龙山遇见猎人悟道的传奇经历。山蛮逃到富含朱砂矿石的朱砂山，从冶炼朱砂的劳动中获取心灵的解放，长诗对于朱砂文化的描写生动传神。

帝王玉玺盖红的、御笔朱批润红的
宫廷翘檐飞红的、器皿装饰古红的
摩崖石刻篆红的神州，乃至
历代美女额上、两颊之上
那朱砂红

在迁徙过程中穿插进地方风物是南方史诗的常见写法，这种写法既有利于拓展诗歌的文化内涵，又可以保持长诗整体结构的完整性，在诗歌主线中插入一些副线，让诗歌的层次更加丰富。《呵嗬》的主线是山蛮和水妹之间忠贞不渝的爱情，二人逃到今天遵义县仡佬族乡平正境内的“九龙山”，此山的九龙之说对应了长诗开头洪水神话中兄妹成婚后生下九个儿子的传说。在这座山上，山蛮和水妹偶遇长诗开篇时提到的那个猎人和那群猎狗，猎人向二人传道，传道内容上自祖先开天辟地，下至民间技艺和生存方法等，经过猎人的教导，山蛮和水妹的爱情升华为族群的文化象征物。正是二人道德情感的升华让他们最终能够魂归故里，找到内心的平静并承担起族群文化传承的重任。

如梦如幻，远处有村寨
村寨有人在喊，快去扶起
山外沉重的现实
鸟儿站在树枝上唤，快给他俩
绿水与鹅鸭拍翅，牛羊与青山交谈、
似在时间里相遇灵性中原本的自己

南方迁徙史诗表达了各族人民在离开家园时的惆怅以及背井离乡之后对于家乡的思念。南方迁徙史诗大多会在经历漫长的迁徙之后找寻到新的家园的结尾，在《呵嘀》中也是这样，山蛮和水妹历经磨难寻找到新的家园，心灵的创伤得以疗治，二人恢复平静祥和的人生状态。

3. 苦难史诗

南方史诗中对苦难的描写尤为摄人心魄，特别是当史诗中的英雄人物背井离乡，离开心爱的家园走上漫漫的逃亡之路，往日的快乐和幸福涌上心头，和眼前的痛苦折磨形成鲜明的对比，因此，南方史诗中的苦难描写着力反映了南方各民族细腻、丰富的情感世界。《呵嘀》中对山蛮和水妹悲惨的命运以及他们在不屈斗争经受的苦难描写是长诗重要的组成部分。

长诗开篇之处就诉说了一个压在石磨之下的含冤女子的故事，这个女子背负了太多的冤屈，也寓意着仡佬族绚丽多彩的族群文化背后有着一个含辛茹苦、历经艰辛的母亲形象。这个母亲嫁了七个男人，他们分别是仡佬族的巫师、厨师、酒师、风水师、学者、种竹人和放牛人。正是这个多灾多难的母亲造就了仡佬族文化的传奇和博大，也正是因为这个不畏艰难的倔强母亲才让这首长诗具有鲜明的南方史诗的苦难特征。母亲含冤死去，山蛮为母报仇之后踏上逃亡之路，逃亡之路就是一条充满苦难的危险道路。山蛮逃亡途中被迫给秀才生病的女儿冲喜与母鸡“拜堂”，山蛮隐姓埋名，也不敢吐露与水妹的爱情。山蛮颠沛流离的逃亡生活十分悲惨，诗中借一男一女对歌的歌词来表达仡佬族穷苦百姓的苦难生活境遇。

你在哪里坐，我不对你说，
高山顶上岩岩脚。
你吃哪样饭，我不对你说，
烂酸菜嘿几大钵。
你穿哪样衣，我不对你说，
一股麻线遮股风，十股麻线把冬过。
你在哪样屋，我不对你说，
茅草棚棚，千根柱头落脚。

你在哪里睡，我不对你说，
牛栏架篷上，盖的包谷壳。

与北方史诗不同的是，很多南方史诗并不着力表现英雄人物的赫赫战功，而是将英雄人物的坎坷身世和不屈不挠的斗争精神作为叙事的重点，南方史诗的苦难意识和命运悲剧色彩十分明显。蔡熙曾把南方史诗的代表，苗族史诗《亚鲁王》的艺术风格总结为，“沉郁悲壮是《亚鲁王》史诗迁徙叙事的独特风格”①，不仅是《亚鲁王》的艺术风格具有沉郁悲壮的特征，整个南方史诗艺术风格总体上都会带有沉郁悲壮的印记，特别是南方史诗中的迁徙史诗大多会有关于迁徙的缘由、过程以及向往、追求等方面的描写。

南方史诗在艺术上的深刻之处在于史诗对于苦难的描写并非一味抒情，而是将民间信仰和精神家园的追求贯彻始终，让史诗的文化内涵和艺术高度带有超越世俗生活的魅力。南方史诗大多都会将南方各民族民间信仰的精神家园构建通过不同方式体现出来。苗族各地的古歌和史诗中都会有关于亡魂沿着祖先开辟的道路回到东方故土的描写。《呵嘀》中逃亡奔波、受尽煎熬的山蛮和水妹在历经波折之后，最终在猎人的指引之下，受到祖先留下的宝贵文化遗产的启示，悟出人生真谛，回到美好的精神家园，从此摆脱世间纷争和苦难的困扰。

《呵嘀》的作者李发模在长诗的后记中说自己曾在生存的“底层”，痛饮生活苦涩滋味的人生经历对于诗人来说是上天最美的赐予，正是有了苦难的生活历练，才会写出以苦难为题的史诗。南方史诗的苦难特征十分明显，这些苦难需要以民间信仰来拯救，《呵嘀》是通过仡佬族文化中的食色和精神来实现自我救赎的，仡佬族人民勤劳、聪慧，他们凭借着高超的技艺向大自然学习，创造了令世人惊叹的生活用品和艺术产品。仡佬族是多情多思的民族，他们对爱情执着专一，他们的情感世界丰富而稳定，正是靠着几千年流传下来的民族精神，才让民族文化得以代代相传。

①蔡熙，蒋飞燕：《沉郁悲壮：〈亚鲁王〉史诗迁徙叙事的独特风格》，《原生态民族文化学刊》，2017年第3期。

结 语

《呵嗬》是一首风格独特的长诗，这个题目本身就很有意味，“呵嗬”是仡佬族人的呐喊之声，既是劳动号子，也是当地人喊山、喊水、喊天、喊地的习俗，或者说就是当地人的一个表达强烈情感的感叹词。

这首长诗的写作意图十分明确，作者在长诗后记中点出：“为一个民族写史”，这本就是史诗的立意和构思。既然是史诗，就要带有史诗的基本特征，比如史和诗的结合，结构的安排以及内在情感力量的推动等因素的参与。

《呵嗬》是一部极具南方史诗特征的长篇叙事诗，既有创世部分，也有迁徙的内容，整部史诗带有浓重的苦难意识，这些都是南方史诗特有的文化气息。仡佬族是黔北地区最早的族群之一，经过几千年的积淀，仡佬族流传下来的口头史诗和文献资料极为丰富，仡佬族的非物质文化遗产技艺也多姿多彩，这些都给这首长诗的写作提供了极好的素材。

《呵嗬》的开天辟地神话想象神奇，诗中提到仡佬族先祖是九天天主和九天天母，仡佬人世世代代保持着祖先的崇拜和信仰，仡佬族的洪水文化除了兄妹相恋再造人类，还有更具浪漫特色的竹王传说，给仡佬文化增添了神秘气质。

《呵嗬》的迁徙文化大多与对自由的爱情追求和高超的非物质文化遗产的继承有关，仡佬族是讲究生活质量和人生格局的民族，在常年的迁徙过程中，仡佬文化沉淀出酒文化、饮食文化和服饰文化等与生活休戚相关的文化技艺，同时，仡佬族的对于爱情的追求也催生出具有民族特色的口头传说和民间歌曲。

《呵嗬》的整体感很强，围绕着一对仡佬族青年男女追求爱情和幸福的主线，从颠沛流离的苦难中升华出以食色为表象，以精神为内核的长诗主题。长诗的首尾呼应，开篇提出的宇宙和人生思考，在结尾处得以解决。

（原文发表于《云梦学刊》2019年第6期）

心跳的声音

——李发模诗歌的内在韵律

诗人是联想的生物，世间大多数的诗歌都是在想象力的驱动下完成。每个诗人的想象方式不同，也形成每个诗人的诗歌路径差异。诗人李发模的想象力是内敛的，这并不代表他的诗歌语言也是内向安静的。恰恰相反，在李发模的诗歌里常见的语言方式是带有金石之声的心灵撞击。

李发模的内敛指的是他诗歌的精神指向是通往心灵深处，在李发模安静的俯身姿态里能够读出他对于人世深刻体验之后的冷静观察，“仰听清风不语，安静俯身／便一眼看破鱼在水中，是悠哉／还是游哉。”（《过渡》）

王国维在《人间词话》里写道：“试上高峰窥皓月，偶开天眼觑红尘，可怜身是眼中人”。诗人大多是通灵之人，开得了天眼，看得透红尘底蕴。李发模的诗歌节奏很独特，他的诗歌背后能读到一丝超脱之后的无奈和寂寥，可是他的诗歌调子却是激昂的，始终保持着对世界的好奇和探索。李发模的这种状态让人联想后期的杜甫，虽然历经挫折却能保持怡然自得的与世界和解的状态，“落日心犹壮”，一个“壮”字写出了老练睿智的人生哲学。

李发模的诗歌路子有一些独特的个性。一是他的诗歌质地有很大的韧性，透出千锤百炼之后的理性和沧桑；二是他的诗歌语言很有内在韵律，在简单的叙述中折射出心跳的声音。李发模的诗歌情绪十分起伏有致，宛如一杯老酒回味悠长。可是李发模不是一般的感性化的诗人，他的诗歌写作过程里有不断精进的状态，时时能读到“柳暗花明又一村”的惊喜。这是诗性顿悟的结果，是诗人的大欢喜，每个诗人都珍视这个人生的意外收获。李发模诗歌的韧性也来源于此，在不断地敲打和撞击里，推进诗歌在悟道的路上游走。“一街骨头和血肉，血／有鬼喝／肉有人吃，骨头丢给狗／狗啃骨头之后，通了人性／吃肉也挑肥拣瘦／和主人结盟／犬吠四溅，污染了空气／还想咬吃地球。”（《梦见》）

李发模的诗歌语言在词语的选择上非常凝练，不落俗套，常有跳出常人想法的突兀高耸之感，如平地拔起的悬崖峭壁，在危如累卵的构词方式里完成诗意抒写。晚唐诗人李贺、贾岛以练字而著称，李贺的“向前敲瘦马，犹自带铜声”，贾岛的“促织声尖尖似针，更深刺着旅人心”，这样的功力是长期浸淫诗歌形成的语言直觉。李发模的诗歌内在韵律建立在词语构建的高亢底色之上，还有运思方式上九曲回肠的回环复沓。宛如高山之上蜿蜒曲折的盘山公路，猛一看，细若麻线，绵延不断，深入云霄。“土生土长在父母耳光下的孩子／被鄙视的目光夹磨过的言行／和茧疤累累的个性／易进油盐酱醋，也易于进城／随行就市……”（《可问春天》）短短的几句从形象的变化里，曲折推进到人生的烦恼和物是人非的沧桑之感，在内在韵律上有跌宕起伏的曲折变化，诗家语往往在看似平淡的背后有着万千变化，李发模的诗歌内在韵律上有着蜿蜒幽深的演变，正是以有限的句子带无限的韵味的古典美学思想在现代诗歌中的体现。

（原文发表于《诗歌月刊》2016年第5期）

宿州诗群小记

宿州和中原地区的大部分城市一样有着悠久的历史传承和深厚的文化底蕴。宿州的文化个性与曾经路过的一条大河有关，那就是如今作为世界文化遗产的隋唐古运河。虽然古运河目前不再奔腾在宿州的大地上，可是那条深入骨髓的河流却一直流淌在宿州人的血液里。

宿州诗人注定是与众不同的，受历史和地理因素的影响，这里的人文环境丰富多彩。宿州属于吴头楚尾的南北文化过渡区，还是古运河移民文化的混融区。宿州的诗歌也不同程度上反映了这种兼容并蓄的博大气象。要是想用简单的一句话来概括宿州诗人的总体风格的确很难。宿州诗人似乎有着取之不尽的才华和天赋，他们每个人身上似乎都藏着一个深不可测的诗歌富矿。面对如此盛况，似乎也只能借用武侠小说的一句话，宿州诗群人才辈出、高手如云。

的确，这并非刻意夸大其词，从宿州诗歌的个性特色来说，不乏亮点；从宿州诗歌的创作成就来说，堪称盛况。宿州诗歌的发展历程伴随着中国新诗的发展不断大浪淘沙，涌现出很多卓有成就的诗人和佳作。20世纪80年代，中国诗歌进入一个狂飙突进的时期，安徽诗人海子的出现深刻地刺激了中国新诗的现代性实验，宿州诗歌在80年代也曾创造过辉煌。宿州诗人曹大臣、阿尔、候四明、史红山、黄玲君、徐芳龄等成为当时诗坛的主力，他们的诗歌写作深刻地改变了宿州诗歌的发展轨迹，至今他们仍然是宿州诗歌写作的重要支柱。

从现在的宿州诗坛来看，诗人的数量丝毫不减当年，诗歌的成就更是今非昔比。近些年，宿州最为活跃的当属阿尔，自2010年以来，阿尔青春焕发，创作了一大批风格独特、刚健清新的诗歌作品。阿尔的诗歌以长诗和组诗见长，他的诗歌植根于民间文艺的土壤，主张诗歌写作的非诗意化和个人气质。近些年来，阿尔化身诗歌魔兽，他将个人魔性气质强力植入生命本真，运用现代诗歌碎片化和拼贴化诗歌理念将历史人生和社会现实一举囊括。

年轻一代诗人代表人物当属八零，八零有着年轻人少见的深思和缜密，更让人称道的是他天赋异禀。曹雪芹曾说过世间最让人留恋之人便是情痴情种，而八零正是这样一位深谙生命无常，人世虚幻的聪明透彻之人。八零的诗歌冷静深邃，刚柔并济，现代诗歌的内在力量流布他诗歌的每个细节。

诗人曹大臣算是最近几年宿州诗坛的最大亮点，曹大臣的诗歌不仅属于宿州，更是中国诗坛的一支重要力量。曹大臣的创作历程可以上溯到80年代，那时的曹大臣已经是国内才华横溢的青年诗人。现在的曹大臣作为国内知名的史学专家，将他的历史观和生命意识融为一体，运用他的过人智慧，打造常人无法企及的独特诗风。曹大臣的诗歌乍一看有些沉闷，甚至是有些冗长，一旦深入进去，如入深山古寺、万丈峡谷，险峻雄奇。造成曹大臣独特诗风的内在原因当然是与他独特的人生经验和诗歌创作历程有关。曹大臣的写法堪称国内一绝，他的诗歌拥抱历史和生命，以小见大，从细微处见得历史的积淀和生命力的彰显。曹大臣的诗歌语言也很有特点，他的语言像一张敏锐的蛛网，善于捕捉生活中一闪即逝的细微之处。

从诗歌语言天赋而言，候四明当是翘楚。读候四明的诗歌让人不禁联想起现代诗歌史上那些具有言语洁癖的诗人，比如戴望舒和卞之琳。候四明对语言的执着追求造成他的诗歌有来自诗歌言说方式的魔力。候四明的诗歌语言变化多端，句式运用灵活自如，诗人卞之琳曾在一首诗里写过：“你的慧心啊，大海，/你细到可以穿珠！/可是我也禁不住：/你这个洁癖啊，唉！”候四明对诗歌语言有着让人难以理喻的狂热。

宿州诗坛以抒情见长的当属诗人史红山。史红山是典型的诗如其人，他将个人禀性中豪侠仗义、快人快语、温柔多情等诸多方面淋漓尽致地释放到他的诗歌写作中。史红山的诗歌近年来出现了一些可喜的变化，他的诗歌触角更为灵敏，他的内心世界的复杂性也逐渐在诗歌创作中展示出来，显示了史红山强劲的诗歌生命力和创造力。

宿州诗坛人物众多，限于篇幅无法一一道来，难免有遗珠之憾。真正支撑起宿州诗歌天空的是一大批深藏不露的诗歌高手，他们中有在诗坛斩获无数奖项和荣誉的砀山县的杜文瑜，他显示了宿州诗歌在诗坛的影响力；还有在小说领域成就斐然，诗歌功力深厚的孙明华，他是宿州诗坛跨界写作的代表。张璘的诗歌充满热力，句子转折变化中留着极大的后手。张庆喜的诗歌里有大智慧和大欢喜，在平淡无奇的日常生活中有所发现。武春燕的诗歌在现代性的路上走得很远，难得的是，她的诗歌读得出古朴的意境。盛怀峰的诗歌清新纯粹，犹如一条阳光下的小溪。李晓江的诗歌中有别样的风景，他善于在现实中发现不一样的情怀。沈道光的诗歌里能读出一种骨子里面的慈悲，这种情怀很复杂，如人饮水冷暖自知。

砀山县程真峰的诗歌写作有生活本真的禅意蕴含其中，在朴实无华的句子背后可以感到生动的生命律动。砀山的王爱荷大开大合，他的诗歌好像不是写出来，而是流淌着的文字。砀山的刘跃兵保持着向上的姿态写作，视诗歌如同信仰。萧县的青火营造诗歌的理想境界，以情感为纽带，寻找生活的诗意。

灵璧县的卜献华抒情尺度把握精准，在冷静的叙事中展现生活和生命的力量。灵璧县的高西梅注重句子的力度，于句子的拉伸延展中体现出张力。泗县阿长的诗歌像北方的田野，冷峻、骨感，像一片闪着干净光芒的树叶。泗县高红艳的叙事生动沉稳，在智性和感性之间取得平衡。

上述诗人并非宿州诗人的全部，通过这些诗歌，宿州诗群的力量从这些诗歌中已经反映出来。面对当下不断变化的社会生活，宿州诗群要拿出什么样的气魄来面对诗歌的发展，我们期待宿州诗群有更多的优秀作品出现。

（原文发表于《诗歌月刊》2017年第9期）

民间诗歌的力量和可能

——写在《零度》诗刊五周年之际

作为具有几千年诗歌传统的国度，中国给世界贡献了最好的古典诗歌和最有中国特色的现代诗歌。在漫长的诗歌发展过程中，庙堂文学和民间文学分别扮演着不同的角色，共同支撑文学史的发展。当今中国，在信息技术和通信技术高速发展的态势下，民间诗歌作为诗坛的希望终将对中国诗歌作出卓越的贡献。

《零度》诗刊的办刊理念和选稿标准以及运行机制都能够代表国内民间诗刊的一个高度。我把《零度》诗刊这些年的发展成就归结为一个词“理想”。现在似乎早已经不是谈理想的时代了，行色匆匆的人们都很务实，偶尔停下脚步也只是低头看一眼手中的微信。从20世纪80年代改革开放以来，中国民间诗刊一直就没有停下发展的脚步，这些民间诗刊对于中国诗歌的贡献目前还没有被诗坛和学界重视。

事实上，诗歌作为人类文化，特别是中国文化的瑰宝，对于社会的贡献远远被低估了。因为非物质的文化部分虽然对社会发展的影响是间接的，可是这种精神文化的社会推动力一旦发生作用就会更为深入地改变社会生活，而且物质文化远比非物质文化速朽，诗歌艺术作为中国人的精神文化遗产一旦焕发生机，会迸发出惊人的创造力。最近几年，从电影和电视上也不断能够看到一些诗歌元素的不断渗透，央视节目《朗读者》的爆红以及国内诗人电影悄然兴起都在预示着社会经济发展之后，对于精神生活的渴求会与日俱增。贵州诗人导演毕赣的诗歌电影《路边野餐》，还有以诗人生活为题材的《我的诗篇》屡次在国际上荣获奖项说明诗歌的跨界功能已经在社会生产力中发挥作用。随着手机微信等自媒体的不断发展，可以想见，诗歌作为网络传播的内容支撑，会展现出独特的文化价值。

诗歌的春天悄然来临，经过寒冬的洗礼，中国诗歌展现出的是更加成熟和自信的艺术魅力。从《零度》精选出来的诗歌来看，令人惊喜的是，所选稿件基本上都是清新自然，真诚质朴的佳作。尽管在写作技巧和艺术风格上存在一定差异性，可是总体来说，选稿标准十分统一，对于稿件要求也很严格，保证了选本的质量。如果要对《零度》提出更为苛刻的要求的话，几位编辑朋友以后在选稿时候可以适当关注一下国内先锋诗人的一些开拓性的诗作，让《零度》诗刊也能够为自80年代以来中国现代诗歌的先锋传统做出一点努力。

《零度》是幸运的，因为有这么一群志同道合的诗歌朋友共同打造这块诗歌绿地，可以在这里诗意地栖居。这也和当下经济不断发展的社会现状是合拍的，因为我们不能苛求诗人和古典时代的诗人一样归隐南山，与世隔绝。当下诗人要成为社会的中坚力量，不仅要在诗歌上有所建树，也要更加深入地融入社会生活。我欣喜地发现，《零度》诗刊的编辑诗友们都有自己各自的事业，大家在工作之余，为了一个共同的诗歌理想聚到《零度》这个小小的伊甸园，享受诗歌带来的精神愉悦。《零度》所在的城市成都是一座理想化的现代都市，这里不仅经济发达，民风淳朴，而且有着悠久的文化传统和诗歌底蕴。四川人给我的印象是务实却不庸俗，文艺却不小资，富庶却不张扬，始终以融儒道为一体的人生状态笑对生活。每次到成都，都会由衷地从心底冒出那个词语“巴适”。

80年代的成都诗歌曾代表中国诗歌的最高水平，诗坛曾有“诗歌不出川”的说法。事实上，成都一直都是诗歌的一块高地，成都从来没有停止诗歌的脚步，《零度》诗刊在短短的几年之内就作出这么多的贡献。可以想见，《零度》在不久的将来会成长为成都的一张诗歌名片，和其他众多诗刊共同见证中国诗歌的发展。

（原文发表于民间诗歌刊物《零度》五周年专刊）

明月出天山，苍茫云海间

——高红艳诗集《虚空的脸》的时空意识

高红艳的诗集《虚空的脸》自出版以来已有学者对诗作进行过点评，其中青年诗歌理论家刘康凯在诗集的“序”中对高红艳的写作状态作了精准的论述：“红艳更多地把透视的眼睛对准自我，而自我的分裂则是其关注的核心。在本我与超我、意识与潜意识、梦想与现实的矛盾冲突中，自我无法维持统一状态”。刘康凯的论述道出高红艳诗歌中的二元矛盾冲突以及由此带来的深层精神状态，同时“序言”中还以高红艳诗集中的诗作《俄罗斯方块新玩法》为例分析高红艳的诗歌要“在一种似梦似醒的心灵状态中，被解放的心智发挥出神奇的力量，或去揭示存在的某种真实，或去发现潜藏的未知世界，或去创造一种新的可能性。”①

高红艳的诗歌写作状态中一直贯穿着一种较为独特的内心力量和写作冲动，对这种带有浓厚心理现实的诗歌做精神分析式的探求无疑是一种冒险。在现实世界中，直接解读一个人的内心世界本就是一件十分艰辛而痛苦的行为，更不用说要从诗歌中找出蛛丝马迹来解读一个人的内心世界，这个艺术还原过程的难度可想而知。

笔者对这本诗集的研读持续了半年之久，可是一直找不到一个合适的切入点来进入她的诗歌世界。高红艳的诗歌看似好读，语言平实、情感节制，可是诗歌的气场中却总带有一丝挥之不去的激流，有一股诗性力量不时从句子背后冲撞过来，有时候这种诗歌力量并不是很强烈，却让人有莫名的遐想和惆怅。

隐藏在高红艳诗歌背后力量的源泉是什么，诗歌研究的好奇心一旦被激发，诗歌解读就有了一个附着物，高红艳的诗歌并不以感情浓烈为能事，也

①高红艳：《虚空的脸》，花山文艺出版社，2019年，第5页。

不以叙事精到而见长，作为一个诗歌的“新手”，她的诗歌写作似乎有些随意和中庸，可是很多诗歌一旦读进去就会被某种东西吸引，当你掩卷之时却有些莫名的冲动。

经过认真地阅读几遍之后，可以发现这本诗集有一个时间上的分水岭，2017年9月中旬之后的诗歌和2017年9月之前的诗歌场域发生了变化，这是一种很细微的渐进式变化，就像是早晨柔和的阳光慢慢过渡到正午强烈的光照。有了时间上的参照，就可以继续对诗歌进行细分，原来除了时间上的奥秘，在高红艳诗歌的背后还有一个极为隐秘的空间进化。从时空观入手解读高红艳的诗歌或许是一个很好的途径，那姑且就以时间为经，以空间为纬，对这本诗集的时空现象以及时空观中透露出的生命现象做一个探索。

一、时空观的本源式追问

高红艳的诗歌一直有一种刨根问底的本源性追求的执念，这一方面显示了她顽童式的倔强，另一方面也说明她对现实世界中的自己并不十分满意，她要从现实中跃出，冲进一个她自己也不能完全把握的陌生世界，可是那个世界又似曾相识，这一种外乡人的感觉在她的诗歌中经常会出现。

今晚的月亮
呈昏黄的暖色调
家常如人间的一盏灯
我想把她挪动到
两颗星之间，这样
它们就消掉了
坐在我对面的你
咕咕哝哝地在说着什么
我想把你的鼻子挪到
两眼之间
把你的嘴巴挪到
两条眉毛之间
你的毛茸茸的脑袋和

你衬衫上的纽扣
正好在一条线上，这样
它们就消掉了。

——《俄罗斯方块新玩法》节选

鉴于她的写诗历程并不太长，这首写于2016年8月的小诗已经算是她的“早期诗歌”，这首诗显示出她对待诗歌的一种态度，顽强的执念和略带迟疑的好奇心混合在一起，带来一股并不是很舒适的心灵冲击力，这股力量里有我们熟悉的声香色，又有我们陌生的场景和情绪，甚至我们会被她的这种不管不顾的写法所冒犯，诗歌怎么能这样随心所欲呢?

可是世界上本来就没有关于诗歌精准的定义，或许诗歌只是我们生命的一种呈现，高红艳的诗歌里传导出来的又何止是一种生命的本源力量，还有她对时空的独特感应，从这首小诗里我们可以感应到她特有的简单执着，这种执念里有着一定的狂暴倾向，还掺杂很多不太确定的青涩感。难得的是，她抓住了这个刹那间的念头并能够捕捉入诗，值得关注的是，这首小诗里的一种时空转换的沧桑感，从游戏出发，进入到关于生命以及苦痛的思考，却又戛然而止，留有余味，这是高红艳诗歌的总体特征，虽然不能说是一以贯之的风格，却也有着明显的个人印记。

2016年下半年的好几首诗里都有这种时空上的探索，比如在《连环梦》中她写道：

梦里
她给我讲述
上一个梦
一开始，我
听得专注，有兴味
渐渐地
我走神了
我的梦也就走散了。

——《连环梦》节选

这首小诗里的时空状态也很有意味，现实的不确定性加重了，甚至会出现连续性的梦境，可是这些梦并未和现实真正融合为一体，所以梦不断地走散，梦境是诗人时空追寻的最佳伙伴，每个人对梦的体验都有所不同，高红艳的这首诗揭示了诗歌在不断地走向时空的追问中，此时诗歌的态度仍然是犹豫不决的，似乎是害怕不能第二次踏进同一条河流而裹足不前。从这首小诗中，不难发现高红艳对于梦境与现实，时间上的连续性以及空间上的不确定性有了新的感悟和发现，时间的连续性妨碍了人对时间变化的理解，我们在大部分时间里是感觉不到时间的流逝的，而我们更多的是通过空间的转移来理解时间，从一个梦到另一个梦是这样，从一个地方到另一个地方也是这样。

2017年的元旦，高红艳写下了一首关于时间切换的十四行诗《十四行之元旦记事》：

面对一面镜子，当然是为了
照镜子，可是镜子里空空如也
空空如也的镜子是空镜子
空空如也的镜子照不见人。

——《十四行之元旦记事》节选

在元旦这个辞旧迎新的特殊时间点，以镜像为切入点，引发关于时空的思考是最恰当不过的选题了，从诗句中不难看出，空镜子这个意象本身的象征义和引申义强烈占据了诗人的内心世界，可是空空的镜子里却照不见人，这个思考将关于时空的探索推向另一个世界。拉康的镜像理论近些年来风行全球，在国内的文艺界也成为一种时尚，拉康将空镜子这个心理暗示界定为欲望的失落和反思，每个人的内心中都会蕴含着巨大的冲突，现实世界的不确定性加重了对于这种冲突的疑惑，镜像作为一个巨大的隐喻笼罩在每个人的内心深处。

从目前的精神分析研究来看，镜像主要有两重含义。一是隐藏在内心深处的欲望世界经常会跑出来，以梦境或者是镜像的方式呈现；二是镜像世界里包含着人类的幻想世界。当年尼采在《悲剧的诞生》中对古希腊人身上的日神精神和酒神精神之间的冲突进行研究，发现两种气质的冲突是诱发西方悲剧的起因，事实上，内心的冲突在每个人身上都会发生，西方如此，中国亦如此。

高红艳诗歌中出现梦境和空镜子无疑也可以用深层心理结构来阐释，我却更愿意用时间和空间意识来解读。梦中的景象本就是对精神领域另一时空的一种探索，当年弗洛伊德对于梦境的研究作出卓越的贡献，潜意识理论揭示的是藏在内心深处的潜意识心理链条，在梦境中得到解放的生命状态进入另一时空。拉康的镜像理论将潜意识理论大大推进一步，镜像中的世界和现实的世界构成一对互为表里的二元时空，镜像中的世界既可以折射出现实的不足和荒谬，同时也可以凸显生命本身对于不可知的精神领域时空的感应。高红艳通过镜像深入到更为微妙的幻想世界，这时候诗歌的想象力在增强，同时二元冲突的表现也在诗中得到强化。

二、时空现象的诗化呈现

2017年，高红艳写出大量的关于时空探索的诗歌，很多诗歌的题目本身就是关于时间或者是空间的话题，比如《午后》《弧形亮点》《冬日》《反季节的梦》等，这些诗歌中一直忽隐忽现地出现了对于时间流逝和空间转换的思考和追问，这时候的高红艳似乎有点迷恋于这个时空反转的执念，对于一个诗人来说，进入时空领域的探讨本身就有些冒险的意味，好在2017年的高红艳似乎并没有自觉地去追寻诗歌的时空求索之路。

2018年的高红艳诗歌写作进入另一种痴狂状态，几乎每一首诗歌都是时空观念的固执呈现，《光在移动》关注上下午之间光影的变换，以及我和花草影子之间的切换；《倾听》里反复强调时间的善变和易逝，“给我一分钟，再给我一分钟好吧。”《红月亮》写的是昨晚的红月亮，“哦，好吧，152年一遇的/蓝月亮大月亮红月亮/就这样被我潦草地一扫而过。”《在从化》并没有着力写从化的景物，却是强行拉到已发生的过去时空，“两天前，在沱河边红颜色的绿道上/独自一人，边走边踢一块冰”《走在马路牙子上》，选取边缘化的路径，写出不走寻常之路的特殊的空间感受；《春天是一道催醒万物的律令》表现了季节转换之时的压迫感和不可逆性；《四月的断章》中那么多的空间感受堆积在一个残忍的四月，正如艾略特诗中所写，混合着欲望沉闷的根芽。艾略特在《传统与个人才能》中曾写道：“诗不是放纵感情，而是逃避感情，不是表现个性，而是逃避个性。自然，只有有个性和感情的人才会知道要逃避这种东西是什么意义。”高红艳从来都不是一个传统意义上的抒情诗人，她的诗歌现代性体现在对于时空现象和生命现象之间的碰撞，这种写法要求诗人具有高度的理性自觉和智性感悟。

关于时间和空间的探讨在东西方文化中实在太多，西方人的时间意识很强，海德格尔的巨著《存在与时间》描绘的不仅是时间的思考，还有时间与诗歌之间的关系，海德格尔借用荷尔德林的诗句来描述诗歌是人类“诗意栖居的家园”。海德格尔对诗意栖居的描述中运用了“维度”这个概念，维度这个概念同样可以拿来应用在对高红艳诗集的论述中。

> 我们现在把这种被分配的、也即被端呈的贯通——天空与大地的“之间”，由此贯通而敞开——称为维度。此维度的出现并非由于天空与大地的相互转向。而毋宁说，转向本身居于维度之中。维度亦非通常所见的空间的延展；因为一切空间因素作为被设置了空间的东西，本身就需要维度，也即需要它得以进入其中的那个东西。①

高红艳诗歌中对于空间的延展性有着明确的探索意识，在她的诗歌中，物象被放置于某种空间中，而对于生命的认识会导致空间的延伸和扩展，因此，万事万物与生命现象的结合就产生更为深邃的生命时空。中国传统文化中的生命理念对于空间意识的研究领先世界，早在万年之前，中华民族已经出现了较为成熟的天象观，后来发展出较为精致的五行八卦以及奇门遁甲之术，汉代随着佛教的传入，传统文化的空间意识大大地推进一步，佛教文化中关于世界的空间结构论述十分细致精妙，正是一花一世界，于精微之处见得博大雄浑。盛唐气象中就蕴含着这关于宇宙时空思考的时代强音，张若虚发出“江天一色无纤尘，皎皎空中孤月轮”的人生感叹，杜甫的诗句“窗含西岭千秋雪，门泊东吴万里船。”从具体而细微的眼前之景瞬间跨越到万里之外的漫漫旅途。时空思索历来就是中国古典诗歌的传统，卞之琳算是现代诗人中时空观较强的，他的代表作之一《距离的组织》就是一首精致的关于

---

①［德］海德格尔著，孙周兴译：《演讲与论文集》，生活·读书·新知三联书店，2011年，第8页。

时空的幻象和思索。

忽听得一千重门外有自己的名字。
好累呵！我的盆舟没有人戏弄吗?
友人带来了雪意和五点钟。

——《距离的组织》

卞之琳的这首小诗将时间空间意识重叠交错，产生近似魔幻的神奇诗意化效果。卞之琳的另一首名作《断章》也将空间意识的诗意效果营造得超凡脱俗，显示出现代诗歌对于空间的神往。

高红艳诗歌的时空追寻不是空穴来风，这与她长年孜孜以求的学习中国传统文化以及丰富的人生阅历有关，也是她的诗歌创作理念使然。她在《七月的断章》中写道：

诗和我不在一个平面上
我在这一面生活的时候
诗，在我的侧面
有时，也在我的背面

——《七月的断章》节选

这首小诗很容易被忽视，因为这首诗中并没有写出什么实在的情感或者事件，这是一首描写虚空的诗歌，正如她诗集的名字《虚空的脸》，虚空又是什么呢，虚空对于高红艳的诗歌有着什么意义呢。

李白《关山月》中有一句诗：“明月出天山，苍茫云海间。”在这句诗中，诗人抒发了时间无情流逝和空间不断转换带来的生命内在的矛盾冲突和迷茫无奈。诗歌是生活背面的事情，诗歌面对现实过于饱满的飞絮，需要一个虚幻的空间来填补巨大的现实感，诗歌是一种经验，这与诗人自身的生活体验有关，高红艳的诗歌通过对时空意识的追寻，实现对时空结构的再造，她大多数的诗歌是在呈现生活表象，而她的诗集标题透露出她对于虚幻人生的感悟，古典诗歌以意境为上，意境的实质在于以有限之物表达无限的情思，高红艳的诗歌中也是有意境的，只是她的现代感一定程度上掩盖了这种意境的传达。2019年以来，高红艳的诗歌更多的是在写景，这些景物的表达中同样有着明确的时空意识，好像她现在的状态是在复古，尽管她写诗的时间并不长，却在这么短的时间内完成了很多人多年也难以实现的蜕变，这也算是她写诗的一大特色吧。

结　语

高红艳诗歌中的时空观是与生命现象直接相关的，诗歌中的生命体验与时空现象高度紧密地结合，给诗歌形成一个极为致密而又充满张力的气场，弥漫在诗歌的气场也变得极为浑厚而苍劲有力。从诗歌的生命观和时空观入手，可以破解诗歌的力度和隐藏在意象背后的深层意蕴的谜团。

（本文发表于《宿州职业技术学院学报》2020年第1期）

古典内核的低调奢华

——卡西诗歌的中年写作气质

接触卡西的诗歌已是很多年前的事情了，早已想不起在哪里看过，却一直对他的诗歌印象很深，他的诗歌秉承20世纪80年代新古典主义诗风，又能够坚持自身的开拓，从新古典主义烦闷、花哨的炫技式浮夸抒情中走出，保持了自身一贯的沉稳朴实的写作风格。

2016年认识卡西以后，印证了我对他诗歌的看法，这是一个值得信赖的扎实靠谱的男人，他的诗歌具有浓郁的古典诗歌风韵，同时他能扎根黔地，立意高远，形成厚重淳朴的慢抒情节奏。如果你稍不留神就会把卡西的诗歌和那些满口大话的华丽抒情诗混为一谈。卡西诗歌的质地要刚硬得多，节奏也要稳健得多，特别是近两年，卡西的诗歌写作进入一个节奏更为清晰，思想情感更为深沉的慢抒情诗歌的写作状态。这对一个有着30多年写作历程的老诗人来说的确是值得庆贺和令人惊喜的写作现象。

卡西实现了我们常说的中年写作的状态，他的抒情气质有着罕见的低调奢华的特征。近两年，卡西的诗风发生一些变化，这对于有着漫长诗歌创作经验的“熟手”来说的确有些难度，因为克服诗歌的写作惯性，实现诗风的漂亮转身要付出极大的努力和艰辛，况且诗歌写作的进步就像登山，越到后半程越是难以突破。

2017年的卡西的一组诗歌让我们看到了他的执着和坚定，从他的诗里可以看到他的脚步扎实沉稳、呼吸平稳、神气合一。

深　秋

鹿冲关振荡的脚步在深秋最后时刻
渐渐变得冷却起来

灰暗天空摇曳阵阵寒气
就像现在，我被玻璃窗上的风声
控制在形体迷途的语境
视觉半睡半醒

日子开始变短了
像把闪着白光的弯刀，睡在霜降里
这些都是司空见惯的抒情
蓬勃的海岸线生动活泼
如果石头在燃烧
灰烬留给我

譬如在今晨，一只惊慌失措的流浪狗
狭路相逢于疾驶的车流
它显然走到了尽头
这不是凭空随意想象的疼痛
影子一样跟了我整天
它的尖叫，仿佛就是我的尖叫

再过几天就到冬季
每日抛弃的尘土，是流逝的时间
有内心的火种藏匿暗处
我得低下头
从与世俗对立的裂缝中找到燃烧的秘密
预言聚集于夜。想起的人让我兴奋

这首诗的触觉十分敏锐，诗人化身为猎手，巡游山中林间，用敏锐的触觉捕捉季节变化的脉搏。这首诗歌有着古典诗歌的生动气韵，还少许带有美国现代诗歌“深度意象派”的隐喻暗示和精致象征。卡西的诗歌似乎在追求一种内在的平衡，情感与理性、自然与生命、季节与轮回，卡西构建的这个二元世界在内在的争斗和妥协中寻求一种圆融之美。他在2019的这一组《这世界是一个甜蜜的圆》中将这种圆融之美进一步强化并形成一种低调奢华的诗风。

天　象

在鹿冲关，我无法制止
天空的混沌
这大写的潦草，盛满恍惚和迟钝
越来越像低头行路的我

十月是只可爱的宠物
缠绵在脚下
偶尔会仰起身，想抓住黄昏与暮色
若有所失的空茫

雨时断时续。我必须从缝隙中
攀上臆想的时光
必须在缅怀的刀锋上停留
在骨质疏松的隐痛里，找到站稳的石头

冷风在手，唯有它可以拧紧意志
碾碎凛冽的私心杂念
现在是晚秋，一场雪正在寂静里酝酿
仿佛一个人对另一个人的渴望

不难看出，2019年的这首近似题材的诗歌更加充盈而丰满，情感向内收，藏起锋芒，更为难得是这一份从容和洒脱。2019年的卡西注重健身和写作，这首诗里可以读到这种放下重负之后心态上的轻松和安静。2019年对于卡西的诗歌创作来说是一个重要的年份，卡西的诗歌节奏更为沉稳了一些，无论是从词句的排列来看，还是从句子的舒展程度以及诗歌气息的流畅度上来说，2019年的卡西诗歌比起2017年的要更为自然沉静。抛开生理年龄不说，一个诗人的成长极为艰难，大多数诗人没有能够进入中年写作就夭折在中途，或者是停步不前。在诗坛有人曾说，有些诗人是永远的十八岁。我个人认为这并非赞美，至少不能是对诗歌的赞美。诗歌自身的成长规律并不会按照诗人的人生轨迹来自动更新，一辈子写浪漫激情的抒情诗歌并不难，难的是随着写作的不断深入，还能不断突破自我的局限给诗歌生长的机会。

卡西的诗歌写作状态就像2019年这一组的诗题，世界是一个圆，他写诗的动作正像是在画圆，诗人站在生活的圆心，以情感为笔，以思绪为墨，循着季节和生命的律动在画一个甜蜜的圆。“这世界是一个甜蜜的圆/圆心是微笑的太阳/我像圣徒般，以虔诚，热血和眼泪/以及幽深的古巷/靠近”。

卡西曾说他的诗歌有新古典主义倾向，对他的说法我深有感触。事实上，我一直以来都是反对新古典主义诗风的，这并非是出于对新古典主义写作手法本身的排斥，而是从80年代以来的新古典主义的发展历程来看，大多数的新古典主义写作者不仅不能从古诗中吸取力量，反而堕入古诗的俗套和浮夸之中。艾略特曾在《传统与个人才能》中强调，诗人要回避个性，不能堕入到恶劣的个人化倾向中，他还指出优秀诗人不仅要从传统中生长出来，而且还要创造新的传统。

的确，对于现代诗歌来说，离开传统谈诗歌创新是在建造空中楼阁，而局限于传统中无法自拔这本身就是违背传统的一种做法。试想如果杜甫只是继承盛唐诗歌的气象，而不能从盛唐诗歌的浮华中走出，就不会实现中唐时期格律诗歌的全面提升。李商隐和白居易也是在对前人的诗歌艺术继承之后，还能够将自身的独特艺术理念融汇到诗歌创作中才实现了晚唐诗歌的又一次复兴。

卡西的诗风有古典主义的内核，可是他的诗歌写作并非典型的新古典主义风格。这主要表现在以下几点。首先，卡西的抒情总体上是内敛的，这与他本人安静沉稳的个性有关，也和他多年以来的诗歌经验以及高超眼光有关。新古典主义诗风在80年代登上诗坛之后，给人耳目一新的感觉，可是新古典主义发展过程中出现一些不尽如人意的现象，过度抒情就是主要问题之一。过度抒情的结果就是走向艾略特说的恶劣的个人化倾向，在诗歌中过度宣泄个人情绪会导致诗歌呈现出现失真现象，同时过度抒情会阻碍新传统的发现和创造，因为忘记历史是一种背叛，而过度迷恋历史也是一种病，局限在历史中就不能与时俱进，写出崭新的时代风貌。其次，卡西的诗歌艺术呈现出不断进步的态势，主要表现在诗歌的节奏和内在气韵更为舒缓。新世纪以来，新古典主在发展过程中不断吸收诸多诗风的影响，创作出一大批的优秀诗作，可是新古典主义表面繁荣的背后，也存在一大批内容空洞、虚假浮夸的诗作。玩弄辞藻，言之无物是新古典主义诗风的另一大弊端，随之而来的是在漂亮的外表之下，诗歌的节奏紊乱，节奏过快。

这种过于花哨的诗歌虚症不仅出现在年轻诗人身上，在资深诗人身上表现得更为明显，甚至80年代以实验诗风而著称的一些当年前卫诗人也出现了集体倒退现象，这是一种令人不安的现象。新古典主义诗风本身并无什么不妥之处，可是在古典的内核之下，需要一颗关注当下的心灵和一双善于发现生活的眼睛。卡西的诗歌并没有完全被当下这股躁动不安的浮夸诗风带走，他坚守住了一颗自己写诗的初心，抵制住词语的迷惑，也不被当下过快的诗歌节奏所迷惑。卡西的诗歌内在节奏不仅没有变快，反而有一种慢抒情的现象出现，这对于一个经验老到的诗人来说是很不容易做到的，克服多年以来形成的写作惯性，避免越写越快，越写越疯，需要一定的耐心和智慧。最后，卡西的诗歌写作逐渐步入可喜的中年写作状态，2019年，他的笔力越发雄健，他的情绪更为从容，这种状态可以有效地抵御新古典主义写作带来的负面作用。衷心希望卡西在21世纪的第二个十年里将他的中年写作继续下去并创作出越来越多的好诗。

（原文发表于《贵州诗人》2020年第1期）

第/三/部/分

网络诗语

新乐府诗派纲领第一稿

宗　旨

秉承新乐府传统，以新乐府精神补现代汉语诗歌之不足。

新乐府诗歌以营造更高的诗歌世界为理想，追求内心的真实和假叙事。

序　言

自魏晋到晚唐是乐府精神的重要历史传承阶段，当世诗人心中大多揣着乐府这把利器。乐府诗歌起于两汉，其强大生命力来自民间俗世生活的积淀，乐府诗歌的精髓在于“拙”与“朴”。魏晋名士将乐府精神与个人气质相结合，创造了中国诗歌的风流韵致。晚唐时期，一代诗魔白居易发声呐喊，首创新乐府运动。新乐府诗歌的生命之蛇魔性尽显，化身为龙，为后继者打造更为高远的诗歌空间。白居易的新乐府运动是针对盛唐以来老相尽露的汉语诗歌全面补肾。新乐府将天才诗人的魔性全面释放，用高度的个人诗意和世俗世界拥抱。

自宋以后，新乐府精神衰微，拙朴不在，从苏轼隐约可辨的一些乐府余韵中不难看出，乐府已经变成诗歌道路上的一条僵死草蛇。现代诗歌史上也不乏新乐府诗歌的后继者，20世纪20年代以生冷怪硬著称的李金发，30年代知性写作的卞之琳都有新乐府的魔性气质。40年代的穆旦偶有新乐府的生命意识灵光乍现却为宗教情感所累，难以达到更高的诗意。当下诗歌进入难辨真伪的混沌时期，新乐府精神的生命意识和强大魔性可以补足诗坛的各种虚证。

原　则

1. 诗人不是文人，诗人的作品更直率，更简洁。

2. 强调诗歌真实，而非传统意义的现实主义；只看到白居易的现实主义层面而忽视白居易的魔性写作是对白居易的莫大误解。

3. 追求人生的本真经验，而不相信教科书或者空头理论，从生活经验出发，直击生命深处那个世界。

4. 提倡大诗歌理念，包容分行文字之外的各种艺术形式。

5. 诗歌要有的放矢，反对空洞抒情和无谓的修辞练习，视解决人生问题和改造世界为诗歌的根本任务。

6. 反对卖弄技巧，因为技巧在一定层面上会伤害诗歌，解决之道在于用更高的技巧来取代华而不实的技巧。

7. 提倡诗歌中多用叙事，而以叙事之外的世界为诗歌最终目的。

8. 反对恶劣的个人化倾向，反对幼稚的伪大师和一切名不副实的诗歌头衔和花样文章。

发起人：赵东　阿尔　执笔人：赵东

（新乐府派代表作品：阿尔的河流系列、民谣系列东东的梦幻系列、昆虫系列。）

（2012年2月15日发刊于“新乐府诗歌论坛”）

新乐府诗派纲领第二稿

宗　旨

秉承新乐府传统，以新乐府精神补现代汉语诗歌之不足。

新乐府诗歌以异书写为理想，去掉诗歌的紧张度和向上感，保持诗歌的实验性和松弛度以发现诗歌写作的多种可能。

序　言

20世纪80年代以来，由于过度追求诗歌的向上感和技术流，导致了诗歌的各种虚征，比如沉湎于抒情，执着于叙事，诗到语言为止，假抒情，反抒情等虚着频出。随着物质的丰富和心灵的流失，当下已经进入一个无诗时代或称非诗时代，在烟囱林立，没有鸟鸣的春天，固守那种虚假抒情和叙事花样已经毫无意义而言。面对严酷的现实，需要全新的写作姿态，异化的时代需要诗歌的异书写。立足当下日常生活，直面各种纷乱的物象，遵从内心的反映，以假象为书写对象，以陌生化和异化为写作手段，综合运用各种手段，甚至是物质的或数学的非艺术化手段，以打开更为广阔的心灵世界和诗歌审美空间为目的，以诗歌解放为主旨，将诗歌世界充分打开，进入事物内部写作，提倡诗歌的世界融合能力和当下表现能力，诗歌应和世界的同步进步，不管世界是否在进步，诗歌始终要进步。

原　则

1. 打破中国诗歌史以《诗经》《楚辞》为源头，以唐诗宋词为标准的局面。

2. 以人类学视角重新审视诗歌的源头，打通神话和日常的隔阂。

3. 以诗歌的生命力和表现力为标准，重新打量诗歌史。

4. 唐诗宋词的功能被无限放大，对当下诗歌已经形成副作用，要贯通唐宋诗词和现代艺术。

5. 非诗时代、无诗时代的诗歌写作要打破常规，任何缩在套子里的写作都是不允许的。

6. 诗歌的写作对象要以当下的内心反映为基础，以异书写面对各种假象。

7. 提倡融合非艺术化和物质化手段。

8. 以放松的姿态面对冷酷的诗歌现实，不对抗、不妥协，坚持自我。

（2013年2月14日发刊于“新乐府诗歌论坛”）

系列长诗《舍不得乡愁离开胸膛》：一首诗描绘一座城

中国长诗有着悠久的历史文化传统，从楚辞到汉赋，再到乐府诗歌，抒情长诗和叙事长诗留下了无数优秀的诗篇。当代诗人中也不乏张曙光、桑克、肖开愚等写长诗的高手。还有一些长诗的隐逸之士，一直致力于长诗创作，比如贵州的梦亦非、成都的杨典等都是写长诗的好手。长诗是一个独特的领域，有着独特的气韵和线条，长诗不是将短诗拉长或者若干短诗集合，它需要更为广阔的视野和更为强大的包容。短诗的难度在于视角和表达，长诗的难度在于构思和高度。要做好长诗，既需要有历史性的思考，又要有生活的长期积累，以及创新式的自我带入。从《舍不得乡愁离开胸膛》系列长诗中，可以看到以下几点。一是接通古今，从远古时代的祖先亚鲁王信仰到明清时期的沙滩文化，乃至改革开放以来西江苗寨、青岩古镇文化品牌，长诗几乎贯穿了贵州古今的发展历史。二是重点突出了地域特色。系列长诗均为贵州省具有代表性的人和事，地域特色十分鲜明。三是平衡抒情和叙事相结合。长诗走的是质朴路线，写真感情，说真故事。正如《人间词话》云：故能写真景物、真感情者，谓之有境界。《舍不得乡愁离开胸膛》系列长诗作者都是贵州本土诗人，具有强烈的乡土情结和家园意识。热爱家园，歌唱家乡历来是写作长诗最好的抓手，他建议贵州本土青年作家可以从家乡普通百姓和日常生活小事的角度着手，让其成为诗的主角。此外，《舍不得乡愁离开胸膛》系列长诗的布局也突出了贵州的区域文化特色，贵州具有丰富多彩的山地绿色文化特色。长诗将这一特点进行铺陈和抒写，那就是一首诗描绘一座城。城市的生命体现在很多方面，经济发展、历史传承，乃至各种文化品牌效应等，用长诗的方式来表现贵州城镇文化符合当下文化发展和文艺建设的主流。

从文化学的角度来看，一座城市可以用一个包含着若干文化象征物的文化符号来代表，从诗歌的角度来看，一座城市也可以用一个意象来传达城市的生命和脉搏。《舍不得乡愁离开胸膛》系列长诗抓住了城市的脉搏，从意象出发，带动了城市的生命节奏，走入了城市的历史，表达了城市的文化，其也是所描绘的那一座座城市最好的文化符号。

（原文发表于“多彩贵州网”2018年2月27日，文字稍作编辑整理）

长诗的几个路径

——由“2019中国当代长诗展”想到的

现在很多人只要一谈起长诗总会说长诗已经消亡或者写长诗是一件愚蠢的事情，等等，从诗歌史来说，中国古代长诗大家数不胜数，忽略了长诗就失去中国诗歌的半壁江山。现代诗坛擅长写作长诗者也不在少数，尽管水平参差不齐，还是取得了相当可观的成果。

这里有一个很重要的问题，长诗之长指的仅仅是长度吗？从体制和形态来看，长诗当然就是很“长”的诗歌。那多少字或者行才能算作长诗呢，长度问题在短诗领域是有很多界定的，有人认为三十行以内的都是短诗，超过三十行就是长诗了，有的人则认为超过一百行就是长诗。在东南亚流行一种小诗风潮，泰国的华人诗坛有一个“小诗磨坊”，代表人物是曾心，他的小诗意味深远，以小见大。

新加坡华语诗人周德成也是以小诗见长的现代诗人，他的诗歌现代感强，擅长夸张变形，同时强烈的知性元素参与让诗充满张力。东南亚的小诗是界定为长度在六行以内的短诗，小诗是可以用行数来界定的，可是长诗也可以用行数来界定吗？我个人认为，长诗之长不在长度本身，尽管长诗的确需要一定的长度才能达到预期的效果，可是有些长诗只是将短诗人为拉长的做法实在让人有些生厌。长诗的长在于长诗的容量丰富、结构合理、声部和谐。做不到这三点就不能够叫作合格的现代长诗，纵观当下诗坛，长诗作者不少，可是可以写出像样长诗的真的没有几个。

一、容量丰富

长诗的写法很多，并无固定的模式，可是不管怎样变化，长诗的强大生殖能力和自身的包容性是推动长诗发展的内在力量。写长诗首先要有一颗强大的内心和一双敏锐的眼睛，时时感知内在外在的变化，把握住自身和时代的脉搏，将历史和现实纳入诗歌创作当中，长诗的力量和内涵就会释放出长诗应有的创造力。想要让长诗的内容充实，首先就要回答海德格尔所说的那个古老的问题“诗人何为？”解决为什么写长诗的问题才能真正把握住长诗的精髓。写长诗是一件吃力不讨好的事情，弄不好花了时间精力只能落得徒增笑柄的下场。很多人并不知道自己为什么要去写长诗，或者有的人出于名利之类的想法写长诗，这样更危险，我一向认为诗歌有毒，写诗的副作用很大，君不见有人写诗弄得自己精神状态很差，有的人写诗弄得疾病缠身，很多长诗作者一看面相就很差，违背长诗写作规律会把自己搞得很累。长诗是诗歌写作中的险途，我经常告诫年轻的诗歌写作者，尽量写短一些，越短越好，不要随意把句子拉长，更不要随意在诗歌里增加句子，伤害诗歌者必被诗歌反伤，这一点在长诗创作中体现得更加明显。

至于说怎样才能做到容量丰富，当然我也可以用人生阅历、知识储备和精神境界之类的话来搪塞作者。我觉得较为客观的说法是长诗需要好的立意，你的主题有多大，就写多长的诗歌，写长诗不是一件浪漫的事情，这是一件严肃而古典的事情。什么叫作长诗立意或者长诗主题，长诗和短诗最大的区别就是短诗可以由诗人自由驾驭，而长诗必须听命于诗歌本身的内在召唤。这样说可能有点玄妙，换个稍微柔和一点的说法，长诗的使命感和责任感要远远大于短诗，可能这才是长诗和短诗的根本性区别。写一首长诗可能是一件更加谨慎的事情，正如当年诗人戈麦写过的一首诗歌《谨慎的人从来不去引诱命运》，长诗作者穷极一生就是要找到那个能够融入他血肉之中的主题。记得当年读到但丁《神曲》中“永恒的女性引领人类飞升”的时候，不觉泪流满面；读到歌德《浮士德》中那一句：“停一下吧，你真美啊。”顿觉呼吸被完全带走。每个长诗作者一生中都要找那个为他定调的主题，有的人可能会说，我的兴趣爱好如此广泛，怎能用几个主题就概括我的长诗呢，那我只好遗憾地告诉你，兴趣爱好过于分散的人是无法完成优秀的长诗写作的。因为长诗不仅要有深刻的主题，更要有凝聚于一点的穿透力，无法聚焦于生命的人写不了长诗，散漫的文字只是制造垃圾而已，和长诗毫无关系。有一次长诗研讨会上，我曾对一个诗人说你这样子写会把身体搞坏的，那个人竟然笑着说，是啊，为了完成这些长诗的任务，创作组很多人都进了医院。他们竟然还以为是写长诗过于劳累，为了工作而住院，似乎是一件很光荣的事情。长诗不可以乱写，不按照长诗的规律乱写，只会被长诗所伤。

这次的长诗大展总体上还是严谨的，大多数诗人是认真而严肃地在写自己的生命体验或者所思所想，也有一些诗人写的东西已经游离在他/她生命之外了，我劝这些诗人还是写短一些为妙，做不做诗人并不重要，至少要保持身心健康，不要因为写长诗把自己搞得心力交瘁。这次长诗大展的44位诗人中，有几个人的主题较好，长诗的内容充实，只有内容充实，句子的质地和力度才能彰显出来。长诗的句子要能够立起来，这次大展中很多长诗的句子立不起来，绵软无力，苍白空洞，看上去都是大话空话，缺乏生活的观察体验和生活背面的感受性。

二、结构合理

长诗的结构是衡量一首长诗艺术成就的第一要素。短诗也要结构，可是短诗的结构具有欺骗性，有的人短诗结构不好，可以用其他方面应付过去，本来生硬的结构看上去就不那么扎眼，长诗则不同，长诗的结构决定了诗人看待世界和表达内心的方式，因此，长诗结构问题是必须要重视的。

在我看来，每一首长诗都创造了一个独特的结构，尽管大多数长诗在结构上看上去都差不多。个人认为，白居易在唐代诗人中是最擅长把握结构的，他的每一首长诗几乎都在确立一首长诗结构的典范，至今对于现代长诗的结构仍然具有不可磨灭的启示作用。比如《琵琶行》在内在韵律和节奏、气氛的渲染和情绪的起伏上暗合中国古典琵琶曲的结构，“大弦嘈嘈如急雨”一段完全是用琵琶轮指的方式将整首诗歌的情绪推到顶峰，到了“同是天涯沦落人”一句转而低沉的拨弦，“座中泣下谁最多”一句结尾处达到空无一人的绝境。《长恨歌》一曲更是运用道教的科仪将唐代崇尚神话和传奇的结构化用到长诗的结构中去，从“邛崃道士洪都客”一直到“一枝梨花春带雨”内在的结构符合道教的音乐和仪式感。

创造合理而又独特的结构是长诗作者的责任，这次大展中的长诗有几个人的结构中规中矩，或者是长期写作习惯使然，或者是本人对于长诗的结构有着独到的理解。结构问题的实质是思路问题，长诗写作很像电视剧创作，短诗更像电影创作，电影的结构再乱都可以勉强看下去，电视剧要是乱了，根本就无法形成整体感。读了这么多年长诗，给我的印象是大多数的女诗人不适合写长诗，思路太乱，情绪过于激烈，她们写长诗就是拿命在硬拼，拿着刀斧在用力砍杀，完全谈不上有什么结构可言。有了好的结构，才能把材料安放在恰当的位置，才能让生命处于稳定的状态，不至于随时将诗人的内心抛向无名之地。

三、声部和谐

说到长诗声部的问题就要牵涉到音乐性的话题了。长诗的音乐性要求比短诗要高出太多，有些人写短诗可以完全反音乐性，这是可以的，只要你的音乐性达到一定境界，可以在短诗中实现对音乐性的背叛。可是长诗如果失去了音乐性，那就是一场彻底的灾难。

长诗不按照音乐性出牌的想法过于浪漫，对于大多数诗人不适合，我说的音乐性不是指节奏和押韵这些，我说的是长诗的各个声部之间的协调和配合。长诗必须是多声部的，世界上没有任何一部长诗一直用一个腔调说话，那是不可想象的事情，除非是在创作经文之类的神性写作。

当年诗人庞德把诗歌分为三种，形诗、意诗和声诗，声诗是诗歌的最高境界，和中国古典诗歌的无我之境极为相似。一首好的诗歌读完以后唇齿留香，大多不是因为诗歌的意义深刻或者形象生动而产生深刻的印象，往往是被诗歌内在的形声意结合产生的独特的诗歌音乐效果所打动。诗歌史上形容杜甫的诗歌之美用沉郁顿挫四字，就是说的声音效果。诗歌的本质力量就在于纯粹的声音效果，这一种音乐性是诗人可遇不可求的缘分和福报，只有少数的诗人幸运地发出了属于他自己的诗歌声音。

由于长诗的内容丰富，声部繁多，因此，怎样处理一首长诗的多声部的问题就十分重要。古典长诗在语言和格律上和现代诗歌完全不同，因此，古典长诗的声音效果目前现代汉语诗歌还无法达到。这并不是说，现代汉语长诗就不能出现全新的声音效果和和谐的多声部共鸣。因为现代汉语的文化根基较浅而忽视长诗的多声部协作，这本身就是一个托词和谎话。古代诗歌的格律和现代诗歌的声音效果同样也是历经无数代诗人的努力才一步步发展而来，现代长诗的音乐性也需要诗人们的共同努力才能实现。

根据本人多年的写作经验，长诗写作的状态很重要，不要在激情澎湃的时候写作，当然大多数人在情绪激动时候也写不出来，可是有些长诗作者很会激发自己的情绪，整个写作过程都在不断给自己的情绪加油打气，结果整首诗歌显得燥气十足。我常给年轻人说，写诗不是谈恋爱，不能老是这样抒情，就算是谈恋爱，老是这样肉麻地抒情，谁受得了啊！长诗写作不抒情是很难的，抒情也是长诗写作的一个重要的推进器，长诗写作的抒情问题已经成了长诗的痼疾，短诗中的抒情问题也不同程度地存在，特别是那些受新古典主义影响带有古意的写作往往会陷进抒情的泥潭无法自拔。

长诗的抒情问题更加突出，因为在长诗中结构和声音的缺陷会被无限夸大，随着阅读的深入，那些抒情的苍蝇会不断生长成为巨大的妖魔，进而毁掉整首诗歌的音乐效果。那为什么非要把抒情和诗歌的音乐性扯上关系呢，抒情本身是无罪的，古往今来的诗歌创作，总是要有抒情元素参与的，可是长诗写作的复杂性就在于，长诗的声音效果非常脆弱，一个小小的细节就可以毁掉整段诗歌的音乐性，接着整首诗的多声部协调性也被破坏，真是牵一发而动全身。我只是想奉劝那些长诗作者们，节制情绪，多多考虑诗歌的多声部合作的整体效果。四川诗人杨典，我曾经读过他的一些长诗，在情绪的处理上高人一筹，他将世间的情怀和烟火气化为悲苦清冷的格调，让诗歌带有一种古典音乐的余味，长诗的多声部效果油然而生。

长诗难写难读是共识，这是不言而喻的话题，毕竟这么大的创作体量，稍有不慎就会满盘皆输。长诗的严谨法度和变化灵动是一对矛盾，既要清新自然，又要严丝合缝，这的确很难，这就要长诗作者以严谨的态度修炼自己的写作技能，不能过于任性，莫为抒情而毁掉长诗的内在结构。

［原文发表于诗歌微信平台《诗歌阅读》（2019年6月29日），原题目为《由“2019中国当代长诗展”想到的——长诗的几个路径》］

对曹大臣诗歌的几点看法

曹大臣说："在我看来，内涵历史发展进程的名词，不仅是诗意的，而且是真正的诗的表达。"我最欣赏的恰恰是这句话。事实上，我几年前就发觉世界上的所有事情都可以化为历史，历史是很难说清又无法回避的话题。不管怎样说话，或者怎样去表达一种情感或者史实，历史都是那个样子在那里，有时候历史并不美，也并不好玩，可是写诗的人没法忘记那个历史使命，因为诗歌是一种经验，这个经验包含了太多的东西。我有时写诗，不时在脑子里会跳出周邦彦的那句诗："年来岁往谁识京华倦客"。写诗是一种命名，给万事万物一个名分，一个依靠，一个可以赖以维系生命的平台。写诗又是一种不断抓住不可能再来的过往的徒劳，诗人应该是像一个两手空空的国王，只能在句子里面找到那个似乎毫无意义的荣光和家园。我欣赏曹大臣的历史感，不仅因为他是历史专家，而是他有明确地用史实做诗歌这道菜的意识，这是一般人达不到的。尽管诗歌也可能是哲学或者宗教，可是失去历史感的诗人是毫无意义的。大多数的诗人都没有这个意识，或者在写诗的时候没有将这个生命里面最真切的现象历史化。至于说到表达的问题，对于每个人都一样，包括那些伟大的诗人也是一样的烦恼。现在回头再看很多人的语言都很软弱，包括那些大家。因为这不是语言问题，这是生命状态的问题。

这些新作能看出来曹大臣在思路上和表达上开阔许多，戏剧化强，文本也自由很多，我想提一点个人小想法，一是诗歌是一种分离性的类似流水一样的东西，可以洗干净许多东西，日久天长还可以毁掉很多东西，因此，有很多东西可能不需要在诗里说出来，读得多了慢慢就会净化一些东西。二是诗歌的叙事的确很像小说，有时候就像写小说一样就可以了，可是诗歌这玩意有一种火气，在小说里这火气被稀释掉了，在诗里反而会被强化，因此，写诗要保持警醒，忘掉写诗的状态是对的，怎样忘掉才是重点。

（原文发表于诗歌网络媒体“世界3诗人俱乐部”）

非马[1]的诗歌世界

多年以前我就熟悉非马的诗歌，起初给我的是不温不火的感觉，似乎有些与众不同的特色，一时又说不清楚。后来，读得多了，我发现非马的诗歌疆域极其宽广，非马是目光犀利、思路敏捷的诗人。他善于在第一时间抓住事物的内在特征，采用白描手法迅速勾勒出人物或者事件的轮廓。他还是一位画家，他的绘画注重内心表现，在简洁中又有向内开掘的趋向。非马的笔触所及几乎无所不包，各种社会现象和自然现象均可捕捉如诗，形成极大的诗歌包含性。

非马的语言也很具有现代张力，他的语言需要再读的时候往深里多想一下才能有所体会，因为读得太快就会忽略掉很多诗歌的风景。非马具有讽喻的天赋，他的诗歌表现力很强，特别当他在放松的情况下，偶尔会出现极其美妙的戏仿状态，这个类似游戏的状态不是对世界的描摹，而是对世界的变形，这种能力只在少数诗人身上有所反映，非马的诗中有时会有这个让人着迷的特质显现。

非马的睿智在他的诗歌中显示无余，他驾驭题材的能力十分强大，作为人生经验丰富的海外诗人，他的诗歌理念较为复杂，有融汇中西的审美特征。

（原文发表于诗歌网络媒体“世界3诗人俱乐部”）

---

①非马，原名马为义，英文名WILLIAMMARR，生于台湾台中市，现居芝加哥。威斯康星大学核工博士，在美国从事能源研究工作多年。著有中英文诗集16种，散文集两种，译著及编著等多种。

武春燕[①] 的生命美学

我和武春燕只见过一次，是几年前阿尔介绍认识的，阿尔说武春燕的诗写得好，有悟性。阿尔这话说过之后我一直都没有机会读武春燕的诗。今年春天，武春燕来贵阳，阿尔要我和她联系一下，从电话里听出她的谦逊和委婉。她一再说行程匆忙，害怕打扰我，还不断说由于自己做事不够果断，通知我太晚导致错过和我见面的机会。我觉得她和很多诗人一样，十分敏感而温和。这次阿尔把她的诗歌发出来，我从她的诗里感受到浓烈的生命美学气息。

诗人大多都有一些宗教情怀，总会带有一些关于生命的讨论。将生命体验作为审美对象，这本身就需要极高的心智和高超的表现力。从武春燕的诗中可以读到生命的纯粹性和类似的宗教救赎感。

武春燕的诗里到处流淌着生命的律动。她把尘世的禁锢和身体的感应化为对于生命本身的内心感悟。她像一个画家，当生命体验来临，她摊开宣纸，准备好笔墨，尽情挥洒她内心深处的幻象。不难看出，武春燕的写作看似猛烈，实则细腻温婉，她的诗歌中常会读出笔断意连的意境凝练之美。

将生活现象化为情怀可能很多诗人都能做到，可是将情怀转化为生命美学就极少有人能做到。阿尔经常用烟花来形容诗歌审美，武春燕在诗歌的天空中疾速而有序地绽放出生命的烟花。

（原文发表于诗歌网络媒体“世界3诗人俱乐部”）

①武春燕（1975—2017），女，安徽宿州人，中学教师。主张诗歌是内在呼吸的外在形式。

拆房子的人

——北魏[1] 诗歌的超现实性

诗歌从来都不是现实主义的，因为诗歌比生活本身要大很多，牵扯到人的内心世界，还有比人心更大更深的东西吗？我说没有现实主义诗歌并不是想否定《诗经》或者《卖炭翁》之类的现实主义写作传统，而是说诗歌从本质上来说就是超现实的。因为诗歌写的是生活背面的事情，正面的事情留给小说和散文就够了。

有人曾和我说过禅诗，这是很好的话题，我只是厌恶这个名字。中国现代诗歌至今没有自己的概念体系，连一级概念都十分缺乏，更别提二级概念了，暂且就用禅诗这个名称吧。诗评家、诗人李德武前几天和我谈过现代诗歌的消解性，我心底沉潜许久的那个词语被激活了——“拆房子”。

写诗就是拆房子，有房子的人可以拆自己的房子，没房子的可以拆别人的，可是自己没有，又找不到别人房子的，只好自己边修边拆，就像北魏这样，可能这是眼下最合适的写诗状况了。

你见过的落日（节选）

北　魏

雷蒙德·卡佛
喜欢在墙上贴卡片
你只要讲得他认为有
道理他就把你说的话认真

①北魏，字凉甲，号北魏散人。1962年出生，安徽霍山人，现居芜湖。长期潜心研习书法、厨艺和诗歌。

写在一张卡片上然后贴在墙上
他一般不撕他一般会让它们自己从墙上掉下来
或者有更好的他就会在上面
再贴一张直到他搬家为止
雷蒙德·卡佛经常搬家所以你别指望
那些贴在墙上的卡片
永远都贴在墙上

北魏是个成熟而清醒的诗人，他知道对于没有房子的人来说，最好的方式是自己修房子再去拆。拆别人的房子是不好的，因为别人的房子是别人的。中国现代诗歌发展至今，已经有一些诗人发现，所谓诗歌并无什么高深莫测的东西，就是将生活的背面展示给你看，把杂乱无章、空无一物的心象小心翼翼地装好，再一一拆解开来。

西方现代诗歌简单地说就是拆房子，西方的诗歌传统就是最好的消解对象，所以西方诗人是幸福的，只管拿起大锤、斧头，专心拆房子就可以了。可是中国现代诗人没有房子可拆，有人可能会说，中国古典诗歌可以作为老房子拆掉啊。问题就在这里，中国现代诗歌发展近百年最大的悲哀正在于此，中国古典诗歌至今仍然是作为中国现代诗歌的珍贵营养而存在，中国现代诗人还要自己盖房子自己拆。试看今天的诗坛仍然有自封或者他封为李白、姜夔的，还有一大批江南才子，遗老遗少，吃着祖宗的老本，住在先人建好的房子，享受几千年前的清风明月。不只是中国古典诗歌，西方现代诗歌仍然是我们中国现代诗歌的学习对象，对于西方现代传统的敬畏让我们无力拆解西方诗歌传统。留给中国现代诗人的自留地还有什么，空无一物。就像北魏的诗歌，只有自说自话，边修边拆，随修随解，自成系统，自毁系统。中国现代诗歌也具备循环往复的系统性，自我搭建，自我销毁，超越了现实的束缚，就像早期的浪漫主义，尽管有自我吹嘘的恶名，到最后还是拆解了很多高楼大厦，坚固城堡。

（原文发表于诗歌网络媒体“世界3诗人俱乐部”）

在抒情的边缘

——赵丽华[1]诗歌的冷抒情

自海子以后写抒情诗是虚伪的。对于现代汉语诗歌来说，海子改变了抒情的对象和路径。海子不是一个开创者，而是一个终结者，他终结了乡村田园牧歌和一切小资情调及伪善的高大上的辉煌的赞美诗。海子用他的生命证明了一件事情，现代诗歌的激情澎湃的颂歌时代已经结束。面对生活的洼地，现代诗歌还能干点什么？

在我的诗歌黑名单里，有众多的抒情诗人不幸上榜。皖南地区的士大夫腔，河南河北省复古主义的苏东坡和李白们，江浙一带剪红刻翠的手工艺匠人们。

他们的诗不能说不好，情感饱满，功力深厚。可是，正是这8个字伤害了现代诗歌的奇正相生和变化无常的现代特质。正如莎士比亚在哈姆雷特中的一句台词，这是人人都会玩的把戏。

既然是把戏就要被拆穿，现代汉语诗歌要不要抒情？任何诗歌都是需要抒情的，可是一味地抒情就会遮蔽现代诗歌的智性思考和叙事策略。

说实话，我一直以来都想把赵丽华拉入抒情诗人的黑名单，可是她的诗歌的质地和策略比那些吹气球似的只知道做加法的抒情诗人实在有天壤之别，加上赵丽华的诗歌智性因素不时从简省的语言涌出，让人不时感受到现代汉语诗歌的情感和思考之间是可以架起桥梁的。

如果要说赵丽华的诗歌抒情特质的话，我想说，她改变了以往热情澎湃似的狂热抒情色调。她的抒情色调是冷的，就像她在一首诗里写道：“西门河的夜晚是凉的，西门河的水是凉的，从西门河捞出的尸体是凉的。”她对

---

①赵丽华，国家一级作家，中国最具影响力和知名度诗人，其作品偏重口语风格，语言简练、风格沉着，以朴素的幽默感勾勒人与世界的关系。现专注于绘画。

凉的事物比如雪、月、刀、雨等有着特殊的敏感。就是这个冷色调的写作让我把赵丽华和其他抒情诗人区别开来，这个冷里面有来自生活背面的思考和不随波逐流保持清醒的个体独立写作意识。其他抒情诗人在拼命做加法，将肥皂泡吹大，赵丽华在做减法，将气放掉，剩下干净的肌理。她大可以写在田纳西州如何君临天下，可是她只是写道了她的小甜饼是最好吃的。

赵丽华的骨子里是个敏感的抒情诗人，可是她的冷静客观和从低处出发，从细小处着手，这已经和现代诗歌最美好的特质边缘化写作，独立写作走在一起了。

（原文发表于诗歌网络媒体“世界3诗人俱乐部”）

在非诗的天空飞翔

——阿尔[1]的非诗意化写作

遇见阿尔是迟早的事情，虽然只是很偶然的一次喝酒。如果说阿尔和其他诗人有什么不同，可能他最大的特点就是别人努力让自己变得不同，而他却一直努力变得和众人没什么不同。

说到写诗这事，我和阿尔有过一次分歧，多年前第一次读阿尔的诗，我不屑地批评他的诗里以后不要再写武侠。不记得阿尔有没有生气，可能阿尔觉得我没有读懂他的诗歌。我对阿尔的误读就此产生，对阿尔诗歌真正接触是在2010年。那时阿尔已经从他的黑暗中走出，而我却刚刚陷入和现实的纠缠，正是和他的交往改变了我对诗歌的认识。

当时迷住我们的第一个人是白居易，我在2011年提出采用新乐府的写法，我俩一拍即合。阿尔在他的新乐府时期迸发出惊人的创作热情，几乎每过几天就会有长诗或者系列短诗出现。我对新乐府的理解是刚健清新，从事物本身出发。阿尔的写作态度是去诗意化，强调个人气质。《猫遁》就是他这一时期的代表，这个故事来源于他迷糊的儿时记忆和当地的民间传说。这首诗歌在努力拓展一个新的写作领悟和创作方法。这首诗需要极大的耐心和自信，同时对于新乐府的叙事策略要有坚定的信念。我和阿尔都对长诗着迷，倒不是因为长诗的体制上的原因，主要还是出于诗歌一旦走上去诗意化的道路，就会大大改变传统抒情诗歌的形式。

记得在2012年，我将伴随我十几年的诗人庞德的诗歌介绍给阿尔，彻底改变了他的写作方向。对于我来说，庞德对我的诗歌历史观和诗歌形式理解起到决定作用。对于阿尔来说，庞德彻底打开了他和世界之间的通道。阿尔

---

①阿尔，原名杨永振，安徽人，1969年出生，出生于利辛，生长于宿州。强调个人气场和非诗意化写作。

的诗歌已经不需要用泥沙俱下来形容了，他的诗歌可以说是变成一张无比宽阔的大网。他没有时间去想爱恨情仇，也没有时间去管好坏对错，他在庞德的漩涡里将个人的全部生命一网打尽。《拾火记》正是标志着阿尔诗歌走向成熟的标志。

我经常想阿尔的诗歌真的有那么好吗？和同时代的诗人相比，他到底有没有留下什么呢？记得有一次我给阿尔讲莎士比亚，他笑着说，谁要学莎士比亚就是个傻子。我没有笑，刹那间我觉得找到了很多问题的答案。我觉得阿尔就是另一个我，他说着我的话，穿着我的衣服，写着我的文字。倒不是说我和他一样不喜欢莎士比亚，而是我们有着同样的感受和想法，而且我俩坚信，所有人都和我们有一样的想法。可能正是这种天真和傻气造成阿尔的诗歌可以在某种层面接通世界。

尽管我至今仍然坚持认为阿尔的诗歌在声音和结构上还缺乏更多的变化，可是阿尔将他的个人魔性气质通过诗歌传递出来，这已经和所有的真诗人走在一起了。

阿尔的诗风也说明了另一个道理，诗歌本身远比我们想象得要大得多。当我们试图拯救诗歌时，个体生命存在早已被诗歌拯救。

（原文发表于诗歌网络媒体“世界3诗人俱乐部”）

大地上奔跑的孩子

——许光[①]诗歌印象

认识许光的时间并不长，第一次见到他就被他的热情和爽朗所感染，那是20世纪80年代诗人特有的气息。许光写诗的年头太久了，早到他自己都记不清楚从哪一年开始写诗。他的诗歌属于80年代苏皖交界处的那个小县城，属于那个激情飞扬的时代。在那所洋溢着躁动不安念头的中学，许光开始了他的诗歌探索。

和那个时代的许多青年诗人一样，许光的写作是从“诗到语言止”这句话开始的。他的诗歌写作一直执着地贯彻语言磨炼的工夫，从某种程度上说，许光也和当时大多数默默无闻的诗人一样，被语言的魔咒深深吸引，又被诗歌语言这个虚伪的天使硬生生磕死。许光是幸运的，他奇特而丰富的生活阅历和勤于思考又博闻强记的人生态度帮助他走出语言的泥沼，不断写出别具一格的带有强烈实验色彩的现代诗歌。

许光的诗歌十分自信而博大，他的诗歌构思奇特，句法大胆泼辣，思想内涵丰富犀利。作为许光同龄的老乡，毕业于同一所中学的诗歌作者，我能随时体会到他身上那股强烈的故土气息。这气息如此迷人，带着远古的清纯，又有让人无法自拔的疼痛，在海子的诗中也可以感受到那剂亘古的毒药。

许光的诗歌带有明显的个人印记，也有一些挥之不去的瑕疵，比如他的诗歌节奏过快，显得过于顺滑，在关键之处还有一些敷衍等。这些问题似乎不应该出现在许光这样长期勤奋笔耕的诗歌高手身上。写诗的奇特之处就在这里，在诗歌领域，做成名诗人并不困难，难的是将个人生命体验和宇宙万

---

①许光，安徽泗县人，安徽省作家协会会员。自20世纪80年代写诗不辍，尝试过各种不同风格的创作，强调诗歌的语言功夫和生活体验。

物的生长相契合，并能够打通诗歌和生活之间隔墙的真诗人。奇正相生，诗歌熟手未必是诗歌高手，诗歌高手未必能够走出诗歌自身的迷局。在诗歌界有一句话，入佛道易，入魔道难；所幸诗人的执着探索精神从未停歇，相信他会不断走出诗歌的各种误区，在更为广阔的大地上越走越远。

（原文发表于诗歌网络媒体“世界3诗人俱乐部”）

站在戏仿的一边

北　魏

赵东陆陆续续发来他的诗，开始是戏仿之作，后来是几个长的，再后来看到阿尔在一篇诗评里提到几首他早期写的诗，他又补充过来，几次来回，我反而感觉赵东这个人让你看不清楚，像个隐士，衣着随便，他在众人中你绝对不会注意到他，而你一旦注意到他，你也会很快把你的眼光移到他处，只有他愿意（不是你愿意）跟你说什么的时候，你才注意到你先前的失礼和眼拙。他对写诗也是这样，你不能看他“丢三落四”的样子，就觉得他的诗不怎么样他自己都不重视才丢三落四的，那你就大错特错了，是的，他在诗的表达上也是“丢三落四的”，这恰恰暗合了诗的另一个境界——随性和放松。现代主义诗歌让我们紧张得太久了，弄得我们就像一群惊弓之鸟，无处可藏，在意象的天空上，到处飞，又无处可去。

赵东作为受过专业训练的青年诗歌批评家，对当下正在发生的中国诗歌走向思路非常清晰，认识独具一格，我以为这得益于他不间断的诗歌写作。我这里所指的不间断的写作是指在先锋意义上的写作，是围绕着“破”而向后的诗歌写作，而不是空谈。你看不到他跟你跟这个时代有什么关系，但他又能让你处处感知这个关系。他没有刻意隐藏什么，他采取的方式是“戏仿式”的。这种“戏仿”，我的理解是，他可能暂时还不想敞开他的内心，但他已经通过他的“戏仿”展示了其内心。在戏剧性表达上，他是没有保留的，这是我喜欢赵东诗歌和他为人的地方，也是我信赖他的地方。因为他的这些诗歌你看到的是，赵东魔术般的从现代主义挣脱的不留痕迹，你更看到了他在汉语诗歌自生性上的率性表达，可贵的是，他的这种表达一点也不让你难堪。

认识赵东不少年了，赵东的温润慢语给我留下好印象，不像我，两杯酒下肚，声音的分贝上去了就下不来。有一段时间我们交流频繁，所谈大多集中在诗歌上，令我受益匪浅。通过赵东，我还神交了他的诗友阿尔、许光等，这些都是在诗歌这条“黑道”上，到了黄河也不死心的人，我仿佛看到他们看到我头破南墙时，一个个也把头破在了南墙，我引为知己，并欣慰有这样一群行走在淮北平原上的“诗歌汉子”。

（原文发表于诗歌网络媒体“世界3诗人俱乐部”）

短暂而又漫长

——就赵东的《一生》说几句话

阿　尔

赵东是我的兄弟。

他的《一生》一问世，我就说是好诗。这首诗里的每个人都浸淫在自己的生活梦魇之中，唯有小刘是孤独的清醒者。在《封神演义》里老君一气化三清，在这首诗里无论故作有点老气的“我”，无论小刘，还是小刘的女友，以及被性侵后掐死的女房东无不是作者的化身，甚至那声音缥缈的播音员也是，——她装腔作势努力克制自己。这里包含着太多的信息，一次“情趣游戏”怎么会牵扯出这么多令人纠葛的事来，小刘的无悔，显然是他觉得自己最起码释放了一次内心的“魔鬼”，只是他不明白，不是只有他一个人的内心才有这样魔鬼，魔鬼早已是常态的东西，只有他掖着藏着而又恰巧碰到不走运的女房东。作者似乎还有什么要说，但喉头滚动了两下还是咽了回去。这首诗叙事语境冷静、洗练，却又是多重的、叠加的、寓言的，并获得了气息上的完整。对情景的营造荒诞而又逼近骨子的真实，有如灰暗、残酷的“情景剧”，冷静和诙谐在日常语言中层层推进，却呈现出令人寒毛直竖的效果。

2011年和2013之间，我和赵东各自沉浸在自己的新乐府，那个时期他写出了《猛虎》《表叔》《昆虫系列》等一系列质量上乘的作品，《一生》正是这一时期的代表。读《一生》时，我们看到赵东好像不是在写诗，而是在写小说，在他的叙述中绝少妙语惊人的句子，而却稳当、率直。朱光潜在对废名的评论中有这样一段话：“废名先生不能成为一个循规蹈矩的小说家，因为他在心理原型上是一个极端的内倾者。小说家须得把眼睛朝外看，而废名的眼睛却老是朝里看；小说家须把自我沉没到人物性格里面去，让作者过人物的生活，而废名的人物却都沉没在作者的自我里面，处处都是过作者的生活。”引用这段话我并不是想拿废名与赵东做什么比较，我只是想说，赵东并非暴戾之人，只是他更为尊重自己内心的风暴，我这里所说的内心，就是释迦牟尼所说的“大则无外，小则无内”，我们向内看，它的真实才是真正的真实，其他的不过如梦幻泡影，倏忽即逝。

我和赵东相识不算早，也不算晚，在该相遇的时候很自然地就坐到了一起。坐在一起就免不了要谈谈诗歌，可当下诗歌又有什么好谈的呢，怎一个乱象丛生可以概括得了？过度追求诗歌的向上和技术流，或沉湎于抒情，或执着于叙事，以及假抒情、反抒情等，不一而足。面对严酷的现实，我们采取了所谓的不对抗、不妥协，以放松的姿态坚持自我。他曾经所拟写的新乐府的纲领性文件有以下这样几条。

其一，非诗时代的诗歌写作要打破常规，任何缩在套子里的写作都是不允许的。

其二，保持诗歌的实验色彩和多种可能，包括娱乐效果。

其三，要有的放矢，反对空洞抒情和无谓的修辞练习，视解决人生问题和改造世界为诗歌的根本任务。

其四，反对卖弄技巧，因为技巧在一定层面上会伤害诗歌，解决之道在于用更高的技巧来取代华而不实的技巧。

其五，在创作手段上强调个人气质修炼和魔性解放。

这个魔性气质即性情，这个性情非关神魔，而是内心张力的直写，即气质上的根本解放，这个解放即回归本心。他在此之后写的《树桩》正是这样的成熟之作。他说树桩在两道河岔的交汇处，它本来是一棵伟岸的树，只因一阵风一场雨就被埋没在了大片的灌木丛中。他说，它表面上和它们混在一起，其实它根子不在这里。他说，如果你要看到（清）它，可能要戴上眼镜。他还说：“风雨剥蚀后树根已经裸露/像一团扭曲的蛇盘结在一起/有的粗如手臂有的细如麻线/树根不是平贴在地面上/而是拔地而起像一只凌空展翅的鹰”，可他还是喋喋不休，“很少有人知道/其实这些根系动辄绵延数百里/大口吸食保存了上万年的新鲜空气……”但这首诗并没有到此为止，下面还有“不管是风沙涝还是大旱金石流/地震海啸山崩地裂都毫发无损/就算一场野火烧到这里/一阵春风吹过/它们又会兴高采烈地活过来”。如果谁以为这只是一首所谓的明志诗，那就大错特错了，它所呈现的只是一种状态，他用他的魔性来呈现自己的存在状态，放松而又自在，不料却让读诗的人深陷其中，无法自拔。这首诗的叙事技巧无疑得力于白居易，不执着于语言，也不屑于停留在通过虚假的浮夸达到暂时的刺激，它冲破一个又一个节点，并不只是为了爆出一片又一片烟花，更多的是因为要将诗歌升华为一种信仰。

（原文发表于诗歌网络媒体“世界3诗人俱乐部”）

后 记

归去来兮胡不归。自从2001年从事诗歌研究以来，算上头尾已有20年了。走上诗歌之路是与20世纪80年代的那次诗歌风潮有关，记得当时是1986年，正值安徽的《诗歌报》与《深圳青年报》联手操办诗歌“86大展”，这件事情对于年轻人的世界产生了巨大的影响。

正值中学期间的我只是听说有这次活动，心中羡慕之时，却意外地被一首郑愁予先生的《错误》所打动，“我达达的马蹄是美丽的错误/我不是归人，是个过客……”15岁的我正沉迷《红楼梦》而不能自拔，这首小诗打开了另一扇窗，让我看到了一个从未体验过的别样风景。

当时有一个流行的文学期刊《台港文学选刊》，从这本期刊上我读到大量的香港、台湾现代文学作品，包括一些台湾诗歌，至今还记得在1987到1988年间，我搜罗并阅读了大量的台湾诗人作品，包括余光中、郑愁予、洛夫、商禽等人的诗歌。尽管当时并未写诗，在我心中已经有了写诗的冲动，直到1989年，我才渐渐走进中国现代诗歌的天地。1990年进入大学之后，在皖西小城的淠河之畔，我开始学习写诗，起初我学诗的入门书籍是裘小龙翻译的由漓江出版社出版的《意象派诗选》，这是一本极好的诗歌入门读物，西方意象派诗歌经由庞德的改进之后，吸收了中国古典诗歌的诗歌意象特征，可还是保留了浓厚的西方诗歌意象主智的特色。庞德提出诗歌意象是“情感和思想的混合物”，这个定义几乎可以看作是现代派诗歌之门。

这本小书一直伴我多年，直到2001年我进入重庆读研究生，从事中西诗学比较研究，才慢慢了解中西方诗学对于诗歌意象的不同理解。中国古典诗歌的意象主情，抒情几乎占据了中国古典诗歌的大半江山，主智类的诗歌在中国文学传统中向来不被看好，至今有很多古代文学的专家仍然坚持认为，如果不抒情，就不必写诗。事实上，中国现代诗歌史上为了实现智性写作的转向付出了太多的努力，李金发、卞之琳和穆旦均为中国现代诗歌智性写作的早期开拓者。可是，由于中国古典诗歌传统的影响至深，真正实现智性写作的诗人一直凤毛麟角，就算有个别诗人在诗歌的深层意义空间开拓上有一些尝试也无法实现诗歌意义的本质呈现。海子的后期写作中已经逐渐显露出对于诗歌意义的挖掘，可惜世事无常，英年早逝让他无法更为深入地挖掘中国现代诗歌的意义世界。

90年代，一批创新意识较强的诗人对诗歌意义开拓做出更多的尝试，韩东、于坚、伊沙、王家新、张曙光、肖开愚等人从叙事方式或者文化比较等层面对现代诗歌进行不同的实验，可惜的是，他们的努力并没有带来中国诗坛的意义追寻的风气，相反，新古典主义却是愈演愈烈，上述诗人大多也沦为复古诗歌的写手。新古典主义本是80年代一支以效仿古典诗歌风格写作的小诗歌团体，却没料到演变成中国诗坛经久不息的创作主流，近些年来，各大文学媒体和文学奖项主推的作品几乎都是新古典主义的风格。效仿古代诗歌的意象凝练和意境营造的方法进行创作本身并无任何不妥之处，可是，古典诗歌和现代诗歌最大分野在于现代诗歌在诗歌的意义追问上更为执着和深刻，这也是现代文化的本性所决定的。古典诗风昌明天下，一方面说明诗坛对于文化遗产的继承发扬贡献颇多，另一方面也看出现代诗歌的发展道路有些偏离了现代诗歌史的发展轨道。回首个人20年的学诗之路，一切均回到原点，从读郑愁予先生的《错误》开始，似乎冥冥中已经注定了学诗的命运多舛。转瞬20年如白驹过隙，摆在面前的还是其修远兮的学诗之路。中国现代诗歌的意义追寻之路持续了百年，如今正处在诗歌写作的转型阶段，随着新媒体为代表的现代科技的发展以及社会经济文化的进步，诗歌的意义转向会越发重要，值此诗歌写作意义转向之时，作此书献给这个复杂多变的时代。

本书的大部分文章是针对现代诗歌在意义追寻途中的理论构建方法和诗歌写作问题解析，限于本人的学识和素养，对很多问题的思考并不够深入，有些问题缠绕已久，比如现代诗歌的跨界写作问题，再如现代诗歌的叙事策略问题和现代诗歌的音乐性问题，及现代诗歌的非诗意化问题等还有待有识之士进行进一步的探讨。

2019年12月16日